사이언스 월든

KB191872

사이언스 월든

발행일	2016년 12월 15일

지은이	유 려 한		
펴낸이	손 형 국		
펴낸곳	(주)북랩		
편집인	선일영	편집	이종무, 권유선, 안은찬, 김송이
디자인	이현수, 이정아, 김민하, 한수희	제작	박기성, 황동현, 구성우
마케팅	김회란, 박진관		
출판등록	2004. 12. 1(제2012-000051호)		
주소	서울시 금천구 가산디지털 1로 168, 우림라이온스밸리 B동 B113, 114호		
홈페이지	www.book.co.kr		
전화번호	(02)2026-5777	팩스	(02)2026-5747

ISBN	979-11-5987-352-2 03810(종이책)	979-11-5987-353-9 05810(전자책)

(주)북랩 성공출판의 파트너

북랩 홈페이지와 패밀리 사이트에서 다양한 출판 솔루션을 만나 보세요!

홈페이지 book.co.kr   1인출판 플랫폼 해피소드 happisode.com
블로그 blog.naver.com/essaybook   원고모집 book@book.co.kr

SCIENCE WALDEN

사이언스 월든

북랩 book Lab

이 논문은 2015년도 정부(미래창조과학부)의 재원으로 한국연구재단의 지원을 받아 수행된 기초 연구 사업입니다. (No. NRF-2015R1A5A7037825)

This work was supported by the National Research Foundation of Korea(NRF) Grant funded by the Korean Government(MSIP). (No. NRF-2015R1A5A7037825)

이 책은

한국연구재단과 미래창조과학부에서 공모한 2015년 선도연구센터지원사업 CRC(Convergence Research Center) 분야에 선정되어 수행되고 있는 UNIST(울산과학기술원) '사이언스 월든Science Walden' 프로젝트[1] 연구의 창작 결과물이다.

사이언스 월든 프로젝트는 과학 기술에 예술과 인문학을 융합함으로써 인간 소외, 소통 부재, 경제적 어려움 등 사회 문제를 해결하는 과학예술융합연구로 UNIST를 비롯해 아트센터 나비, 파주 타이포그라피학교(PaTI), 한국자연미술가협회 야투(Yatoo)가 공동 참여한다.

소설은 '사이언스 월든'의 연구 책임자인 조재원 선생님(도시환경공학부 교수, 사이언스 월든 센터장)의 아이디어에서 시작되었다. 처음에 내가 조재원 선생님께 연구 안에서 서로 주고받는 글을 써 보는 것이 어떨까 제안했고, 조재원 선생님께서 소설을 제안하셨다.

조재원 선생님께서 꿈꾸는 소설은 '더 이상 임신과 출산을 할 수 없는 인류에 관한 이야기'였다. 이 주제 안에서 과학자와 글 쓰는 사람이 각기 소설을 써 보기로 했다. 두 개의 소설 안에서 인물과 사건이 교차되는 글쓰기를 시도하였으나 아쉽게도 프로젝트의 중간 시점에서 조재원 선생님은 기권하셨다. 이번에 출간되는 소설은 사이언스 월든과 마지막 인

---

1 http://sciencewalden.org 참조

류에 관한 이야기와 동시에 현재의 한국 사회, 2030 세대, 결혼 제도, 환경, 예술 등을 담고 있다. 책에 따로 표기하지는 않았으나 이 소설의 부제목은 '낯선 행복'이다. 중의적 의미가 깃든 부제목은 독자가 소설을 읽으면서 그 뜻이 다양하게 해석되고 발견되어지기를 바란다. 사이언스 월든 프로젝트가 계속되는 한, 과학자와 글 쓰는 사람이 함께 쓰는 소설은 계속될 것이다. 그래서 이 소설은 끝이 아니고 새로운 시작이다.

언제부턴가 나는 이 땅에서 꿈과 희망을 말할 수 없었다. 그렇다면 무엇을 이야기할 수 있을지 수많은 나날 동안 고민했다. 탈고 후 얼마 지나지 않아서 한국 사회의 근간을 흔드는 중대한 사태가 드러났다. 허탈감과 분노가 뒤섞인 광장에서 저마다 들고 있는 촛불 사이로 나는 역설적 희망을 목도했다. 그 역사적 현장은 어느 가을의 단풍보다도 아름답고 감동적이었음을 끝까지 기억할 것이다. 지혜로운 시민의 힘과 행동하는 지성이 그 어느 때보다 소중한 시기이다. 여기에 우리의 미래가 달려 있을지도 모른다. 우리가 사는 세상이 다음 세대에게 부끄럽지 않도록 상식적이고 행복한 사회가 될 수 있기를 간절히 바란다.

마지막으로 이 자리를 빌려서 언제나 나를 믿고 응원해 주는 가족과 나의 소중한 사람들에게 감사하다고 전하고 싶다.

사이언스 월든을 소개합니다!

사이언스 월든

헨리 데이빗 소로우의 월든 자연환경주의 (Environmentalism)와 B.F. 스키너의 행동주의 이상향인 『월든2』의 사상을 이어 과학기술이 인문, 예술과 만나 근대사회가 안고 있는 개인과 사회문제 해결에 앞장서기 위한 참여과학 예술가들의 커뮤니티이며 과학예술 노력의 집합체입니다.

Walden Bee

사이언스 월든의 마스코트로서 근면함, 더불어 사는 사회적 책임감, 환경을 생각하는 마음을 포함하고 있습니다.

사이언스 월든 파빌리온

사이언스 월든 파빌리온은 사이언스 월든의 아이디어를 공유하고 목표를 실현시키는 장소입니다. 육각형의 끝없는 확장성은 사이언스 월든 연구의 무한한 가능성을 나타냅니다.

울산광역시 울주군 언양읍 유니스트길 50 / T: 052.217.2833 / E: jaeweoncho@unist.ac.kr

CONTENTS

그때의 행복은
또 다른 얼굴을 하고 있겠지

1

나는 개였다.

그러니까 승주가 나를 사람처럼 취급하기 전까지만 해도 분명히 개였다.

내가 승주네 집에서 살게 된 것은 그녀가 장민석과 결혼한 지 3년이 막 지난 어느 날이었다. 그날은 기록적인 폭염으로 쪽방 노인들이 하루 사이에 말없이 죽어 나간 날이기도 했다.

어질어질한 버스가 어느 정류장 앞에 나를 내려다 놓았을 때 훅 치고 들어오는 한여름의 뜨겁고 습한 바람은 내 털을 이렇게 저렇게 마구 들쑤셔 놓았다. 어디에 떠 있는지 보이지도 않는 희번덕한 태양은 양쪽 눈을 번갈아 찡그리게 만들었고, 부서진 아스팔트 위로 달구어진 가녀린

네 발이 어쩔 줄 모르고 후들거렸다. 버스가 떠나며 일으키는 매연과 모래 먼지 속에서 코가 있는지 없는지도 몰랐으니 한마디로 내 꼴은 말이 아니었다.

개를 개답게 해 주는 감각들이 뭉개지는 불길한 가운데 눈앞으로 예상 밖의 사람 무리가 펼쳐졌다. 희끗희끗한 흰머리 노인들이 끝없이 늘어진 모양새가 작렬하는 태양 아래 반사되는 거울처럼 잠깐 눈이 부셨다. 이 세상에 힘없고 고단한 모든 노인이 한자리에 모인 듯했다.

어디론가 이동하기 위해서 기다리는 것인지, 아니면 다른 무엇을 위한 것인지는 알 수 없었다. 그들은 납작한 공처럼 몸을 구부리고 다닥다닥 붙어 앉아 아직 살아 있음을 증명하듯 쉴 새 없이 입을 움직였다.

그 절박하고도 흐물대는 움직임이 만들어 내는 주름진 웅얼거림은 나를 당혹스럽게 만들었다. 그 소리는 작기도 하고 크기도 하다고 말할 수 있는데, 어느 순간에는 갑자기 불어난 벌떼처럼 왕왕거리다가 다시 사그라지기를 반복했기 때문이었다. 나는 그것이 수다인지 곡소리인지, 불경이나 성경을 읽는 것인지, 아니면 그들만이 아는 노래라도 부르는 것인지 분간하려 애써 보았지만 별 소용이 없었다.

나의 귀가 이상해진 것은 아닌지 걱정이 되었을 때 나는 어떤 기시감 비슷한 것을 느꼈다. 이는 인적이 뜸한 제주도의 어느 버스 정류장 의자에 앉아 있으면 제3세계 언어 같은 제주 방언에 취하게 되는 경험과 비슷한 것이다.

분명히 들었지만 아무것도 듣지 않은 느낌. 아는 말 같지만 거의 이해할 수 없는 데서 오는 이질감. 허나 몰라도 용서가 되는 땅에 와 있는 것 같은 느낌. 그리하여 묘한 해방감을 느끼며 이방인으로 거듭나는 순간.

그런데 내가 실제로 그렇게 경험한 적이 있었던가? 찬찬히 기억을 더듬어 보았으나 잘 모르겠다. 그보다 나는 듣고 싶지 않아도 들리는 것과 듣고 싶은데 들리지 않는 것 둘 중 어떤 것이 더 고통스러운지에 대해서 생각하기 시작했다.

그때 어느 노인이 나를 발견한 모양이다. 우리는 눈이 마주쳤다.

"이리 오련, 아가야."

그 눈을 못 본 척하려고 슬쩍 다른 곳으로 고개를 돌리려던 순간 노인은 말했다.

"이리 와. 그래, 아가야. 이쪽으로."

나는 귀를 흠칫 세웠다. 알 수 없는 웅얼거리는 소리들을 가로지른 또렷한 목소리가 나를 집어삼킨다.

내가 아가인지 개인지, 이것을 좋아해야 할지 말아야 할지, 그쪽으로 가야 할지 말아야 할지 엉거주춤 넋이 나간 사이 누군가 내 가죽을 거칠게 집어서 들어올렸다. 나는 화들짝 놀라서 온 힘을 다해 세상이 떠나가라 짖었다. 비명에 가까운 발악은 순식간에 나를 제외한 주변을 조용하게 만들었고 초점 없는 노인들의 눈이 일제히 나를 향해 쏠렸다.

아, 나는 정말이지, 이런 종류의 정적과 집중이 싫다. 나는 괜히 몇 번 더 짖다가 민망해져서는 꼬리를 내리고 입을 꾹 다물어 버렸다. 누군가의 손에 대롱대롱 매달린 내 가죽이 볼품없이 늘어졌다.

신경질적으로 나를 꽉 붙들고 있는 사람은 주변인에게 길을 묻고서는 어디론가 발걸음을 옮기기 시작했다. 흰머리 노인들은 내가 사라지는 것을 숨죽여 쳐다보았다. 곧 그들이 나처럼 될 것이라는 걸 알기라도 하는 듯.

흰머리 노인들의 무리가 조금씩 멀어졌다. 날 데리고 가는 자는 곧 어딘가에서 나를 버릴 사람이다. 버려진다는 생각을 하니 다시금 마음에 두려움이 깃들었다.

나는 경사진 언덕길로 접어들게 되었다. 언덕길의 끝을 가늠해 보려고 고개를 한껏 위로 젖혀 보았으나 보이지 않는다. 새하얀 해를 하늘에서 똑 떼어다가 바다 위로 던져 버리고 싶을 만큼 더운 날씨다. 온몸을 타고 올라오는 열기에 나는 혀를 쑥 내밀어 헥헥거렸고, 나를 들고 가는 자의 발걸음은 갈지자로 크게 휘청거렸다. 다시 버스를 탄 것처럼 어질어질하다.

그가 잠시 멈추어 이마와 목덜미의 땀을 훔쳐내면서 거친 숨소리를 사방에 토했을 때 나는 드디어 그자의 손아귀에서 풀려났다. 던져지다시피 땅으로 내려온 나는 몸을 세차게 좌우로 흔들고 귀도 빳빳하게 세워 보고 꼬리도 살랑살랑 움직여 보았다. 이제 킁킁 냄새도 맡을 수 있을 것 같다.

그가 다시 걷기 시작했다. 나는 멀찌감치 거리를 두고 그자를 따라갔다. 그와 나는 서로 잘 아는 사이가 아니다. 단지 버스에 몸을 싣고 여정을 함께한 것이 전부였으나 신기하게도 각자가 무엇을 해야 하는지 약속이나 한 듯 알고 있었다. 그는 어디로 향하는지 내게 설명하지 않았고 나 역시 반항하지 않았다.

지금 생각해 보면 내가 왜 그때 옆길로 새서 도망가지 않았는지 모르겠다. 나는 그 절호의 기회를 왜 저버렸을까. 개 줄도 없었는데 말이다. 그 순간에는 그자가 내게 유일한 무언가로 보였을까? 그에게 잠시나마 유대감과 일말의 감정을 느꼈던 것일까?

아니다, 그럴 리가 없다. 개가 무조건적으로 사람을 좋아한다고 단정 짓지 마라. 그것은 당신의 편견일지도 모른다. 나는… 아마도 남아 있는 어지러운 기운에 구역질이 날 것 같아 그런 생각을 할 겨를이 없었나 보다.

비탈진 언덕길의 끝에서 우리는 검은 숲이라고 불리는 곳에 다다랐다. 그늘 하나 없는 경사진 길이 도대체 언제까지 계속될까 생각했을 때 거짓말처럼 그런 곳이 나타났다. 동굴처럼 입을 벌리고 있는 검은 숲은 입구에서부터 서늘함이 느껴졌다.

나를 앞서가던 그가 아득한 동굴 속으로 천천히 빨려가듯 순식간에 사라졌다. 들어가기 꺼림칙했던 나는 겁을 집어 먹고서는 약간은 홀리는 기분으로 사라진 자의 뒤를 따랐다.

숲의 입구에서 멀어질수록 햇빛은 차츰 자취를 감추었다. 갑자기 차갑고 습한 흙을 밟으니 정신이 번쩍 들 만큼 아찔했다. 숲은 발을 내딛기 무섭게 빠른 속도로 깊어졌고 숲의 민낯은 서서히 고개를 들었다. 희미한 바람의 춤에 바스락바스락 움직이던 나무의 움직임도 누가 명령이나 한 듯 잠잠해졌다. 사방을 둘러싼 푸름은 어느새 짙고 검은 푸름으로 변신하여, 내가 내쉬는 숨도 검은 숨을 토해 내는 것처럼 느껴졌다.

숲은 사방이 모두 다른 묘한 얼굴을 하고 있었다. 누군가 날 부르는 것 같아 슬쩍 뒤를 돌아보면 내가 온 길이 처음 보는 길처럼 낯설었다. 숲의 볼을 만지고 있다고 생각하면 정작 숲의 입술을 누르고 있는 기분

유려한 장편소설

이랄까.

검푸른 바다의 심장으로 향하는 코는 축축하게 젖어들었고 폐는 무거워졌다. 어느 순간부터는 숲과 길의 경계도 사라져 희미해진 자리에 안개가 낮게 깔리다가 흩어지기도 했다.

나는 이 모든 분위기에 압도되어 있는 대로 숨을 죽이고 바짝 엎드려 걸었다. 마치 내가 개라는 사실을 이 숲에 들키면 안 될 것처럼.

머지않아 검은 숲에서 '마녀의 자리'라고 불리는 나무 군락 사이를 지나게 되었다. 태양을 가리고 무심히 서 있는 나무들은 여태껏 내가 본 적이 없는 자태를 뿜어냈다. 누군가 일부러 간격을 맞추어 심어 놓은 것처럼 나무들은 자로 잰 듯 반듯반듯했다.

나무의 몸통과 가지는 머리칼에 정교한 빗질을 해 놓은 것처럼 일제히 한 방향을 향해 곧게 뻗어 있다. 하늘이 자석이 되어서 나무의 머리 꼭대기를 계속 잡아당기고 있는 것처럼 말이다.

그 나무들 사이로 어떤 나무는 벼락을 맞아서 죽어 있었는데, 말 그대로 새카맣게 타 버린 가지들이 흉하게 꺾여 아래로 늘어져 있다. 살아 있는 것들 사이로 죽어 있는 것은 본디 이렇게 눈에 잘 띄는 것이었나. 새삼스레 꼴깍 침을 삼켰다. 이때쯤이면 소변을 보고 싶을 법한데 그런 생각도 싹 가셨다.

나는 벼락 맞은 나무가 꿈에 나올까 무서워서 그 주변을 일부러 멀찌감치 두고 크게 빙 둘러 지나갔다. 그러고 보니 이 숲에서 나 이외의 사람, 아니, 동물을 본 적이 없다. 다 어디로 간 것일까.

계속 같은 자리를 맴돌고 있는 것은 아닐까 걱정이 되기 시작했다. 그래서 이 숲 안에 영영 갇히게 되는 것은 아닐까 생각을 키워 나갈 무렵, 검은 숲 사이로 다시 빛이 찾아들어 반들반들 반짝였다. 다시금 희미한 바람의 움직임도 느껴졌다. 나는 순식간에 꽤 높은 산마루 절벽으로 튀어나왔다.

어리둥절했다. 검은 숲이 나의 엉덩이를 밀어낸 곳으로 인해 방금 다른 나라에 도착한 느낌이 들 지경이었다. 어느 누구도 이 숲의 끝에서 이런 곳을 마주할 것이라 상상하지 못했으리라.

검은 숲의 꼬리 뒤로 여러 겹의 부드러운 능선들이 산신처럼 누워 있었다. 살결을 훑고 지나갈 듯한 촉감이 느껴지는 부드러운 곡선에 나도 모르게 긴장이 풀리면서 그 자리에 털썩 주저앉아 버렸다. 나를 데리고 가는 자도 허리에 한 손을 짚고 멈추어서 숨을 몰아쉬었다.

나는 잠시 호젓한 분위기에 취해서 눈을 가늘게 뜨고 멀리 내다보았다. 이 능선은 얼마나 오랜 시간을 견디고 깎여서 내게 온 것일까. 누군가 짙고도 옅은 먹을 머금은 통통한 서예 붓으로 몰래 그려 놓고 도망간 것이 틀림없다. 한국의 자연에서 아름다운 것을 꼽으라면 나는 주저 없이 수묵 담채화 같은 이 부드러운 능선을 꼽을 것이다.

그 사이로 유유히 지나가는 새떼가 이리저리 군무를 펼치다가 어디론가 사라진다. 산 아래로 여기저기 드물게 집들이 보였다. 어떤 집은 평지 한가운데 외롭게, 어떤 집은 길목에 쓰러질 듯 비스듬히, 어떤 집은 저 멀리 언덕 위에 보일 듯 말 듯 고개만 내밀고 있다. 깨진 기왓장을 손보지 않은 한옥 몇 채가 보였다. 하늘과 맞닿아 저 멀리 있는 보리밭 너머로 굽이진 강이 보일 만도 했건만 그런 것은 보이지 않았다.

하지만 지금까지 온 길의 몇십 배쯤 더 걸어 산 하나를 넘어가면 그런 강을 만날 수 있을 것이다. 여기에서는 보이지 않는 저 너머에 내가 그리워하는 강이 있다는 것쯤은 어렵지 않게 감지할 수 있다.

내가 말했지 않은가, 나는 개라고. 이것은 나만의, 개만의 감각이다.

강을 생각하니 마음에 알 수 없는 희망 같은 것이 봉긋하게 솟아올랐다. 그러나 철퍼덕 바닥에 앉아 가방에서 주섬주섬 막걸리를 꺼내 마시는 그자의 소리에 나의 작은 희망은 바닥으로 꺼져 버렸다. 한국의 아재들은 산에 올라가서 왜 기껏 술판이나 벌이는지는 도통 모를 일이다. 막걸리를 들이킨 자가 입을 훔친 손을 바지에 쓱싹쓱싹 닦고 일어나면서 나의 평화로운 시간도 끝나 버렸다.

산마루를 지나 산 아래로 향했다. 검은 숲을 지나고 나니 내려가는 길은 수월했다. 한층 정돈된 주변의 풍경들이 점차 눈에 들어오기 시작했다. 머지않아 목적지에 도착할 것이라는 신호다.

그러나 사람들이 사는 마을로 접어들었다고 해서 특별히 눈에 띄는 것은 없었다. 좁게 난 길 사이로 엉켜 있는 낮은 덤불이 바삭하게 말라 있고 삭은 나뭇잎들이 여름의 뜨거운 바람에 이리저리 흩날리다가 바닥에 아무렇게나 착지하는 모습 정도. 마을의 길목에도 작은 개울조차 보이지 않는다.

'아, 목이 말라. 물을 마시고 싶어.'

이제 목도 마르고 힘에 부쳐서 낑낑 앓는 소리를 내기 시작했다. 앞서 걷는 자는 내 소리를 듣는 둥 마는 둥 터덜터덜 앞으로만 걸었다.

나는 칭얼대는 소리를 곧 멈추게 되었다. 오래되었으나 초라하지 않은 커다란 대문 앞에서 나의 여정이 끝났음을 직감했기 때문이다. 나를 데리고 온 사람은 그때까지 내게 단 한마디도 하지 않았다.

*

해는 곡예를 하듯 하늘 꼭대기에 걸려 있다. 무겁게 시계 방향을 그리며 끼익 소리 나는 대문을 열고 들어서니 자동차가 다닐 만한 넓은 길이 나왔다. 이 길을 따라 주인이 작정하고 방치한 듯 무심한 정원이 보이고, 정원 옆으로는 낮은 울타리가 조악하게 이어지다가 중간에 뚝 끊어져서 울타리의 의미를 무색하게 만들었다.

풀들은 마구잡이로 자라 들쭉날쭉했고 듬성듬성 이가 빠진 것처럼 볼품이 없었다. 정원의 한구석에는 녹슨 농기구와 조악한 유화 캔버스 몇 점이 구겨져 있었는데 이들은 전혀 어울리지 않았다.

정원의 끝자락으로 시선을 옮기니 오래된 나무 한 그루가 서 있다. 이 정원에서 가장 멀쩡해 보이는 동시에 수상해 보이는 나무는 지난 세월의 이야기를 꿀꺽 삼키고 모든 것을 초월한 얼굴로 이곳에 막 발을 들인 나를 내려다보았다. 가까이 다가가 말을 건네 보고 싶은 호기심이 작동했을 때 나는 이미 끊어진 울타리를 넘고 있었다.

따가운 잔디 사이로 꼬인 벌레들과 진흙을 피해 슬그머니 나무 앞으로 다가갔다. 나무를 찬찬히 한 바퀴 돌고서 고개를 들어 위를 보니 나무 기둥 가운데 뻥 뚫린 구멍이 있고 길게 뻗은 굵은 가지에는 벌집 서너 개가 엉켜 괴상한 모양으로 달려 있었다.

유려한 장편소설

여기에 벌집이 있으리라고는 짐작조차 하지 못했다. 갑자기 벌이 나타나 나를 맹렬히 공격하는 것은 아닐까. 몇 발자국 뒷걸음질쳤으나 가만히 보니 죽은 벌집이다. 벌집의 작은 육각형들은 화석이 된 것처럼 꽉 막혀서 커다란 유충처럼 보이는 탓에 나무는 큰 혹을 단 혹부리 영감처럼 보였다.

그럼 그렇지. 나의 자랑스러운 코가 벌집에서 흘러나오는 달콤하고 끈적한 냄새를 맡지 못할 리가 없고, 나의 쫑긋한 귀가 여왕벌을 위해 날갯짓하는 벌들의 합창을 듣지 못할 리가 없으며, 나의 매서운 눈이 윙윙 떼를 지어 다니는 우아한 춤사위를 보지 못할 리가 없다.

한때 벌과 나무는 이곳에서 주거니 받거니 서로 호령하면서 얽혔을 것이나 그 쟁쟁한 축제는 이미 끝이 난 뒤였다. 나는 다 떠나고 아무도 없는 자리에 뒤늦게 도착한 손님 같았다.

그나저나 이제 나무의 주변에 부지런히 꿀을 나르기 위한 꽃도, 벌이 가끔 목을 축일 물도 없을 것을 생각하니 절로 한숨이 나왔다. 날씨가 더운 날에 벌도 해갈을 하기 위해서 물을 먹는다. 물을 많이 먹는 벌은 이유가 있다.

더운 날에 벌집의 온도가 상승하면 벌집 입구에서 벌들이 날갯짓을 하면서 벌집의 온도를 내리는 작업을 한다. 그래도 충분하지 않으면 벌들은 물이 있는 곳을 찾아가는데, 물을 많이 먹고 다시 벌집으로 이동해서 그 물로 벌집의 온도를 내리는 일을 한다. 여기 있는 것은 죽어 있는 벌집뿐이니 근처에서는 아마도 물을 발견하지 못할 것 같다.

그런데 물과 벌과 꽃의 향기 대신 어디선가 빨래 삶는 냄새와 오븐에서 생선 굽는 냄새가 뒤섞여 퍼져 나온다. 이 냄새는 내게 이상한 위안을 주었다. 주변에 사람이 있을 것이라는 위안.

아, 사람이 보고파서가 아니라 드디어 물을 마실 것이라는 기대였으니 오해는 마시라. 사람이 먼저다, 사람이 희망이다? 아니, 난 사람이 피곤하다. 사람한테 한껏 시달리면 혼자가 좋다는 것을 알게 되지.

나는 온 감각의 날을 바짝 세워 나무를 뒤로하고 냄새가 흘러나오는 쪽으로 힘차게 뛰었다. 그러다 얼마 지나지 않아서 멈칫했다. 과연 어느 문화권의 양식에 해당하는 것인지 알 수 없는 희뿌연 돌로 된 성城이 나를 가로막고 있었기 때문에.

이런 오지에 가까운 곳에 한국 사람들이 흔히 사는 아파트나 주택이 있을 리 없지만 의외의 모습에 나는 적지 않게 당황했다. 이런 곳에 살 수 있는 사람은 도대체 어떤 사람일까. 집의 모양새와 인간의 모양새가 판이하게 다른 곳에서는 대체 어떤 정신으로, 어떤 영혼으로 살 수 있는 것인지. 그렇다면 나는 이제 어떻게 살아 내야 하는지.

나는 이 성城, 아니, 감옥, 아니 집을 두고 무어라 묘사를 해야 할지 모르겠다. 감옥, 아니, 집 외벽의 한쪽에는 아직도 유효한 갈고리 세 개가 장식품마냥 걸려 있다. 내가 주워듣기로 보통 유럽의 성 외벽에 있는 갈고리는 죄수들의 시체를 걸어 두던 것이라던데. 내가 여기에 걸리는 모습을 상상해 보고는 털이 쭈뼛 섰다. 나중에 알게 되었지만, 이 집은 일제 강점기에 무역업을 하던 독일인이 남몰래 별장 같은 요새를 지어 일본과 조선을 오가며 거처하던 곳이라고 했다.

하지만 누가 보아도 일제 강점기 조선에 지어진 근대 건축물 양식과는 완전히 어긋나 있는 특이한 건축물이었다. 차라리 좀 신경 쓴 근사한 벙커라고 말한다면 어울릴지도 모르겠다. 어쨌거나 해방 이후에도 꽤 오랜 시간 발견되지 않고 손길이 닿지 않아서 그때의 모습으로 남아 있을 수 있었다고 한다.

나는 이곳을 성城, 아니, 감옥, 아니, 이제부터는 정말 집이라고 불러 보겠다. 내가 살아 내야 할 곳 같으니까.

나를 데려온 자가 초인종을 찾느라 장님처럼 손을 여기저기 더듬거리고 있을 때 나는 이 집을 거칠게 포장한 돌을 빤히 보고 있었다. 표정 없는 돌. 본래 이 집을 지은 주인의 얼굴도 그럴지 모른다. 무표정도 표정이라면 할 말은 없지만. 이런 돌이라면 무시무시한 폭풍우와 바람에도 흔들리지 않고 버틸 수 있을 것 같다.

어쨌거나 이 집을 둘러싼 돌들은 오래전 한반도 어딘가의 채석장—경북이거나 전남이거나 때로는 북한 황해도에서 왔다고 전해지는—에서 이곳까지 와서 돌 자신이 전혀 생각지 못한 모습으로 엉뚱하게 서 있는 것만은 분명해 보였다.

내가 타고 왔던 버스의 라디오에서 흘러나온 아나운서의 목소리가 떠오른다. 그는 폐건전지 폐기물을 수년 동안 채석장에 내다버린 재활용 업체가 무더기로 적발되었다고 전했다.

"폐건전지는 1급 발암 물질 비소가 기준치의 700배나 포함되었는데 17만 톤을 처분해 모두 56억 원을 챙겼습니다."

아나운서는 건조하고 담담하게 그 문장을 읊었다. 내가 어릴 때만 해도 '1급', '700배', '17만 톤', '56억'과 같은 숫자는 감히 헤아릴 수도 없는 어마어마한 것이었지만 이제는 웬만한 숫자들에 대해서 그 아나운서의 목소리처럼 무덤덤해지고 무감각해졌다.

어디 숫자뿐이랴. 무덤과 무감각을 두고 나를 탓하지 마라. 그렇게 하지 않으면 제정신으로 살 수 없게 만들어 버린 것은 내가 아니다. 어디서부터 고쳐야 할지 헤아릴 수도 없는 이 땅에서는 '세상에 이런 일이'에 나오는 이야기들보다 훨씬 기괴한 일들이 일어나고 있다.

그나저나 독일인 주인은 이런 집에서 도대체 무얼 했을까. 아무도 찾아올 것 같지 않은 이곳에서 말이다. 평범한 사람은 아닌 것 같다.

지하실 창고에 아편을 숨겨둔 마약 밀매업자였을까. 일제가 슬로건으로 내세운 대동아공영권의 승리를 위해 모셔 온 나치 전문가의 비밀 기지였을까. 아니면 한 손에 성경을 끼고 제국주의를 전파하던 독일 선교사였을까.

그러나 이제는 무엇이든 상관없다. 내가 여기서 살 운명이라면 지금의 주인은 괜찮은 사람이길 바랄 뿐.

내가 이런 종류의 상상의 나래를 펴고 있는 사이에 날 데리고 여기까지 온 사람은 초인종 찾기를 그만두고 붉으락푸르락한 손으로 쾅쾅 문을 두드렸다. 나는 다시 긴장하여 털을 곤두세우고는 앞발을 모으며 정자세로 바르게 앉아 점잖게 기다렸다.

"계십니까, 안에 사람 계십니까?"

우당탕탕 하는 요란한 소리가 안에서 몇 번 나더니 점점 가까워진다. 문을 조심스럽게 열고 얼굴만 쏙 내민 사람은 아까 상상하던 과거의 이 집 사람들과는 다른 사람임이 틀림없다. 하얀 그늘이 진 얼굴에 큰 눈,

새침한 보조개, 긴 머리를 늘어뜨린 마른 여자 사람. 그렇지 않아도 가느다란 그녀의 손목에는 이를 더욱 가늘어 보이게 하는 은색 팔찌가 애처롭게 달려 있다.

그녀의 이름은 승주다.

"어머나, 어머나. 네가 왔구나!"

다행이다. 내가 도살장에 온 것은 아닌가 보다. 승주는 나를 보자마자 인간이 흥분하면 빠르게 내뱉는 감탄사들을 늘어놓더니 얌전히 앉아 있던 나를 덥석 들어 선물 상자를 풀듯 이리저리 뜯어보고 위아래로 흔들어도 보았다.

그녀는 신나서 혼자서 뭐라고 떠들다가 나를 으스러지도록 꽉 안았는데 그러는 통에 숨이 막혔다. 나는 몸이 굳어 버둥대기 시작했다. 그녀의 품에서 벗어나기 위해 다소 과격하긴 하지만 어쩔 수 없이 온 근육에 힘을 주고 앞발을 이리저리 휘저었다.

"배달비 주세요, 아줌마."

"어머, 저 아줌마 아니거든요! 잠깐만 기다리세요."

입을 삐죽이는 승주가 주머니에서 뒤적뒤적 현금을 꺼내어 돈을 세기 시작했을 때 나는 그녀의 품을 기어이 비집고 나와서 바닥으로 떨어지는 데 성공했다. 그녀는 나를 데려다준 자에게 얼마의 돈을 건넸고, 그 자는 돈을 받자마자 뒤도 보지 않고 쏜살같이 사라졌다.

그가 뒤돌아서 조용히 흘리는 말을 듣기는 했다.

"그럼 네가 아가씨냐."

*

"아이, 예뻐라! 네 이름을 뭐라고 지어 줄까?"

승주는 나를 보고 한껏 기분이 고조되어 있다. 인간들은 대부분 날 보면 그렇더라. 그래, 내가 좀 한 외모 하지.

그리고 인간은 곧 내게 이름을 붙여 준다. 나는 과연 뭐라고 불리게 될까? 내가 개들과 떨어져 사람과 지내본 적이 있었는지 기억을 더듬어 보았다. 있을 수도 있지만 내 기억에는 얼마 전까지 분명 개들과 함께 있었다.

사람, 그것도 여자와 한 공간에서 같이 산다는 것은 좋은 일일까? 다른 누군가와 같이 산다는 것은 쉬운 일이 아니니 걱정이 앞선다. 요즘처럼 혼자 살기 편한 시대에 타인과 맞추어 가면서 사는 수고스러운 일을 우리 개들이 척척 해내는 걸 보면 자랑스럽다.

그녀는 내가 처음일까? 나 같은 개를 키우고 같이 사는 일 말이다. 나는 그녀의 흥분된 목소리를 뒤로하고 이 집에서 흘러나오는 냄새들을 킁킁 탐색하기 시작했다. 나는 개이므로 개의 본능인 냄새 맡기에 충실할 뿐이다. 냄새들의 정체를 분간해야 마음이 평온해지니까.

냄새로 내가 어느 정도인지 알려 줄까? 냄새 취(臭)자는 심지어 나를 따서 지어졌다. 스스로 자(自)자는 얼굴의 중앙에 있는 코의 앞모습을 딴 것이고, 냄새를 가장 잘 맡는 동물은 나 같은 개(犬)이므로 코와 개가 합쳐져서 '臭'라는 글자가 만들어졌다. 이 얼마나 대단한 일인가. 아, 그렇다고 나를 '개코'라고 부르지는 말았으면 한다.

유려한 장편소설

그나저나 집 안으로 들어왔으니 물의 냄새를 맡을 수 있으면 좋으련만. 목이 말라 바스락거리며 부서질 것 같다. 그런데 안타깝게도 내가 지금 맡을 수 있는 것은 승주의 화장품 냄새, 샴푸 냄새, 알싸한 살 냄새가 전부다.

그녀가 매끈한 볼로 나의 얼굴을 뭉개지도록 눌렀다가 이내 가슴팍에 날 얹어놓다시피 했기 때문에 나는 그녀의 가슴 사이에서 허우적거렸다. 부드럽다. 잠시만 더 있자. 내가 수컷이었다면 물이고 뭐고 그랬을지도.

나는 건조한 입안을 몇 번이고 혀로 핥으며 점차 냉정을 되찾기 시작했다. 그리하여 마침내 오늘 하루 가운데 가장 냉정한 기분을 유지하게 되었다. 더 이상 미동하지 않는 나의 모습은 누가 보아도 개치고는 지나치게 침착한 광경이었다. 사실 내가 냉정한 기운을 지녔다기보다는 무얼 제대로 마시지 못해서 얼이 나간 모습이 그렇게 보이는 것일지도 모른다.

승주는 내게서 무언가 감지했는지 그녀의 가슴팍에서 나를 슬며시 떼어내 바닥에 내려놓았다. 그녀에게서 떨어지자마자 나는 뒤도 돌아보지 않고 멀찌감치 걸어가서 똬리를 틀고 철퍼덕 앉았다. 그러고는 여기까지 오느라 수고한 몸 구석구석을 혀로 말끔히 닦아내기 시작했다. 잠시 경악스런 표정이 승주의 얼굴 위로 스치듯 지나갔다.

그래, 나는 본디 그리 살가운 개는 아니다. 고양이라면 모를까. 보통의 개라면 승주가 나를 먹여 살리는 물주임을 본능적으로 알아채고 개다운 행동을 보였을 것이다. 꼬리를 힘차게 흔들며 앞발을 위로 들었다가 내렸다가 뒤집어졌다가 뱅글뱅글 돌기도 하면서 온몸으로 반가움을 표시했겠지.

그런데 나는 개들이 취하는 일반적인 문법과는 좀 다른 행보를 보이기는 한다. 이를 다르게 말하자면 인간이 내게서 기대하는 것들에서 늘 어긋나 있는 것이다.

"참 희한하단 말이야. 아니, 개가 원래 이런가?"

승주가 내게 왜 그런지 묻는다면 지금은 딱히 할 말이 없다. '원래' 그렇다고 하자. "원래 그래."라고 하면 상대방은 짜증 나서 더 이상 대화를 전개할 힘을 상실하므로 나는 인간과 마주해서 곤란할 때마다 이런 몸짓을 취하곤 한다.

똑똑한 인간은 금방 알아채서 나를 편하게 해 주고, 그렇지 않은 인간을 만났을 때는 그 인간을 이해시키기 위해 꽤나 고생을 한다. 그런데 대부분 이해시키는 것은 그만두게 된다.

누군가 그랬다. 인내는 곧 포기라고. 예전에는 그 말이 참으로 마음에 들지 않았다. 어떻게 인내하는 일을 포기와 같은 선상에 놓을 수 있느냐고 되묻기도 했다. 하지만 여러 해 살다 보니 그 말의 숨은 의미를 알게 되었고 동의하게 되었다.

어쨌거나 글이든 말이든 행간의 숨은 의미를 알아차리는 것은 살아가는 데 있어서 중요한 일이다. 요즘 사람들은 가식적으로 웃는 얼굴을 하면서 실없는 소리를 하거나 영혼이 없는 말들을 기계적으로 곧잘 내뱉곤 하므로 이런 것들을 알아채는 것은 더더욱 중요하다.

어쨌든 내가 왜 보통 개와 다른지는 나 자신이 제일 잘 안다. 누군가 '정상성'이라고 이름 붙인 것과 다른 것에는 그럴 만한 이유가 있을 테니 우선 그렇다고만 해 두자. 지금 설명하기에는 너무 피곤하다.

나는 다시 기운을 차리고 킁킁거리며 이 집의 공간을 슬슬 탐색하기 시작했다. 우리 개들은 역마살을 타고났기에 어느 한 곳에 있는 것보다 이리저리 공간을 옮겨 다니는 데 익숙하다.

나처럼 역마살이 있는 인간들은 알지도 모른다. 짐을 챙기고 풀고 곧다시 챙기는 데 익숙한 자들 말이다. 다시 말해, "진짜 너네 집은 어디?" 라고 물으면 한참 고민해야 하는, 결국 대답하지 못하는 사람들 말이다. 그래서 마침내 어딘가 정착한다고 했을 때 그것은 그네들의 삶에서 커다란 이벤트가 된다.

'즐거운 나의 집'이라는 외국 번안곡이 떠올랐다. 그 노래는 이렇다.

즐거운 곳에서는 날 오라 하여도
내 쉴 곳은 작은 집 내 집뿐이리

내 나라 내 기쁨 길이 쉴 곳도
꽃 피고 새 우는 집 내 집뿐이리

오 사랑 나의 집
즐거운 나의 벗 집 내 집뿐이리

내가 이 노래를 떠올린 건 얼마간 집에 집착하는 이유도 있기 때문이다. 내 몸 하나 마음 편히 뉘일 수 있는 집! 바퀴벌레와 쥐가 나오지 않고 햇볕이 들어 사람답게 살 수 있는 집!

요즘 어느 개든지 인간과 살게 되면 참으로 집이 문제다. 집이 너무 비싸기 때문에 평생 빚을 갚으면서 은행 노예로 산다고 한다. 왜 그런 삶을 굳이 택해서 살아야 하는지 개의 관점에서는 이해가 잘 되지 않지만, 평균적인 인간 삶의 모양새는 아직까지 그러한가 보다. 머지않은 미래에 집도 곧 공유의 대상이 된다고는 하지만.

헨리 데이비드 소로가 쓴 『월든』이라는 책에서 저자는 '인간은 원래 야생에 있던 것인데 야생에 있는 것이 어색해졌다.'라고 했다. 그렇다. 원래 인간은 들판을 뛰어다니며 나와 같이 꽃내음을 맡던 종족이었다. 야생에서 모든 것을 있는 그대로 받아들인 자들 곁에서 나의 조상도 그들과 함께해 왔다. 그러나 이제 야생은 인간에게 어느 특별한 날의 체험—일부러 불편한 며칠을 보내 보는 것쯤—이 되어 버렸다. 그리고 나 역시도 오늘날 인간처럼 야생에 있는 것이 어색한 개가 되었다.

내가 야생의 삶이 아닌 인간과 같이 살게 된 이상 인간이 집을 잘 구해야 나도 그 집 어딘가에 나만의 집을 갖고 살 텐데. 요즘 이렇게 불안해서야 어디 마음 편히 자식 낳고 살겠나 싶다. 금수저 주인을 만나는 것은 절대적 행운이요, 복이란 말이지.

금수저 주인을 둔 친구들의 이야기를 보면 개 팔자가 정말 상팔자라는 말이 맞다. 내가 여기로 오기 전에 얼핏 들었는데 어느 대기업 사모님 집에 있는 커다란 개—인권人權 못지않게 견권犬權도 소중하므로 품종은 밝히지 않겠다—는 정기적으로 애견숍에 들러서 관리를 받고, 매일 좋은 유기농 사료만 먹어서 그런지 보통의 인간보다 훨씬 때깔이 곱고 나아서 사람보다 더 사람처럼 보인다고 한다.

승주는 멀리서 내가 어떻게 하는지 한참이나 지켜보다가 어느 순간 내 시야에서 사라졌다. 나도 모르게 안도의 숨이 나왔다. 승주가 언젠가 이것도 알아챌 수 있기를 바라지만 나는 누군가와 오래 있는 것이 그리

달갑지 않다. 때가 되면 알아서 물러나 주는 이들이 반갑다. 그 반대는 아주 골치가 아프다. 눈치 없는 것은 질색이다. 보통 개들은 인간의 비위를 맞춰 주면서 살던데 나는 혼자가 편하다. 혼자가 편한 인간은 아마도 내 심정을 이해할 수 있을 것이다. 승주가 보이지 않으니 이제 마음 놓고 볼 수 있을 것 같다.

이 집의 내부는 외관에서 보이는 인상과는 또 달랐다. 그것이 이 집의 반전이라면 반전이다. 집 안으로 들어오니 바깥에서보다는 사람 사는 흔적이 묻어났다. 거실 천장의 모던한 조명 자리에는 본래 샹들리에가 박혀 있던 자국이 적나라하게 남아 있었는데, 새로운 조명은 마치 감옥을 럭셔리 쇼룸으로 만들어 보려는 시도 같아서 나도 모르게 쿡 하고 웃음이 나왔다.

거실 끝에는 2층으로 올라가는 자그마한 계단을 따라서 크고 작은 옛 그림이 걸려 있다. 이전 주인의 취향인지 승주의 손길인지는 알 수 없으나 풍경화 속에 등장하는 몇 사람들이 일정한 스토리를 가지고 있었는데 '내가 누군지 알아내 봐.', '나를 어서 읽어 줘.' 따위의 스무고개를 하고 있다. 그러나 알아내고 싶을 만큼 매력적이지는 않았다.

옛 성을 거의 개조하지 않은 이 집의 크고 작은 방들에서는 세월의 흔적이 자연스레 묻어났다. 어떤 방은 예전에 쓰던 유럽식 가구와 금이 간 희뿌연 거울, 외투 걸이 등을 그대로 두었으며, 어떤 방은 한국 전통 가구로 장식하고 창문에는 한지를 짱짱하게 발라 놓았다. 하지만 대부분의 방은 텅 비어서 아무것도 없었다.

아직 가 보지는 않았지만, 이 집 어딘가에는 커다란 지하실도 있을 것이며 꼭대기에는 곰팡이가 피어 있는 하녀방도 있을 것이다. 이 정도 규모의 집이라면 영화나 소설에 등장하는 저택처럼 아무에게나 입장을 허락하지 않는 비밀의 방도 있겠지.

2층의 기다란 복도 바닥은 내 모습이 비칠 정도로 매끈한 대리석이라서 발걸음을 옮길 때마다 바닥에 비친 내 모습에 깜짝 놀라곤 했다. 바깥을 향하는 창문은 약속이나 한 듯 굳게 닫혀 있다. 이 집에 있는 사람들은 문을 열 필요성을 느끼지 못하는 듯했다. 그도 그럴 것이 천장은 높고 그늘이 지는 실내는 바깥과 달리 매우 쌀쌀한 기운이 감돌았다. 바깥세상이 여름인지 새까맣게 잊을 정도다.

그나마 승주라는 사람으로 인해 싸한 공기가 다소 누그러진 듯했다. 여기에 익숙해지려면 나는 아무래도 시간이 좀 필요할 것 같다.

우리가 사람 사는 집이라고 부를 수 있을 때 갖추어야 할 것들은 이 집에서 그럭저럭 제자리를 찾아 잘 있는 듯했다. 그런데 부족할 것 없이 보이는 것들이 종종 치명적인 결함을 뒤로 숨기고 있는 것을 본의 아니게 확인하곤 한다. 나의 경험상 그렇다는 말이다.

이곳은 사람이 사는 공간이라기보다 모델 하우스나 방문객에게 공개되는 어떤 기념관이라고 하는 편이 더 어울릴지도 모른다. 아직까지는 이 감옥, 아니, 집에서 승주 이외의 사람은 보이지 않았다. 승주는 이곳에 정을 붙이고 사는 사람이라기보다 잠시 놀러온 사람임에 틀림없다. 이 집의 공기와 내가 맞닥뜨린 승주라는 사람의 공기는 서로 어색하게 빗나갔다. 그녀가 오래 살 수 있는 곳은 아닌 것 같았다.

이 집은 숨어 있을 곳이 많아서 내가 살기에는 어느 정도 합격이라 말할 수 있었다. 그러나 이것 역시 인간이 있을 때만 온전히 성립한다. 인간이 없는데 숨어 있는 것은 별 의미도 재미도 없다.

어쨌거나 승주를 이 집에서 보는 것이 왠지 싫다. 우리가 이 집에서 만난 일은 애석한 일이다. 다른 곳이라면 승주가 괜찮게 보였을지도 모를 일인데….

내가 이 집에서 어떤 모양새로 있을지 감이 잡히지 않는다. 그나마 다행인 것은 성냥갑 같은 고층 아파트가 아니라서 내 마음대로 뛰어다닐 수 있다는 것과 내가 시끄럽다고 이웃이 따질 때마다 의기소침해지거나 입에 재갈이 물릴 일도 없다는 것이다.

아파트에 살아 본 것은 아니지만 주워들어서 알고 있다. 요즘에는 층간 소음 문제로 인간들끼리 살인이 난다더라. 나도 개라서 소리나 소음에는 무척 민감하고 예민한데 인간들이 사는 곳은 더 심각한가 보다. 아파트는 꽤나 무서운 곳이라고 잠정 결론 내렸다.

그런데 사실 짖는 나를 보면서 무어라 하는 인간들에게는 약간 화가 난다. 따지고 보면 데리고 있는 사람한테 뭐라 해야지, 나한테 무어라 할 것은 아니다. 짖는 건 내 본능이고 인간 너희들이 말하듯이 나도 이렇게 말하니까. 인간들이 죽을 때까지 말을 한마디도 하지 못하는 형벌을 받아야 어떤 기분인지 이해할 수 있을까?

나는 이따금 승주 몰래 이 집 밖을 빠져나가 햇볕을 쬐기로 마음먹었다. 그렇게 생각하니 갑자기 털에 윤기가 흐르는 것 같다.

승주에 대해서는… 나는 그녀와 약간 거리를 둘 것을 택했다. 설마 이 큰 집에 승주 혼자 살겠느냐마는 승주가 외로워서 나를 부른 모양인데 어차피 같이 살게 될 팔자라면 천천히 알아 가도 괜찮지 않을까.

그녀가 나를 온전히 사랑한다고 느낄 때까지 나는 마음을 쉽게 열 수 없다. 그렇다고 내가 승주와 의도적으로 밀당을 한 것은 아니다. 전에도 말했지만 나는 원래 그렇다.

*

이 집에 오기까지의 여정이 그리 쉽지 않았기에 온몸은 녹초가 되었다. 물이 있을 부엌을 살펴보고 싶었지만 이내 그만두었다. 부엌은 어디 있는지 이상하리만큼 잘 보이지도 않고 냄새도 나지도 않았다.

아직 다 파악되지 않은 이 집의 구석 어딘가를 걷다가 나는 온기가 느껴지는 바닥에 몸을 뉘이고 잠시 눈을 붙였다. 잠을 청해 보았지만 너무 피곤한 나머지 쉽게 잠이 들지 않는다. 내 운명이 나를 왜 여기까지 데리고 왔는지 곱씹어 보려 했지만 그것도 제대로 되지 않았다. 단지 내가 태어나서 얼마 되지 않아 떨어지게 된 나의 부모님, 기억이 날 듯 말 듯한 나의 형제자매들과 최근까지 북적이던 수많은 친구들의 모습이 마구잡이로 떠올랐다.

실체가 없으면 상상력은 무한대로 확대된다. 그리고 그 상상은 곧 어떤 실체를 만들어 낸다. 내가 만들어 낸 허상의 믿음은 내 안에서 진실의 세계로 서서히 변신한다. 만들어진 진실이 부서지면 나의 자아ego도 함께 무너지기 때문에 누구도 공격할 수 없도록 나만의 성을 만들어 높이 쌓아 올린다. 이것은 어리석은 짓이나 그리하여 나의 부모, 형제자매

유려한 장편소설

는 모두 아름답고 멋지고 착하다. 나는 그렇게 그릴 수밖에 없다.

내가 짐작하는 대상을 정말 부모라고, 형제자매라고 부르고, 생사도 모르는 친구를 친구라고 하는 것이 여전히 유효할까 하는 생각이 얼핏 들었지만 이렇게라도 해야 나의 존재가 거짓이 아닌 것 같다. 의심할 수 없는 것은 오직 지금 여기에 있는 나라는 존재뿐이지만 그 역시도 나의 뇌가 만들어 낸 착각일 수 있지.

어차피 인간도 개도 결국 혼자다. 나를 처음에 예쁘다고 데리고 온 사람이 내가 늙고 병들면 길바닥에 몰래 버릴 수도 있다. 그 사람은 나를 처음 보았을 때의 환희를 기억하지 못할 것이다.

그래, 모든 것은 모였다가 다시 흩어지며 영원한 것은 없다. 간혹 마음 깊은 곳에서나 영원히 살아 있을 수는 있어도. 설령 내가 가족을 이루고 산다고 하여도 우리가 언제까지나 서로 무슨 생각을 하면서 사는지, 어떤 마음 상태인지 온전히 알기는 어렵다.

가족 혹은 부부 사이에 섬이 생기면 그보다 외로운 일은 없다. 때로는 곱절로 커다란 상처를 주고받아서 타인보다 못하게 될 때도 있다는 것, 그래서 다 크면 떨어져 살면서 가끔 보는 편이 더 애틋한 사이가 될 수 있다는 것, 가장 가까운 존재라서 가장 잘 안다는 말하는 것은 반은 맞고 반은 틀리지 않을까?

내가 상대를 알 만큼 안다고 자만하는 순간 그 상대는 내게서 멀어진다. 겉으로 드러나는 몇 가지 단서들로 그 대상이 자기 손 안에 있다고 생각하는 것은 오만이다. 오만과 자만의 대가로 상대는 영원히 자신을 보여 주지 않는다. 스스로 그러하다는 자연이나 동물은 절대로 그러지 아니하지.

수십 년을 옆에 두고 살아도 알 수 없는 것이 인간이다. 내가 안다고 생각했던 사람이 전혀 다른 모습이기도 하다는 것을 나는 여러 경험을 통해 알고 있다. 인간을 이해하는 방법을 찾는 인간들이 오히려 그 이해를 해치게 될 수도 있는 도구를 두 손에 쥘 때, 그 도구를 끝까지 의심하고 경계하려는 인간은 그다지 많지 않다. 인간은 그다지 합리적인 존재가 아니다.

그들은 그 도구가 과학적이며 타당하다고 믿는 모양이다. 내가 아는 한, 분석과 판단의 대상으로 삼은 인간을 이런저런 카테고리에 넣어 규정하는 관계가 된다면 더 이상 진실한 관계를 이어 나갈 수 없다. 존중이 결여된 짝눈으로 세상을 바라보는 일이니까. 설사 부인하거나 이를 감춘다고 해도 어떤 방식으로든 은연중에 상대에게 전해지기 마련이므로 이것은 참 슬픈 일이다.

내가 본 인간들은 무척이나 이기적인 유전자를 가졌다. 인간은 본 모습을 감추고 상황에 따라 자신에게 유리하도록 영악하게 연기도 잘한다. 상대가 누구냐에 따라서 달라지는 사람도 많다. 인간들은 물론 거짓말에도 도가 텄다. 그것은 나이가 들수록 능수능란하다. 그리고 그런 연기를 알면서도 서로 눈감아 준다. 모를 줄 알고 있겠지만. 개는 그런 점에 있어서 인간보다 정직하게 반응한다고 말할 수 있다. 그러므로 그러한 인간이 인간보다 개를 더 신뢰하게 되는 것은 필연적일지도 모른다.

그나저나 나의 삶에는 이렇게 저렇게 살을 맞대어 비벼대고 지지고 볶을 대상조차 지금 없다. 나는 약간 침울해진 상태로 늦은 오후에 겨우

유려한 장편소설

잠이 들었다.

*

붉은 물감 짜내기 경진 대회를 하던 해는 산 뒤로 꾸역꾸역 기어들어
간 지 오래였고 사방에는 어느새 어둠이 깔렸다. 이 마을의 몇 개 안 되
는 전신주만이 어둠 속에서 가냘픈 빛을 내고 있다.

내가 눈을 다시 뜬 것은 승주가 만든 나의 저녁 식사 때문이었다. 아
직 잠에서 온전히 깨어나지 못한 감각들 사이로 음식 냄새가 뭉근히 피
었다 사라진다. 슬며시 눈을 떠보니 승주가 내 앞에서 쪼그리고 앉아 나
를 빤히 쳐다보고 있었다.

"자, 배고프지? 이거 먹어 봐."

그녀는 처음 보았을 때보다는 약간 의기소침해져서 나의 코앞으로 그
릇을 내밀었다가 다시 뒤로 물렸다가를 반복했다. 바닥에 드르륵거리는
그릇 소리만 짱짱하게 울려 퍼졌다. 내가 잠을 자는 동안 먹을 것을 만
든 모양이다. 그리고 내가 어디에서 자고 있는지 용케도 찾아냈다. 꼭 숨
으려고 의도했던 것은 아니었는데 괜히 그녀에게 미안해졌다.

그런데 어쩌나. 그녀는 나의 취향을 저격하는 데 실패했다. 이것저것
알차게 섞어 넣은 고기반찬이라니. 다른 개들이었다면 틀림없이 좋아했
을 것이다. 그러나 모든 개가 고기반찬을 좋아할 것이라 생각하는 것은
편견이다. 차라리 보편성을 의심하고 특수성을 옹호해라. 그 편이 낫다.
아니, 좀 더 풍부하고 다양하게 살아갈 수 있다.

어쨌거나 나는 이 음식이 약간은 의심스럽다. 허나 잘근잘근 뭉갠 달

짝지근한 고기반찬을 들이미는 그녀의 정성을 생각해서 약간 먹는 척을 해 보았다.

음식을 앞에 두고 짜증 내는 것은 그다지 예의가 아니라고 배웠기 때문에. 어디선가 배가 고파서 굶고 있을 나의 친구들도 있기 때문에. 더 중요한 것은 그녀와 살려면 맛이 없어도 맛이 있는 척해야 나의 목숨을 부지할 수 있기 때문에.

그러나 고기반찬에는 도무지 입맛이 돌지 않았고 약간 구역질이 나올 것 같았다. 혹시 승주가 여기에 이상한 것을 넣은 것은 아니겠지? 내가 어떻게 먹는지 날 뚫어지게 쳐다보는 그녀의 눈빛도 부담스럽다.

나는 이내 먹는 것을 그만두고 턱을 땅에 턱 내려놓았다.

"어… 이게 아닌데."

그와 동시에 승주는 힘 빠진 소리를 냈다.

그나저나 물이라도 있으면 벌컥벌컥 마시고 싶다. 이럴 때 "저기요, 물 좀 줘요!"라고 인간의 언어로 외칠 수 있다면 얼마나 속이 시원할까 생각해 보았으나 다 부질없는 짓이다. 내가 집 밖에 나가서 앞발로 부지런히 땅을 파내 물을 찾아보는 편이 더 빠를지도 모르겠다.

아, 피곤하다. 잠깐이라도 눈을 붙인 까닭에 컨디션이 조금 나아지긴 했으나 여전히 피곤했다. 무엇보다 나를 향한 승주의 관심에 오늘은 더 이상 반응할 힘이 남아 있지 않아서 오래된 고무줄처럼 맥없이 늘어졌다.

그녀가 드디어 눈치챘다. 이런 나를 두고 오늘 할 일을 다 했다는 듯 마침내 두 손을 탈탈 털고 일어섰다. 승주가 팔짱을 끼었다 풀었다 하기 시작했다. 나는 바닥에 껌처럼 눌어붙어서 눈만 왼쪽, 오른쪽으로 움직

유려한 장편소설

이며 그녀가 어떻게 하는지 지켜보았다.

　인간이 팔자걸음을 걸으며 왔다 갔다 하는 것은 불안하다는 신호다. 승주가 이리저리 무의미한 발걸음을 옮기는 동안 나는 그녀가 무슨 생각을 하는지 알 것 같았다. 나에게 무슨 문제가 있는 것이 아닐까 생각하기 시작한 것이다.

　승주가 나를 보낸 지인에게 전화를 걸었다.

　"미래야, 나 승주…."

　내가 못 듣는다고 생각했는지 크게 말하는 덕분에 나는 그녀가 나에 대해서 어떻게 생각하는지 알게 되었다.

　"응, 잘 왔는데 어디가 아픈가? 아니면 오다가 뭘 잘못 먹었나… 좀 이상해, 애가. 응? 응, 먹여 봤어. 그런데 도통 뭘 먹고 싶지가 않은가 봐. 내가 만지는 것도 그렇게 좋아하지 않는 것 같고, 나를 피하는 것 같고. 개가 원래 이런가? 응, 응. 아니, 어… 모르지. 내가 싫은가?"

　다행히 그녀는 눈치가 없는 인간은 아니었다. 승주가 처음으로 마음에 드는 순간이었다. 이제부터 이야기가 좀 통할 것 같다고 할까.

2

승주가 이 감옥에, 아니, 집에 처음 발을 들인 것은 3년 전 가을 즈음, 그녀의 시어머니 송경애를 만나기 위해서였다. 예비 신랑 장민석과 함께 서울에서 기차를 타고 울산역에 내려 또다시 차를 타고 한참을 달렸다.

지평선 너머까지 넘실대는 보리밭 사이로 비포장도로가 이어졌다. 달리고 있는 중에도 GPS는 엉뚱한 곳을 가리키며 목적지에 도착했다고 되풀이하고 있고, 네이버나 구글 지도에는 목적지가 아예 검색도 되지 않았다. 멀미가 난 승주는 관자놀이를 양손으로 누르며 민석에게 국가 기밀 기지라도 가는 것이냐며 투덜댔다.

그렇게 처음 도착하여 마주한 이 집이 자아내는 분위기는 말로 표현하기 힘든 야릇한 것이었다. 살아 있으나 움직이지 않는 괴물을 만난 느낌.

시어머니를 만나기도 전에 벌써 시어머니를 만난 것 같아서 그녀도 모르게 움찔했다. 예비 신랑에게 이것저것 묻고 싶었지만 엄두가 나지 않아 묻는 것을 그만두고 그를 따라 집 안으로 들어갔다.

민석의 안내를 받아 그녀가 조심조심 들어간 응접실 끝 창문가에는 송경애가 서 있었다. 창 너머 무언가를 바라보는 송경애의 뒷모습은 무대 위에 오른 연극인처럼 가만히 있어도 극적이었다. 뉘엿뉘엿 넘어가던 뜨거운 해는 창문으로 옮겨져 활활 타면서 송경애가 있는 응접실 안까지 매일의 끝에 남은 힘을 쥐어짜며 타는 듯 빛줄기를 들여보냈다.

그런데 막상 송경애의 모습은 석양의 눈부심 때문에 잘 보이지 않았다. 대신 그녀의 그림자가 승주의 발 앞까지 길쭉하게 늘어져 닿았다. 에드워드 호퍼Edward Hopper 그림 속에 들어가 있는 중년의 여성. 이것이 승주가 본 송경애의 첫인상이다. 첫 모습으로 뒷모습을 보는 일이 종종 있지만, 이것은 나중에 그녀가 송경애를 떠올렸을 때 결코 잊을 수 없는 하나의 장면이 되어 뇌리에 박혔다.

다소 예민한 승주는 송경애의 등에서 곧 무언가 읽어 냈다. 등줄기를 타고 흘러내리는 공허함은 거대한 이 집의 무게를 혼자 떠받치고 있었다. 풍채가 있는 송경애의 등짝은 넉넉함이라든가 포근함이라는 단어보다 독방에서 혼자 서성이는 죄수의 적막함과 더 잘 어울렸다.

말라붙은 눈물 자국 사이로 하염없이 눈물이 새어 나오고 마르기를 수도 없이 되풀이하는 등. 제우스가 내린 형벌로 커다란 바위를 산꼭대기로 힘겹게 밀어 올리지만, 산꼭대기에 다다르면 바위가 아래로 굴러떨어져 다시 올리는 고역을 영원히 되풀이하는 시시포스 같은 운명.

그 적나라한 그림 앞에서 승주는 말문이 막혔다. 이 집안의 남자들은 송경애가 그런 뒷모습을 가지고 있는지 과연 알까?

승주가 하이힐의 균형을 맞추려고 나무로 된 응접실 바닥을 발꿈치로 한 번 더 눌렀을 때 끼익 하며 나무 바닥이 뒤틀리는 소리를 냈다. 송경애가 뒤를 돌아보았다.

"어서 와요. 여기까지 오느라 수고 많았어요."

승주는 그제까지 말문이 막혀서 바로 무어라 대답하지 못했다. 송경애의 목소리는 예상보다 경쾌하였으나 허스키한 무게감이 느껴지는 독특한 질감이 있었다. 그녀의 얼굴은 여전히 석양 때문에—얼굴 자체가 붉은 해인 것처럼—전혀 보이지 않았다. 그 때문에 예비 시어머니와 제대로 눈을 맞출 수 없었고 어디를 응시하면 좋을지 알 수 없었다. 승주는 손을 내밀어 인사를 할 생각이었으나 석양 때문인지 송경애의 등짝 때문인지 결국 그렇게 하지 못했다.

"반가워요. 나는 민석이 엄마 되는 송경애예요."

결국 송경애가 한 번 더 말을 꺼냈고, 승주는 간신히 입을 떼어 말했다.

"안녕하세요. 처음 뵙겠습니다. 최승주입니다."

"저녁 시간이라서 식사부터 하면 좋겠는데, 괜찮죠?"

"예, 그럼요."

그들은 첫인사를 나누자마자 바로 저녁 식사를 시작했다. 그들은 다른 곳으로 이동하지 않고 응접실 한편의 커다란 테이블에서 식사를 했다. 예비 신랑 장민석이 계속 무어라 말했는데 그의 말이 거의 들리지 않았다. 승주는 송경애의 뒷모습이 자꾸만 떠올랐다.

유려한 장편소설

사그라지지 않던 해는 언제 그랬냐는 듯 세상에서 완전히 자취를 감추었고, 시린 초저녁의 공기가 응접실의 창문을 통해 한꺼번에 밀려들어왔다. 그제야 모든 것이 눈에 제대로 들어왔다.

70년대 가정집에서 볼 법한 금색이 섞인 카키색 장식 무늬 벽지는 여전히 제 색을 도드라지게 하고 있었고, 식탁 위에는 수국 한 줌이 꽃병에 담겨 있었다. 말라비틀어진 수국은 제 모습을 잃어버려서 화사하고 시원한 향기를 날리던 한철의 과거를 떠올리기 어려웠다.

이어서 승주의 눈에 들어온 것은 송경애의 머리카락이었다. 송경애의 머리칼은 온통 하얗게 새어 있는 밝은 회색빛이었다. 마치 그녀의 머리 위로 구름이 내려앉은 듯했다. 그것이 그녀에게 기품을 실어 주는지 아니면 어떤 다른 의미를 주는지는 아직 알기 어려웠다. 머리카락 사이로 솟은 이마와 실처럼 옆으로 가느다랗게 늘어진 눈은 설원 속에서 기도하는 어떤 여인과 같은 인상을 주었다.

하지만 그녀의 눈에서 눈동자를 찾는 것이 쉽지 않았는데, 아주 가끔 무언가 집중해서 노려보는 눈일 때만 진정한 눈동자가 수면 위로 잠깐 올라온 것처럼 보였기 때문이었다.

송경애와 이 집에 대해서 생각하느라 저녁 식사를 어떻게 했는지도 모른다. 예비 신랑 장민석이 원맨쇼를 하듯 말을 이어 가며 두 여자의 대화에 다리를 놓아 주었으나 대화가 그렇게 자연스럽게 흘러가지는 않았던 것 같다. 송경애도 붙임성 있게 말하는 스타일은 아니어서 이들의 말과 말 사이에는 여러 번 정적이 흘렀다. 승주는 이 집의 과거와 현재에 대해서 묻고 싶었지만 선뜻 입이 열리지 않았다. 그들의 이야기는 이 집

어딘가로 말려들어 버리는 것 같았다.

송경애는 식사 후 차를 내오면서 승주가 무슨 일을 하고 있는지, 아들이 어디가 좋은지와 같은 질문을 하기 시작했다. 승주는 그녀의 질문들에 하나씩 차분하게 대답했다.

"우리 민석이를 선택해 주어서 고마워요."

송경애가 불쑥 그렇게 말했을 때 승주는 의외라고 생각했다. 다행히 송경애는 자기 아들이 얼마나 잘났는지 늘어놓는 사람은 아닌 것 같다. 그저 겸손에서 나오는 말이 아니라 '네가 드디어 나이 꽉 찬 우리 아들을 데리고 가 줘서 내가 얼마나 고마운지 모른다.'와 같은 진심이 말 사이로 묻어났기 때문에 승주는 그녀를 다시 보았다. 그리고 승주가 말을 이어받아서 동의한다는 식으로 솔직하게 대답해 버렸기 때문에 송경애 역시 승주가 의외의 인물이라고 생각했다.

송경애는 솔직한 사람을 좋아한다고 장민석에게 입버릇처럼 말하곤 했다. 그녀는 승주가 아마도 그런 아이인 것 같다고 생각했다. 솔직하지 못한 송경애가 겉과 속이 다른 것보다는 솔직한 편이 낫다는 지론을 가지게 된 것은 어쩌면 당연한 일이다.

장민석은 그 와중에 "엄마는 승주한테 내 자랑을 좀 해 주지 그래요." 라는 말을 했다가 송경애의 매서운 눈길에 입을 바로 다물어 버렸다. 승주는 내가 용감한 결혼을 하는 것인가 잠깐 생각했다.

그녀는 그때 그 생각을 연장했어야만 했다.

*

유려한 장편소설

그해 한반도는 비를 구경하는 것이 힘들었다. 마른하늘에 떠 있는 해의 기세는 꺾일 줄 모르고 비를 내보낼 생각도 하지 않았다. 전국에서 본격적으로 물이 동나기 시작했고 각 가정은 한시적으로 나오는 정해진 양의 물을 받아서 사용하고 있었다. 가을 수확을 기다리던 과수원의 과일들은 싱싱한 찬란함을 맺기도 전에 말라 땅에 떨어져 농가의 시름은 더욱 깊어졌다.

작은 강의 바닥이 말라 버린 것은 물론이며 댐의 수위도 현저히 낮아졌다. 낙동강을 비롯한 주요 강들의 녹조 몸살은 악화되었다. 더 이상 강물이라고 부르거나 식수로 사용하기에 심각한 지경에 이르렀으나 이에 관계된 사람들은 뒷짐만 지고 안전하다고 말했다. 이러한 녹조 강에서 수중 생물이 정상적으로 살 수 있다는 관계자들의 주장은 그들을 제외하고는 믿는 사람이 없었다. 낙동강을 방문한 어느 외국인이 올라퍼 엘리아슨Olafur Eliasson의 ‘Green River’ 시리즈[2]를 한국에서 다시 하고 있냐고 한 씁쓸한 인터뷰가 방송에 나오기도 했다.

병원 응급실은 온열 질환 때문에 널브러진 환자들로 가득했다. 누진세가 두려운 가정에서는 에어컨도 마음 놓고 틀지 못해 도서관, 카페, 은행, 쇼핑몰로 피신하러 다녔다. 하지만 이 남쪽 시골의 성城 주변에 그럴

---

2 올라퍼 엘리아슨은 덴마크 출신의 작가로 빛, 물, 공기, 온도와 같은 자연적인 요소를 예술 작품으로 끌어들여 관람객이 지각하고 경험함으로써 예술적 완성이 이루어지게 하는 큰 규모의 설치 작업을 주로 하고 있다. ‘Green River’는 그가 1998년부터 2001년까지 노르웨이, LA, 스톡홀름, 도쿄 등의 강에 천연 소재 친환경 염색제를 풀어 강물을 초록색으로 물들인 시리즈 작품이다.

만한 인프라가 없는 것은 당연했다.

그나마 승주에게 다행이었던 것은 이 집의 내부가 지나칠 정도로 서늘하여 힘든 여름을 보내지 않아도 된다는 것이었다. 승주는 이것이 좋은 것인지 나쁜 것인지 알 수 없었다. 그녀는 여름의 감각을 차츰 상실하고 있었다.

내가 승주와 함께 살게 된 지 일주일이 채 되지 않았을 때, 그녀에 대해 꽤 짤짤한 정보를 얻게 되었다.

그 이야기를 하기 전 먼저 하고 싶은 말이 있는데, 나는 그때까지 승주가 주는 개밥은 먹었어도 그 집에서 물을 마신 기억은 없었다. 내가 이 집의 탐색전을 마칠 즈음 이 집 깊숙한 곳에 숨어 있는 자그마한 부엌을 발견하기는 했다. 그러나 물이 나오는 수도가 있는 곳은 내가 닿기에는 너무 높았고, 식탁 위에도 물이 담긴 컵이나 병들이 전혀 보이지 않았었다.

혹시 식탁 위에 놓인 꽃병에 물이 담겨 있을까 해서 의자를 타고 기어 올라가 앞발로 툭 꽃병을 넘어뜨려 보았지만 내게 돌아온 것은 흘러나오는 물 대신 썩어 있는 스티로폼 부스러기였다.

"젠장…."

사람이었으면 그렇게 말이라도 할 텐데. 나는 부글부글 속이 끓었다. 끝내 부엌에서 물을 마실 수 있는 방법을 찾지 못했다. 이 세상에 던져진 후로 내가 물을 이렇게 그리워하게 될 줄은 이 집에 와서야 처음 알았다. 얼마나 절망했는지는 더 이상 이야기하고 싶지 않다.

부엌에서의 실패의 경험으로 나는 좀처럼 보이지 않는 물에 더욱 집착하게 되었다. 당장 물이 보이지 않아서 나는 가장 최근의 기억을 더듬어

유려한 장편소설

물의 감촉을 자꾸만 불러냈다. 시간이 너무 많이 흐르게 되어 혹시 물을 떠올리는 방법을 영영 잊어버리게 되는 것은 아닐는지 걱정도 되었다.

나는 물이 혀에 닿아서 목구멍으로 넘어갈 때의 느낌을 불러내려다가 몇 번이나 혀를 깨물었다. 물이 보고 싶었고, 만지고 싶었다. 깨끗하고 시원한 물을 흠뻑 맛보는 상상을 하다가 마침내 들판에서 온몸으로 비를 맞으며 원 없이 물을 마시는 꿈도 꾸게 되었다.

그렇게 꿈을 꾸고 눈이 번쩍 떠졌을 때는 내 몸이 마치 물이라도 된 듯 행복한 기운에 붕 떠 있었다. 허나 그것이 꿈이었음을 알게 되었을 때 아프게 밀려오는 현실의 자각은 진한 괴로움만 남겼다. 이 집에 온 지 고작 일주일 만에 생긴 일이었으나 이미 십 년은 늙어 버린 느낌이었다.

승주는 이런 나를 아는지 모르는지 내게 물 대신에 계속 고체 형태로 된 개 사료를 먹이거나 자신이 직접 만든 개밥을 주었다. 반들반들하던 코는 윤기를 조금 잃었고 탄력 있던 나의 근육은 금세 마른 지푸라기처럼 푸석푸석해지기 시작했다. 승주는 나의 이러한 변화를 눈치채지 못한 것 같았다.

갈증과 참을성이 극에 달했을 때 나는 집 밖에서 직접 물을 구할 생각을 하게 되었다. 정원에 나가서 벌집이 있는 나무 밑 어딘가를 파 보면 물이 아직 흐를지도 모른다.

나는 무엇이라도 좋으니 떠오른 생각을 현실로 옮겨 보자고 마음먹었다. 정원으로 향하는 문 근처에서 서성이다가 기회를 노리기로 했다. 머리로 문을 밀어 보기도 하고 두 발을 세워서 문짝을 긁어 보기도 했다. 문은 입을 다물고 반응이 없다. 꼼짝도 하지 않는 문 옆에서 제풀에 지친 나는 벌러덩 드러누웠다.

얼마나 시간이 지났을까. 아무래도 그만두는 것이 좋겠다고 생각했을 때 내 간절함이 비로소 하늘에 닿았던 것인지, 아니면 바람의 장난이었는지 정말 집 문이 끼익 소리를 내며 열렸다.

아! 믿을 수 없는 광경에 피가 갑자기 핑그르르 돌았다. 열린 문으로 새파란 정원이 눈에 들어온다. 나는 총알처럼 튀어나가 정원이 수영장이라도 된 듯 첨벙 뛰어들었다. 그리고 정원에 있는 나무까지 전력 질주했다. 반드시 물을 마시겠다는 신념으로 끝장을 볼 것처럼.

흥분한 나는 나무 밑에서 약을 잘못 먹은 미친개처럼 땅을 파기 시작했다. 땅을 파면 팔수록 물 대신 개미 떼와 꼬여 있는 징그러운 벌레들만 나왔다. 그러나 개의치 않고 앞발이 모자라면 뒷발을 이용해 열심히 땅을 헤집었다.

약간 물컹하고 진득한 진흙이 느껴지자 주체할 수 없이 심장이 뛰어서 아예 얼굴을 땅에 박아 버리고 파내기 시작했다. 시간만 주어진다면 우물이라도 만들어 낼 수 있을 것 같은 기세였다. 그새 온몸의 털이 더러워진 것은 물론이요, 내 주변도 어수선해졌다.

집 안에 있던 승주가 2층 침실 창문을 통해 날 발견하고는 큰 목소리로 말했다.

"어? 어? 거기서 뭐하는 거야! 어떻게 나갔지? 너 언제 거기로 나갔니! 엄마한테 말도 없이!"

'엄마…?'

그녀가 성을 내면서 쿵쾅쿵쾅 계단을 내려오는 소리가 정원까지 들렸

유려한 장편소설

다. 무시무시한 소리를 내며 집 문을 열고 내 앞까지 걸어올 때 나는 마취 총이라도 맞은 것처럼 그 자리에서 얼어 버렸다.

'엄마?'

그 순간 그녀는 '엄마'였고 나는 말썽꾸러기 '어린이'였다. 나는 내가 잘못된 행동을 했는지 생각했다. 썩 잘못한 일은 아니지만 그렇다고 잘한 일도 아닌 것 같았다. 엄마의 관점에서 보자면 이것은 반드시 혼날 일이다. 온몸이 더러워졌으므로.

승주가 내 앞에 서서 팔짱을 끼고 한껏 노려본다. 나는 낑낑 소리를 내며 뒷걸음질 치는 것으로 집안에 들어가기를 온몸으로 거부했다. 하지만 그녀는 아랑곳하지 않고 꼬질꼬질 더러워진 나를 양손으로 번쩍 들어서 이리저리 살펴보았다.

"이렇게 더러워지면 어떻게 하니, 응? 얌전히 있다가 도대체 이게 웬일이니. 얌전한 고양이가 부뚜막에 먼저 오른다더니. 아니, 넌 개지. 어쨌든, 대체 뭐가 있었던 거야? 응?"

그녀는 내가 나무 밑에서 우연히 쇠똥구리나 두더지를 만나 다소 격정적으로 놀았다고 생각한 모양이다. 그랬다면 사교 시간이라도 되었으려나.

격렬한 대탈출은 아무런 소득 없이 끝나 버렸다. 무엇을 위한 대탈출이었나 생각하니 그저 허탈했다. 물은 구경도 하지 못했다. 전략이 잘못된 것이었는지 시간이 짧았는지 모르겠지만 모처럼 얻은 기회를 날려 버린 나 자신이 한심스러워 고개를 들 수 없었다.

눈을 질끈 감았다. 이제 승주가 날 어떻게 하든 상관없다고 생각했다.

세상이 끝난 것 같다.

하지만 미리 말하자면 이 해프닝은 헛짓이 아니게 되었다. 내가 감행한 대탈출이 놀랍게도 물을 만나게 해 주었기 때문에.

"자, 이제는 얌전히 앉아 있어야 해."

욕조 안에 얼굴을 파묻고 엎어졌을 때까지만 해도 상황을 몰랐다. 갑자기 첨벙하는 물소리가 들려서 나는 황급히 고개를 들었다. 이것은 내가 아는 물소리다!

그녀는 욕실 한쪽에 저장되어 있는 물통에서 물 한 바가지를 퍼서 영화처럼 슬로 모션으로 내게 다가왔다. 아, 실제인가 꿈인가. 아니면 증강현실 게임인가. 철렁이며 내게로 다가오는 물이 제발 신기루가 아니길 바랐다. 욕조 안에서 폴짝폴짝 뛰며 있는 대로 짖으니 승주가 말한다.

"잔뜩 더러워지고 이렇게 좋아할 일이 아니란다."

아! 내가 인간이었다면 탄성을 내지르고 너무 신이 나서 노래라도 불렀을 거다. 그렇지 않겠는가? 무더운 여름날 근 일주일 만에 물이라는 것을 구경했는데. 당신이라면 그렇지 않겠는가? 말라비틀어질 것 같은 내게 떨어지는 물줄기는 가장 아름다운 폭포수요, 그야말로 장관이었다.

나는 목을 축이려 한껏 입을 벌려 혀를 쭉 내밀었다. 물이 입으로 들어가는지 코로 들어가는지도 몰랐다. 다시 태어난 것 같다는 말은 이럴 때 쓰는 말이다.

예상치 못한 순간에 나는 물을 구경했다. 결과적으로 나의 더러움이 내가 그토록 찾아 헤매던 물을 부른 셈이다. 다시 말해서 더러움이 나를 온전하게 만들었다.

세상의 모든 것은 양면적이다. 좋은 것이 나쁜 것이 될 수도 있고, 나쁜 것이 좋은 것이 될 수도 있다. 그러므로 사실 좋은 것도 없고 나쁜 것도 없다. 일희일비—喜—悲할 필요가 없다는 말이다. 나는 갑자기 득도의 반열에 올라 희열감을 맛본 개처럼 계속 짖어댔다. 큼큼. 개가 말씀하신다. ㅂㅂ.

왜 좋은 시간은 이렇게 빨리 지나가는지. 행운처럼 찾아온 요란한 물잔치가 끝났다. 이것이 행복이지, 무엇이 행복이란 말인가. 이 순간만큼은 온 세상이 아름답고 평화롭다.

기분이 좋아서 늑대처럼 우워우워 노래를 불렀다. 승주가 나를 잡고 수건으로 말리기도 전에 다시 밖으로 나가서 더럽혀지고 싶을 만큼 에너지가 솟구쳤다. 지금 이대로라면 나는 수보드 굽타Subodh Gupta[3]처럼 똥을 뒤집어쓰고 똥으로 샤워를 해도 좋겠다. 아마도 내가 이 집에서 가장 개다운 모습을 보인 것은 이때가 아니었나 싶다.

승주가 드라이어를 찾는 사이에 나는 살짝 열린 욕실 문밖으로 나가려 하고 있었다. 그러다가 마침 이 집을 청소하러 오는 가정부 아주머니와 맞닥뜨렸다. 아주머니는 문틈을 비집고 막 나오려는 나를 미처 보지 못했고, 하마터면 나는 그녀의 발에 정통으로 짓눌릴 뻔했다.

아주머니가 발끝에 닿는 물컹한 나를 발견하고는 기차 화통 삶아 먹

---

3 인도 아티스트로 샤워를 하다가 소의 똥을 가득 뒤집어쓰고 다시 물로 씻어내는 '퓨어 Pure'라는 작품을 선보인 적이 있다. 영상을 거꾸로 재생시켜 샤워를 하면 할수록 똥이 씻겨지는 것이 아니라 반대로 계속 몸에 달라붙어 오히려 더러워지는 인간의 모습을 보여준다. 작가는 몸과 정신의 순결, 금욕을 지향하려는 열망을 담아서 마치 종교적인 의식처럼 표현했다. 인간과 떼려야 뗄 수 없는 똥을 예술로 끌어들인 작품이다.

은 듯 기겁하는 통에 나도 이 집이 떠나가라 짖어댔다. 서로 경쟁하는 듯 날카로운 비명은 이 감옥 같은 집을 왕왕 뒤흔들어 놓았다가 승주가 멋쩍게 입을 열자 언제 그랬냐는 듯 다시 조용해졌다.

"아주머니, 오셨어요? 아이고, 놀라셨죠. 저희 식구가 한 명 더 늘었어요. 원래 안 그러는 애인데 갑자기 기분이 좋아서…. 성격이 보통 개 같지는 않아요. 꽤 조용하고 얌전한 아이니 걱정 마세요."

"어메…. 말도 안 된다. 무신 말입니꺼. 이렇게 왈왈 짖어대는데 조용하기는. 엄마야, 나 아 떨어지는 줄 알았다. 아니, 아는 아니고…. 워메, 주책이다. 어쨌든, 아이고마, 놀래라…."

아주머니가 가슴을 쓸어내리며 슬쩍 승주 눈치를 보자 승주가 입을 열었다.

"이름은 아가예요. 아주머니 귀찮게 하지는 않을 거예요."

"이름이 아가인교? 아가?"

"네, 아가예요. 아주머니도 아가라고 불러 주세요."

'내가 아가라고?'

그때 처음 알았다. 내 이름이 '아가'라는 것을.

아주머니와는 그다지 유쾌한 첫 만남이 아니었지만 나쁜 사람처럼 보이지는 않았다. 아주머니도 내가 처음이었고 나도 아주머니가 처음이었으니 이해해 보자. 이제 물도 한껏 마셨으니 관대한 사람, 아니, 관대한 개가 되어 주지.

아주머니는 처음 보는 외부인이었다. 곧 호기심이 발동했다. 승주는 어딘지 모르게 대하기 부담스러웠지만 아주머니와는 어쩌면 편하게 지

유려한 장편소설

낼 수 있을지도 모르겠다는 생각이 들었다. 나도 엄연히 감정이라는 것이 있는 개인데 어딘가에는 하소연할 곳은 있어야겠지. 가끔 은밀한 비밀을 공유하면서.

아주머니는 박씨라고 했다. 성 이외의 정확한 이름은 알 수 없었다.

말할 때마다 도드라지는 덧니를 보여 주는 박씨 아주머니는 한눈에도 승주와는 다른 사람이었다. 그녀는 이 집에서 비교적 가까운 마을에 살고 있으면서 작은 텃밭을 일구고 있었고 남편은 먼 시내에서 손님이 뜸한 잡화점을 운영하고 있었다.

그녀는 고등학생 아들의 학원비를 대기 위해서 30분을 걸어 일주일에 두어 번 장을 봐 오거나 청소를 하는 등 소일거리를 하는 모양이었다. 허나 소일거리라고 하기에 이 집은 지나치게 컸고 아주머니는 한없이 작아서 과연 혼자서 그 일을 다 감당할 수 있을까 싶었다. 양동이와 기다란 빗자루를 들고 복도를 하염없이 걸어갈 때면 그 거리가 유난히 길어 보였으니까.

아주머니는 처음에는 아무 말 없이 청소를 시작하다가 시간이 흐르면서는 누군가와 대화하듯 혼잣말을 했다. 때로는 빨래를 하면서 큰 소리로 트로트도 불렀다. 아주머니가 바닥을 쓸고 닦고 하루 종일 여기저기 집을 손보면서 늘어놓는 혼잣말들은 다음과 같은 종류의 것이었다.

"에그… 아니, 나도 맘만 먹으면 여기저기 나다니면서 세상 구경하며 살겠구만. 여기서 대체 뭐하는겨."

"에그… 젊은 양반이 여기서 얼마나 외로울꼬. 애도 안 생기고, 쯧쯧쯧. 얼마나 자식이 갖고 싶으면 개 이름을 아가라고 지었노?"

박씨 아주머니는 승주가 멀리 외출한 것을 확인한 날에는 이렇게 신나게 마음껏 떠들어댔다. 그리고 주인처럼 여기저기 앉아도 보았다가 괜히 집 안의 물건들을 한 번씩 들어 보았다.

"아가야, 아가. 이리 온나, 크크크큭."

아주머니는 나를 그렇게 부르면서 바닥에 대자로 누워 발과 손을 아래위로 저어 보다가 코를 골며 잠이 들기도 했다. 아주머니야말로 이 집에 사는 사람 같았다.

나는 아주머니의 그런 모습을 곁에서 신기하게 구경했다. 그러고는 아주머니가 강연하듯 내뱉는 이 집의 비밀들을 하나씩 주워들었다.

내가 얌전하게 잘 듣는다고 생각했는지 아주머니는 나를 자신의 무릎에 앉혀 두고 이런저런 이야기를 늘어놓았다. 비밀의 강연이 시작되면 나는 귀를 쫑긋 세우고서 그녀를 똑바로 응시했다. 아주머니에게는 내가 사람처럼 보였을 것이다. 나는 말하는 것보다 들어 주는 일을 곧잘 하니까.

그녀가 말하는 은밀한 이야기를 듣고 있노라면 이 세상에 비밀은 없다. 덕분에 이 커다란 집에서 심심하게 살지는 않겠다는 생각이 들었다. 자기 인생이 딱히 재미없을 때 남의 이야기를 안주거리처럼 찾는 사람들이 많던데, 나도 이 집에서 딱히 재미있는 것을 발견하지 못했기에 그런 생각이 들었다고 해 두자.

그녀가 자주 왔으면 좋겠다.

3

"이거 다른 사람 결과 아닌가요? 실수하신 것 같아요."

승주와 민석은 결혼하고 2년이 조금 넘었을 때 공식적으로 불임 통보를 받았다.

승주는 병원의 오진이라 생각하고 재검진을 요구했다. 실수가 아님이 밝혀졌을 때도 그녀는 그럴 리가 없다며 믿지 않았다. 장민석과 여러 차례 병원을 옮겨 보았으나 의사들은 원인 불명이라는 진단과 함께 난임 또는 불임 판결을 내렸다. 승주는 무리해서 일시적으로 그러는 거라고 생각하며 몸에 좋다는 온갖 종류의 약을 먹고 병원을 집 드나들듯이 다녔다.

하지만 기대는 실망하라고 있었다. 시험관 아기는 수차례 실패했다.

남편이 이쯤에서 그만하자고 했지만 승주는 몸져누워 있어도 그만둘 생각을 하지 않았다.

그녀에게 임신이란 결혼하면 으레 다음 이벤트로 딸려 오는 자동적인 무엇이었다. 인생 전체에 태클이 걸리듯 예고 없이 자기 삶에 박혀 버릴 것이라고는 꿈에도 생각해 본 적이 없었다. 눈에 넣어도 아프지 않을 아이에게 맛있는 것을 해 주고 어여쁜 옷을 입혀 함께 여행 가는 일상을 꿈꾸었다. 그런데 불임이라니.

승주는 불임 인정을 완강히 거부했다. 어쩌면 거부했다기보다 영원히 감당할 수 없을 것 같은 일을 철저하게 외면했다고 하는 편이 맞을지도 모른다. 그러면서도 왜 하필 나에게 이런 일이 일어났는지에 대한 생각의 우물에 빠지면 그 생각 밖으로 나올 줄을 몰랐다.

자신이 겪는 일이 밖으로 드러나는 병이나 장애라면 차라리 낫겠다 싶었다. 그러면 왠지 떳떳하게 아플 수 있을 것 같았다. 허나 이것은 누군가에게 이야기하기도 쉽지 않은 총체적인 난제였다.

친구들이 아기를 데리고 나오는 모임에는 바쁘다는 핑계를 대고 일절 나가지 않았다. 주변으로부터 왜 아이가 없냐는 말을 듣는 것도 이제는 겁이 나서 사람을 만나는 일도 줄여 갔다.

불임은 승주의 인생 사전에 등장하지 않는 타인의 단어였으나 이제 완벽하게 자신의 단어가 되었다. 의지와 상관없이 벌어지는 인생의 함정 앞에서 그녀는 절망 버튼을 계속 눌렀다. 절망이 자신을 잠식시켰음을 감지할 때마다 싱싱하던 그녀의 마음에는 곰팡이가 피었다.

그녀는 주말에 외출하지 않고 노트북 앞에서 관련 내용을 검색하며 시간을 보내는 일이 많아졌다. 그리고 어느덧 '삼신할머니'를 검색하는 자신을 발견하기에 이르렀다. 삼신할머니에 관련된 전래 동화, 이미지, 무당 굿 등에 대한 내용을 살펴보다가 우연히 삼신할머니 온라인 커뮤니티를 보았다. '불임을 겪고 있는 사람들의 모임'이라는 소개 글을 보고서는 자동 반사적으로 가입했다.

승주는 삼신할머니 커뮤니티 안에서 존재할 때 잠시 다른 존재가 되었다. 그 시간만큼은 평화와 위안을 느꼈다. 병원에서 의사를 만나는 것보다 온라인 커뮤니티에서 삼신할머니와 접속하는 것이 더 좋다고 생각했다. 불임에 태연한 남편을 붙들고 이야기하느니 자신과 비슷하게 심각성을 느끼는 익명의 사람들 사이에 있는 것이 훨씬 좋았다.

삼신할머니 커뮤니티는 그녀에게 얼굴 없는 정신과 의사가 되어 주었다. 승주는 온라인 속의 사람들이 실제로 어떤 사람일지는 알 수 없지만 이렇게 알고 지내는 관계도 나쁘지 않다는 생각을 난생처음으로 했다. 그녀의 '동지'들과 일종의 소속감, 결속, 유대를 재차 확인할 때마다 안심 열매를 한 움큼 집어삼켰기 때문에 이런 관계가 도리어 깔끔했다. 실제로 만나서 사람 때문에 무너질 일은 없을 테니 말이다.

모니터를 통해 얻은 위안은 그녀를 밤낮으로 온라인 커뮤니티에 들락날락하게 만들었다. 처음에는 사람들이 올린 글을 유심히 읽기만 하다가 어느 시점에는 그녀도 글을 남기게 되었다. 누군가의 얼굴을 보면서 이런 이야기를 하는 것은 겁이 났는데 인터넷에서 만난 알지도 못하는 사람들은 하나같이 그녀를 응원해 주었다. 모니터 너머에 박혀 있는 글자들이 살아 움직이며 힘내라고 다정하게 토닥여 주었다.

적어도 남편보다는 나를 백번 이해하는 것 같다는 생각에 노트북 앞에서 한참을 울기도 했다. 승주는 자신을 응원하는 댓글을 하루에도 수십 차례 확인했다. 그리고 그녀 역시 다른 사람들의 글에도 힘내라는 종류의 댓글을 꼬박꼬박 달아 주었다. 이렇게 희망의 끈을 놓지 않기로 한 날에는 갑자기 에너지가 솟아서 남편에게 맛있는 음식을 만들어 주고 재잘재잘 이런저런 이야기를 했다.

자신을 남자라고 밝히는 불임 남편들의 진지한 글들을 읽는 날에는 세상 걱정 없이 태평한 장민석과 비교가 되어 남편이 더 미웠고, 사소한 것으로 말다툼을 하다가 그녀 혼자 상심의 터널을 헤매었다.

장민석은 불임 통보 이후 변해 가는 아내를 조용히 관찰했다. 무너졌다가 다시 솟아올랐다가를 반복하는 아내를 보면서 그는 그녀의 불행을 이해할 수 있을 것 같다가도 왜 그런지 궁극적으로는 이해할 수 없었다.

불임은 그에게도 당혹스러운 일이기는 했다. 그러나 자신과 승주가 그 일을 대하는 태도에는 확연히 다른 점이 있었다. 그에게는 불행으로까지 느껴지지 않는다는 것이었다.

그저 그들에게 일어난 어쩔 수 없는 일이었다. 그와 그녀가 죄질이 나쁜 잘못을 저지른 것도 아니다. 그러므로 어쩔 수 없는 일에 조바심을 낼 이유도 없고, 더 이상 욕심낸다고 해결될 수 있는 성질의 것이 아니라고 생각했다.

그는 결혼해서도 아이에 대한 부담 없이 승주와 연애하듯 지내고 싶었다. 먼저 장가를 간 친구들의 아이를 보면 예쁘긴 했지만 딱히 아이를 낳고 싶다는 생각은 들지 않았다. 민석에게 아이는 선택일 뿐 반드시 경

유려한 장편소설

험해야 하는 것이 아니었다. 그는 인류가 종족 번식의 사명감을 착실히 수행하던 시대는 이미 지났다고 생각하는 남자였다.

민석이 정작 불행하다고 느낀 것은 집 밖에서는 아무렇지 않은 척 행동하는 자신의 아내 때문이었다. 지금껏 승주가 꽤 솔직한 여자라고 생각해 왔기에 이런 문제 앞에서 이렇게까지 완전히 달라지리라고는 예상하지 못했던 것이다. 처음 겪어 보는 일이어서 이것이 남녀의 차이인지 가치관의 차이인지, 아니면 다른 그 무엇인지, 이 모두를 합쳐 놓은 것인지 알 수 없었다.

아내는 집 밖에서 일부러 밝게 덧칠한 그림처럼 더 쾌활하게 다녔다. 바깥에서 아내를 만났을 때 민석은 그녀가 정말 괜찮아졌다고 착각하기도 했다. 물론 그도 그녀가 집 밖과 안에서 다르려면 얼마나 힘들지 생각하지 않은 것은 아니다. 하지만 같은 사안 앞에서 승주와 자신이 느끼는 심리적 괴리가 상당한 것은 괴로운 일이었다. 이런 맥락 속에서 스스로 어떻게 행동해야 할지 감이 잡히지 않았기 때문에.

집으로 돌아와 현관문이 닫히는 순간 땅이 꺼지는 듯한 아내의 한숨은 또 다른 그녀가 시작됨을 알렸다. 이는 그에게 집 안에서 다시 적응해야 하는 낯선 여자를 만나는 일이었고 심기가 불편한 직장 상사의 눈치를 보는 일이었다. 민석이 그녀에게 건네는 말들은 그녀에게 닿지 않고 어디론가 흩어져 버렸다.

시험관 아기가 실패를 반복할 무렵, 아내는 집에 돌아오면 힐을 아무렇게나 벗어 던지고 어두운 얼굴로 집 밖에서 수행한 광대의 허물을 벗듯 옷가지를 하나씩 벗었다. 아내는 반쯤 풀린 눈으로 멍하니 침대 끝머리에 앉아 있다가 씻지도 않은 알몸으로 침대로 기어들어가 베개에 얼굴을 파묻고 울기 시작했다.

그녀가 울다 지쳐 잠이 들면 민석은 그제야 방문을 조심스럽게 열었다. 침대 위에 그대로 엎어진 그녀가 혹시 질식사하는 것은 아닐까 싶어 잠든 그녀를 살살 흔들어 보기도 하고 숨을 제대로 쉬는지 확인하고자 얼굴 가까이에 조심스레 귀를 대 보기도 했다. 그런 다음 날에는 아내의 화장과 눈물범벅으로 망가진 베개 커버를 새것으로 갈아 놓고 승주보다 더 빨리 집을 나섰다.

그런 그를 아는지 모르는지 승주는 일그러진 얼굴로 그에게 물었다.

"정말 아무렇지 않아? 어떻게 이렇게 무덤덤할 수 있지?"

그녀가 그렇게 말하면 민석은 무어라 말해야 할지 몰라 잠시 벙어리가 되었다.

정확히 언제부터였는지는 기억나지 않지만, 그녀가 노트북 앞에서 꼼짝도 않고 많은 시간을 보내기 시작했다. 베개에 얼굴을 파묻는 대신 노트북을 뚫고 들어갈 듯 모니터에 얼굴을 가져다 댔다. 어쩌면 그 편이 더 나은 것 같아서 민석은 잠자코 있었다. 아내는 한참 글을 읽고 쓰는 것 같았다. 뭐에 그렇게 정신이 팔려 있는지 궁금해서 뒤에서 은근슬쩍 훔쳐보기도 했으나 알 수 없었다.

그러다가 갑자기 승주가 요리책을 뒤져서 새로운 보양식에 도전했다며 내밀기라도 하면 민석은 얼떨떨했다. 그때는 그녀가 예전처럼 미소를 지으며 장난도 쳐서 그가 아는 승주로 돌아온 것 같았다. 하지만 이내 다시 자신을 추궁하듯 몰아세우면 어느 장단에 춤을 추어야 할지 몰라

가슴이 답답해졌다.

"승주야, 우리 불임이래. 그리고 난 아이를 원하지 않아."

아내의 눈을 보고 아주 단호하게 말함으로써 자신은 여기서 그만하고 싶다고 전해야 하지 않을까 몇 번을 망설였다. 너만큼 아이에 대한 욕심이 없다고. 나는 우리끼리의 삶을 잘 살고 싶다고. 그리고 너를 일방적으로 따라가 주는 일에도 이제는 지쳤다고.

하지만 그는 결국 그 말을 입 밖으로 내지 않았다. 그것은 불난 집에 부채질을 하고 기름을 끼얹는 일이다. 이미 부서진, 그러나 여전히 필사적인 승주가 어디로 어떻게 튀어 나가게 만들지 모르는 위험한 발언이기도 했다.

시험관 아기에 실패하여 승주가 눈이 퉁퉁 붓도록 우는 날에는 "나중에라도 우리 천사가 꼭 찾아올 거야."라고 마음에도 없는 소리를 하며 그녀를 달래기에 바빴다. 그리고 민석은 몇 번 더 무언가 말하려다가 다시 입을 다물었다. 그때마다 승주는 무슨 말이 하고 싶었던 것이냐고 물었고 민석은 아무것도 아니라고 대답했다.

승주는 의학적으로 불임이라는 사실을 인정하는 것이 힘겨웠다. 그러나 그보다 예상하지 못한 일이 내 삶에 교통사고처럼 끼어들었을 때 그 사실을 어떻게 받아들여야 하는지 몰라서 더욱 힘들었다.

이것은 결국 삶을 받아들이는 태도의 문제였다. 감정의 후폭풍을 어떻게 보듬고 수습해야 할지는 두 번째 문제였다.

더 중요한 것은 이제 미래에 무엇을 어떻게 해야 할지 아무런 그림도 그려지지 않는다는 것이었다. 딱히 대단한 미래를 그려 놓은 것은 아니다. 그러나 무엇을 채워야 할지 엄두가 나지 않는 것은 차원이 다른 이야기였다. 채워지기를 기다리는 빈 종이에 공허하게 연필을 휘둘러 보는 일은 생각보다 가혹했다. 그녀가 삶의 다른 여백으로 눈을 돌리는 방법을 찾는 것은 아직까지 어려워 보였다.

그런데 그보다 더한 일이 있었으니, 자신의 감정선과는 철저하게 평행선을 그러서 영원히 닿을 것 같지 않은 남편 장민석의 태도였다. 남편은 불임 앞에서 별다른 감정의 동요가 없는 로봇이었고 이는 그녀에게 충격적으로 다가왔다. 결혼 전에도 그다지 다정한 성격은 아니었다지만 불임 앞에서 이렇게 무디고 아무렇지 않다니. 그녀가 알던 그가 아니었다.

물론 초반에는 위로를 건넸다. 하지만 세상의 모든 일을 감당하고 있는 것 같은 자신과 달리 남 일처럼 대하며 전혀 흔들림 없이 일상을 영위하는 민석의 모습은 그녀에게 상처였다. 그만두자는 냉담한 남편 앞에서 그녀의 감정은 엿가락처럼 이리 휘고 저리 휘었다.

남편은 지금 도대체 무슨 생각을 하고 있을까?

혼자 있을 때 외로운 것이 아니다. 둘이 있을 때 이해받지 못하고 공감할 수 없는 것이 바로 외로움이다. 승주는 남편으로부터 더 이상 감정적 공감을 얻을 수 없는 자신이 한없이 불행하게 느껴졌다.

간신히 버티고 있는 엉성한 지금, 과연 무엇이 잘못되어서 이렇게 된 것일까 생각의 꼬리를 이을 때면 느닷없이 민석에게 물었다.

"혹시… 살면서 뭐 잘못한 거 없었어?"

"무슨 말이야."

"무언가 크게 잘못해서 우리가 벌 비슷한 것을 받는 건 아닌가 생각하

유려한 장편소설

고 있었어. 잘 생각해 봐."

"승주야, 아이 없으면 어때. 난 아이가 절박하지 않아."

장민석이 샐러드 접시에 얼마 남지 않은 샐러드를 포크로 쿡 찌르면서 대수롭지 않게 말했다. 포크로 찌르는 샐러드마다 접시 밖으로 어지럽게 튕겨져 나갔다.

"…"

승주는 대답이 없다. 민석은 튕겨져 나간 샐러드를 접시의 한곳으로 모으면서 기다렸다는 듯 자신의 생각을 낱낱이 늘어놓기 시작했다.

"내가 결혼 전에도 그랬잖아. 아이 없이 살자고. 그게 더 재미있는 삶이라고. 요즘 아이 안 갖는 부부가 얼마나 많아졌니. 왜 그럴 것 같아. 가만히 생각해 봐."

"오빠, 지금은 그렇게 말해도 나중에 찾게 될걸? 우리는 아이가 없어서 결국 멀어지게 될 거야."

오늘은 승주와 제대로 이야기를 할 수 있을 것 같다. 민석이 포크를 내려놓고 똑바로 승주를 쳐다보았다. 그들의 대화는 갑자기 터지는 폭죽처럼 불이 붙었다.

"음, 아이가 없어서 멀어진다? 글쎄, 반대로 아이가 있어서 멀어질 수도 있어. 그런데 넌 정말 아이를 원했어? 아이가 네 인생에 없어서는 안 될 너무나 중요한 것이었어?"

"오빠는 한 번도 우리를, 아니, 오빠를 닮은 아이가 있었으면 좋겠다고 생각한 적 없어? 우리가 싸우고 사네 마네 해도 아이가 있다면 가족을 만든다는 게 무엇인지 차츰 알게 되겠지. 내 발등에만 불이 떨어졌어.

왜 나만 이렇게 힘들고 아픈지 모르겠어. 보통은 남자가 아이를 더 원하고 갖자고 조르는데 우리는 서로 바뀐 것 같아. 내가 남자 같고 오빠가 여자 같아."

"아이가 있어야만 온전한 인생은 아니지 않나? 꼭 아이가 있어야 한다는 발상은 구시대적이지 않아? 이제는 남자도 꼭 대를 이어야 하는 조선시대처럼 생각하지 않아. 그리고 이런 일에 남자, 여자가 어디 있니."

"진작 나에게 분명히 말했어야 하는 거 아니야? 내 결혼 생활은 이미 구시대적이야. 시댁 제사부터 내가 말을 꺼내 볼까?"

"그건 나도 어쩔 수가 없어. 하지만 언젠간 안 하게 될 테니 조금만 기다려 봐. 가족의 형태는 다양할 수 있잖아. 21세기에 사는 우리가 꼭 스테레오 타입으로 남들 기준에 맞추어 살 필요는 없어. 이런 삶도 있고 저런 삶도 있는 거지. 내 말은 지금 우리가 이렇게 조바심 내 봤자 별다른 수가 없다는 거야."

"난 이런 삶도 저런 삶도 생각해 본 적 없어. 그리고 지금 한 말, 어머님께 오빠가 직접 좀 말해 봐. 어머님도 아셔야 해. 오빠가 이런 생각을 가지고 있다는 것을."

"…너에게는 아이가 곧 행복이야?"

"아이가 있어서 행복할 일이 많겠지. 이전에 없던 걸 만들어 내는 우리만의 무언가니까."

"아이가 곧 행복이라고 생각하기엔…. 그건 부모 욕심 같지 않니? 자기만족과 성취감이겠지. 태어난 아이는 불행하다고 생각할 수도 있지 않을까? 갓 태어난 아이는 너무나 사랑스럽게 보이겠지. 부모로서 준비가 되었다면 말이야. 하지만 그건 인생 전체 모습 중 찰나의 순간일지도 몰라. 아이가 생기면서 점차 우리 자신의 삶이 없어지는 것이기도 하잖아. 어쨌든 나는 우리 둘 사이가 불행하더라도 아이 때문에 행복한 척 연기하면서 사는 건 아니라고 생각해. 아이가 있고 없고보다 더 중요한 건 부부가 중심이 되는 거야. 우리가 먼저 행복해야 하지 않을까?"

"좋은 말이네. 역시 말 잘해. 그런데 그 말들 속에서 본심이 나오는 것 같아. 오빠가 하는 말들은 나와 있어서 절절하게 불행하다는 이야기로 들려. 결혼하기 전에 오빠는 우리 둘이 재미있게 살자고 말했지. 그 말을 심각하게 생각하지 않은 내 잘못이네. 차라리 잘 되었다고 생각하고 있지?"

"최승주, 네 마음대로 넘겨짚지 마. 아이가 어떻든 네가 이러는 걸 보는 나도 쉽지 않아."

"외로워. 장민석 씨가 왜 나랑 결혼했는지 생각하고 있어."

"인간은 누구나 외로워. 결혼하면 외롭지 않을 거라는 건 너무 나이브한 생각이지. 네가 그걸 모르지 않을 거라고 생각했는데. 너처럼 똑똑한 애가."

"아니, 나 전혀 똑똑하지 않아. 어쩜 이렇게 핀트가 안 맞을까. 지금 인간이 숙명처럼 가지고 있는 외로움을 이야기하는 게 아니잖아. 우리가 왜 함께 사는지에 대한 고리를 잃어버린 것 같아서 괴롭고 힘들다고…."

"승주, 넌 나랑 왜 결혼했어? 너 처음에 나 무지 싫어했잖아. 맨스플레인mansplain[4] 하는 남자라고 대놓고 질색했잖아."

---

4 'Man'과 'Explain'의 합성어로 주로 남자가 여자에게 자신이 더 해박하고 우위에 있다는 생각으로 지식을 설명하고 모든 것을 가르치려 드는 행위이다.

"내가 이렇게 힘들다 말하는 감정을 외면하는 장민석 씨. 오빠의 공감 지수와 감정 표현 능력이 의심스럽다. 우리가… 어떻게 결혼하게 되었을까 생각 중이야. 오빠는 나랑 왜 결혼했어? 말해 봐."

"…."

"내가 이야기해 볼까? 이런 것이 아닐까 해. 결혼할 시기에 옆에 있는 여자가 마침 나였고, 나를 살펴봤는데 나쁘지 않다고 생각한 거지. 집에서 귀에 못이 박히도록 장가가라고 하는 말을 더 이상 듣기 싫었던 거야. 어디 가서 제대로 된 남자 대접을 받으려면, 그러니까 사회적으로 성공한 남자의 이미지에 부합하고 인정받으려면 결혼을 하기는 해야겠는데 다시 다른 여자를 찾으면 새롭게 적응해야 하니까 또 에너지를 소모하고 싶지 않았던 거야. 한마디로 귀찮아서."

"…네 마음대로 이야기하지 마."

"장민석 씨, 당황했네. 오빠랑 사는 여자인데 그것도 모르면 말이 안 되지."

"…."

"살다 보니 오빠의 침묵은 긍정이라는 걸 알게 되었어. 우리는 어떻게 늙어야 할까? 나에게 알려 줘. 아이 없는 부부는 어떻게 늙어야 하는 거야? 난 상상해 본 적이 없어서 모르겠어."

"…너는 아이가 없으면 우리 사이가 유지되지 않을 것 같다는 거구나. 네 질문에 대해서는 계속 생각해 보자."

"우리는 의리로 사는 건가? 내가 너무 유치하게 사랑 찾고 있나 봐."

"그럼 너는 날 사랑하니?"

"…그래, 그만하자."

"너야말로 대답 못 하는 거 보니 나야말로 네가 나랑 왜 결혼했는지 묻고 싶은데. 아까 내가 아이를 정말 원했냐고 물었을 때 네 답도 아직 못 들은 것 같아. 그래, 천천히 생각해 봐. 네가 정말 원한다면 입양을 하는 것도 선택지가 될 수 있지 않을까? 나중에 다시 얘기해."

그들은 그날의 대화 이후 각자 이런저런 생각으로 대화를 피했다. 승주는 남편이 '정말 아이를 원했냐고' 물어본 것을 곱씹느라 정신이 없었다. 남은 샐러드를 무심하게 긁어모으며 남편이 툭 꺼낸 말은 그녀가 머릿속에 또 다른 생각의 왕국을 짓게 만들었다.

'정말 아이를 원했나…'

정말 아이를 원하고 있는지 스스로에게 물어보았다. 가만히 생각하니 꼭 그렇지는 않은 것 같다. 그것보다는 자신이 아이를 원하는지 그렇지 않은지도 생각해 본 적이 없었던 것 같다. 그저 당연하게 생각했다.

다시 왜 당연하다 여겼는지 생각하니 아차 싶었다. 나는 왜 이렇게 임신에 강박적이지? 나를 왜 벼랑 끝으로 자꾸 몰아넣었을까?

닦달하는 시어머니도 크게 한몫하셨지. 아이를 낳음으로써 주변의 압박, 특히 시어머니의 요구에서 벗어날 수 있을 테니까. 이렇게 스스로 묻고 답하기만 했는데도 안개가 조금 걷히는 것 같다.

그나저나 결혼 전에 이런 이야기들을 장민석과 제대로 해 본 적이 없었다는 것을 떠올리고서는 또 한 번 놀랐다. 임신과 출산, 자녀 양육에 대한 가치관을 서로 진지하게 확인하지 못하고 결혼한 것은 누가 봐도 어리석은 짓이었다. 누군가 결혼 전에 그녀에게 아이가 없는 삶에 대해서 물어본 적이 있었던 것 같은데, 그녀는 그때 쿨하게 있어도 그만이고 없어도 그만이라고 답했다.

결혼 후에는 결혼이 무엇인지 힘겹게 알아 가며 갑자기 떠맡게 된 수 많은 역할 놀이에 적응하고 때로는 저항하느라 그저 바빴던 것 같다. 지난 삶을 되짚어 보니 인간의 보편적 통과의례의 궤도에서 벗어나는 삶을 생각해 본 적이 없다. 지금까지 인류가 걸어온 길이고 결혼과 임신, 출산이 일반적인 삶의 모양새이자 정상이라고 생각했다.

그렇다고 그녀가 당연하게 생각하는 일반적인 삶에서 벗어나 다른 궤도에 오를 용기가 있는지는 잘 모르겠다. 남들을 의식했고 남들이 정해 놓은 결혼 적령기를 지나 버리면 어떻게 하나 초조했으니까.

민석을 딱히 사랑한다고 말할 수는 없었지만 부모의 기대에 부응하기 위해서 더 늦지 않게 해 버리는, 그러니까 한마디로 결혼을 위한 결혼을 했다. 결혼을 했으니 아이를 갖는 일은 그녀가 아는 당연한 일에 해당했다. 부부와 두 자녀가 함께 등장하는 공익 광고처럼—누군가는 구토가 나올 것 같다고 말하는—그런 카테고리 안에 들어가는 일. 그렇다면 숙제처럼 해치운 자신의 결혼 생활은 미래의 아이를 담보로 한 결혼이라고 요약할 수 있었다.

결혼 생활의 지속에 대한 정당성을 확보해 주는 것이 아이라고 치자. 그런데 아이가 없다면 그녀에게 결혼은 무엇인가. 나 스스로 사랑해서 한 결혼이 아님을 알고 있기 때문에 임신에 이토록 필사적이었나? 민석과의 결혼 생활에 자신이 없었던 걸까? 왜 아이의 문제에 있어서 될 대로 되라는 식의 태도를 가져 본 적이 없을까?

유려한 장편소설

곰곰이 생각해 보니 아이를 원하든 원하지 않든 중요한 것은 그런 게 아니었다. 내 통제권 안에 있는 일이라고 여겼던 것이 눈앞에서 보란 듯이 빗나갔다는 것이 문제의 본질이었다.

그것은 그녀의 기준에서 '남들'이 다 하는 '평범한' 삶을 그녀가 영위하지 못한다는 것이었다. '남들'이 다 갖는 '자식'을 갖지 못한다는 사실 그 자체가 용납이 되지 않는 것이었다. 좀 바꾸어 말하자면 그녀가 내면에서 삶의 내용물에 정상과 비정상의 기준을 두고 이렇게 저렇게 구분 지어 오고 있었다는 말이다.

그러면서도 막상 타자와 자신 간의 경계는 불분명한 나르시시즘적 주체가 자신을 이토록 생생하게 지탱하고 있었는지는 그동안 알지 못했다. 그러고는 자의에 의한 욕망이라고 생각했던 믿음에 대한 배신—사실상 타자의 욕망을 욕망하고 있는 인간이었음—을 불현듯 깨달았다.

지금까지 스스로 쿨하다고 생각했으나 사람들 앞에서 쿨한 척하느라 바빴다. 남들 앞에서 쿨한 척할 시간에 자신에게 진실된 질문을 던졌어야 했다. 결혼이 내게 무엇인지를, 가족과의 관계에서 어떤 사람인지를, 민석과 남녀 관계 이전에 인간 대 인간으로 서로에게 얼마나 포개지고 타협하고 양보할 수 있는지를 고민했더라면 이 지경까지 되지는 않았을 수도….

아이를 낳는 것으로 결혼 생활에서 느꼈던 외로움을 채울 수 있을 거라고 생각했다. 하지만 타인으로 외로움이 채워질 수 있는 게 아니었다. 외로워서 결혼하고 외로워서 아이를 낳는다는 것은 이기적인 일이다.

그동안 그녀는 아이를 갖는다는 것, 그리고 부모가 된다는 것에 대해서 사실상 진지하게 생각한 적이 없었다. 아이는 부모의 욕심으로 태어나 이 세상에 던져진다. 또는 부모의 무지로 태어난다. 그래서 어느 날 난생처음 부모가 되고 어설프게 부모 흉내를 내면서 부모가 되어 간다. 나는 부모이고 너는 내 자식이라고 하면서. 아이는 이유도 모른 채 이 세상에 던져졌으니 어쨌거나 살아가야 한다.

승주는 자학과 자기 연민 사이의 줄다리기를 조금 내려놓을 수 있을 것 같다는 생각이 들었다. 천국도 지옥도 자기 스스로 만드는 것이었다.

그녀는 새로운 국면으로 접어들었다.

*

새초롬한 초승달이 창백한 얼굴을 내밀었다. 민석은 담배 하나를 물고 옥상 꼭대기로 올라왔다. 한강 다리 위에서 명멸하는 불빛을 한참 바라보다가 하얀 각시 눈썹 같은 달을 마주했다. 빠르게 흩어지는 구름 속에서 홀연히 나타난 달은 그를 옴짝달싹 못하도록 꽉 붙들었다.

민석은 달이 본래 형광등처럼 하얗던 것이었나 생각하면서 핏기 없는 창백한 달을 응시했다. 각시 눈썹은 처음에 하나였다가 어느 순간 두 개가 되었다. 흘러가는 밤의 구름은 입이 되고 곧 어디서 많이 보던 익숙한 얼굴이 완성되었다. 구름 입 사이로 "우리는 어떻게 늙어야 할까?"라고 묻는 승주의 목소리가 흘러나온다. 그는 순간 움찔하며 고개를 재빨리 저어 말하는 입을 흩어지게 만들었다.

밤하늘에 떠 있는 반쪽짜리 승주의 얼굴과 민석 사이로 거대한 침묵의 강이 흘렀다. 도도히 흐르는 강은 어디로 가는지 알 수 없다. 침묵 속에 지나쳐야 하는 어떤 것. 그는 시간이 흐르면 언젠가 승주가 적절한 방식으로 본인의 감정을 매듭지을 것이라 기대했다. 그러나 지금까지의 그녀를 보아하니 그럴 일은 없을 것 같다.

그는 승주의 '어떻게 늙어야 하는가?'에 대한 철학적인 물음 앞에서 완전히 무방비 상태인 자신을 발견하고는 한동안 그 생각에서 헤어나오지 못했다. 누군가와 인생을 함께한다는 것은 생각만큼 쉬운 일이 아니었다. 수많은 옛사람들이 결혼에 대해 남긴 극명한 문장들에는 다 이유가 있었다. 삶의 무게가, 그리고 자신과 그녀의 존재가 무겁게만 느껴졌다.

이들 부부가 결혼하고 처음부터 그 성城, 아니, 집에 산 것은 아니었다. 그들은 각자의 직장 거리를 고려하여 서울 사대문 안에 집을 마련하고 경제적 어려움 없이 살고 있었다. 정확히 말하면 그들은 양가 부모의 총 지원으로 전·월세난과 대출에 허덕이지 않아도 되는 운 좋은 젊은이들이었다. 둘 다 비빌 언덕이 있어서 그동안 딱히 모아 놓은 돈 없이 부모님 덕에 숟가락만 가지고 살림을 차리게 된 경우다.

그러면서 그들은 자신들이 철이 없거나 못났다는 생각을 하지는 않았다. 굳이 사서 고생할 이유는 없다고 생각했다. 어차피 부모님이 알아서 앞가림을 해 줄 것이므로.

그들은 지금까지 그렇게 살아왔다. 아르바이트를 한다면 일종의 서민 체험이었고, 해외로 자원봉사를 간다면 그들이 모르던 세상을 경험하고 견문을 넓히는 정도의 것이었다.

장민석은 어릴 적 엄마 손에 이끌려 외할아버지를 만나기 위해서 성城

에 몇 번 왔다 갔다 한 기억은 있지만, 그 이후로는 새까맣게 그곳의 존재를 잊고 살았다. 기억을 더듬어 보아도 그는 그 기괴한 공간을 좋아하지 않았던 것 같다. 어린 민석의 기억에 그곳은 따분한 어른들을 피해 몰래 숨어 있기에는 좋았지만, 정을 붙이기에는 끝내 어색한, 동화책에 등장하는 마녀들이 사는 곳이었다.

그 성城의 구석진 계단 뒤 작은 공간이나 외딴 방의 장롱 속으로 들어가 잠이 들어 버리는 통에 온 식구들이 그를 찾는 소동을 두 차례 벌인 적이 있었다. 그때 얼마나 눈물이 쏙 빠지도록 혼이 났는지. 그도 그 일 만큼은 지금까지 기억하고 있다.

고등학생이 되었을 때는 외할아버지가 어떻게 성城을 소유하게 되었는지 어머니 송경애로부터 얼핏 들었지만 더 자세한 이야기는 들을 수 없었다. 그도 별 관심이 없었기에 더 이상 묻지 않았다.

엄마의 친오빠들, 그러니까 외삼촌들은 아버지의 유산 분할에 불이 붙어 싸우느라 정신이 없었는데 이 성城에는 유독 아무도 관심이 없었다. 그들은 성城을 있어도 그만, 없어도 그만인 폐가처럼 생각했다.

"그렇다면 제가 이 성城을 받겠습니다. 저는 이곳이 필요합니다."

송경애가 자기가 받을 수 있겠느냐고 모두 앞에서 또박또박 말했다. 그 당시 민석은 엄마와 그 자리에 함께 있었는데 그런 발언을 하는 자신의 엄마를 보고 약간 놀랐다.

이를 두고 그 누구도 이의를 제기하지 않았다. 외할아버지는 병원에서 임종하기 직전 막내딸 송경애에게 이곳을 물려줄 것을 약속했다. 그 이후 송경애가 여름 방학 때마다 별장처럼 사용하곤 했지만 그럴 때에도 민석은 와 본 적이 없었다.

불임 통보를 받은 이후 1년이 되어 갈 무렵, 이들 부부는 송경애의 권유에 의해 성城으로 오게 되었다. 송경애는 아들 내외를 그 성城에 살도록 하면 자기 힘으로는 벅찼던 부동산 관리가 유용해질 거라는 생각과 함께 며느리가 그곳에서 안정감을 찾으면 손주를 볼 수 있을지 모른다는 막연한 생각을 했다. 내심 며느리가 일을 그만두고 자기 아들만 내조하기를 바라던 차에 잘 되었다고 생각했다.

승주는 직장 생활—사람에 끝없이 치이는 생활—에 신물이 나던 차에 불임의 스트레스—정확히 말하면 시어머니의 피 말리는 간섭과 정신적인 괴롭힘—까지 겹쳐 요양을 이유로 다니던 직장에 사표를 던졌다. 모든 것을 멈추어야만 살 수 있을 것 같은 지경이었다. 민석은 승주의 결정을 빌미로 삼아 그와 맞지 않는 일을 잠시 접었다.

이들은 앞서 말한 것처럼 경제적으로 어려운 사람들이 아니었기에 직장을 그만두거나 주거지를 옮기는 일에 별다른 문제가 없었다. 그들 각자의 이유로 그들이 머물던 곳에서 한시라도 빨리 멀어지는 것이 시급했다. 한때는 장소가 중요하다고 생각했으나 이제는 장소가 어떻든 상관없었다. 속박된 곳을 탈출하여 환경을 바꾸는 것만이 삶의 전환점을 마련해 줄 것이라 믿었다.

그들의 정신적인 쇠약함, 나약함, 방황, 삶의 욕구 불만 해결책에 마땅한 대안은 없었다. 그러던 중 송경애가 지내던 성城이 그들의 나쁘지 않은 차선책이 되었다. 이것만큼은 이들 부부가 완벽한 의견 일치를 보였다. 앞으로 새로운 삶을 구상하고자 한다는 구실을 만들어 낸 그들은 탈출하듯 서울을 빠져나왔다.

성城은 대한민국 지형 중 산간 오지에 속하는 곳에 위치하여 인터넷 접속 등이 불가능한 지역으로 분류되어 있을 만큼 사람의 발길이 닿지 않는 곳이었다. 전쟁하듯 살아야 하는 세상으로부터 숨어 지내기 안성맞춤인 피난처임에 틀림없었다. 성城에는 민석의 외할아버지가 머물 때부터 있던 오래된 축음기 이외에 다른 전자기기는 없었고 콘센트를 꽂을 곳도 많지 않았다. 시끄러운 세상을 잠시 닫아두기에 완벽한 조건이었다.

승주는 이삿짐에 그동안 읽고 싶었던 책을 한가득 싣고는 디지털 디톡스Digital Detox 캠핑이라도 가는 것 같다며 들떴다. 스마트폰을 손에 늘 쥐고 살던 그들이 얼마나 버틸 수 있을지는 모르겠지만.

이곳으로 오기로 결정했을 때 장민석의 머릿속에는 성城에 개가 한 마리 있었으면 좋겠다는 생각이 떠올랐다. 그도 승주도 개를 키워 본 적이 없지만 자신들이 지낼 곳이 외진 곳이기도 하고, 개를 키우면서 그녀의 불안과 변덕이 좀 누그러지지 않을까 싶어서였다. 승주에게 의사를 물었더니 흔쾌히 찬성했다.

그들은 분양받을 수 있는 개를 수소문하기 시작했다. 그러던 중 '미래'라는 이름의 승주 후배가 데리고 있던 개를 알게 되었다. 결혼 전 아내에게 아는 동생이라고 들었던 적은 있지만 그가 실제로 미래를 본 적은 없었다.

미래에게 개를 받는 과정에서 승주는 자신의 불임 등 일련의 사정을 처음으로 그녀에게 털어놓았고, 미래는 며칠 고심하다가 특별한 개이니 잘 부탁한다며 이들 부부에게 개를 보내기로 결정했다. 그때부터 승주

유려한 장편소설

는 그 개가 오기만 손꼽아 기다렸다.

　민석은 기다리는 동안 개집을 만들기로 했다. 주변의 쓸 만한 나무 조각들을 모으고 성城의 지하 창고에서 녹슨 망치와 짧고 굵은 못 몇 개를 발견했다. 깔끔하게 자르지 못한 나무에 못질도 제각기 달라서 엉성했지만 개가 들어앉을 공간은 확보되었다.

　부부가 이곳에서 지낸 지 한 달이 될 무렵 개가 도착했다. 그날 민석은 하루 종일 시내에 있다가 늦게 성城으로 돌아왔다. 개가 온 것을 확인한 민석은 승주에게 앞으로의 삶에 대한 생각을 정리하기 위해 장기 여행을 떠나겠다며 집을 나갔다. 승주는 무어라 말하려다가 그를 말리지 않았다.

　그날 밤 개는 민석이 만든 개집에서 잠을 자지 않았다.

4

…어느 사회에서나 생활, 일, 행복은 모두 어떠한 '심리 구조'에 의존하는데, 이 구조는 너무나 소중하면서도 상처받기 쉽다. 이러한 '심리 구조'가 심각하게 손상되면 사회적 유대와 협조, 상호 존중과 특히 자긍심, 역경을 헤쳐 나갈 용기와 인내력 등과 같은 요인들이 해체되거나 사라진다. 인간은 자신의 무용성을 마음속에서 확신하는 것만으로도 타락할 수 있다. 아무리 경제가 성장해도 이러한 상실감을 보상할 수는 없다.

E. F. 슈마허 『작은 것이 아름답다』 中에서

F는 해가 머리 꼭대기에 떠 있을 때쯤 눈을 떴다. 눈뜨자마자 어김없이 찝찝한 기분이 밀려온다. 어제 읽은 책 때문에 더 그런 것 같다. 일어나면서 상쾌함을 느껴 본 적이 언제였는지.

유려한 장편소설

살아 있기에 여지없이 가동되는 의식이 오늘 하루는 또 어떻게 견뎌내야 할까 묻고 있다. 괴롭다. 다 자고 일어났을 때 모든 것이 해결되어 있으면 좋겠다. 아니면 세상이 폭삭 망해 있거나.

침대 구석에서 새우처럼 몸을 말고 있다가 으드득 소리를 내며 기지개를 켜니 턱이 빠지도록 하품이 나왔다.

"하아…암"

한바탕 지나간 하품은 F의 눈가에 촉촉한 눈물을 남겼다. 스마트폰에 비치는 그의 얼굴은 그럴싸하게 울고 난 것처럼 보였다.

'내가 이런 눈물을 셀카로 찍어서 시간 낭비 서비스에 올리면 사람들은 무슨 일이냐고 묻겠지. 누군가는 나를 관심 종자라고 생각할 것이고, 누군가는 정말 무슨 일 있냐고 물을 거야. 온라인만 걷어내면 별 사이도 아닐 사람들이 서로 엄지 눌러 주기 바빠서는. 자기 검열하면서 잘 산다고 떠드는 외로운 인간들. 아무리 생각해도 퍼거슨 감독의 말은 명언이란 말이야.'

그 짧은 시간에 그런 것을 생각하다니. 아직 죽을 때는 아닌가 보다.

시계를 보니 점심시간이 훌쩍 지났다. 부스스한 머리와 눈곱이 낀 얼굴, 입가에 흘러내린 침이 당장 일어나 씻어야 한다고 명령하고 있다. 때가 되면 씻겨 줘야 하는 거추장스러운 육체의 기상과 함께 정신적 압박감이 채찍질을 한다.

평범한 직장인에게 주말은 해방의 날이지만 그에게는 해당 사항이 없다. 주말이란 원래 늦잠을 자도 왠지 죄책감이 덜 느껴지는 그런 날이지만 백수에게, 아니, 그래도 엄연히 공무원 시험을 준비한다고 주변에 말해 놓은 나름 고시생에게는 상관없는 일이다. 합격하기 전까지는 모든 날이 근심의 노동일 테니.

그는 지난 삶에서 알맹이를 건져내려 무던히 애썼으나 아무짝에도 쓸모없는 껍데기만 확인하며 살아왔다. 그런데 이 무기력한 껍데기도 때가 되면 배가 고파지는 것은 어김이 없으니 F의 인생에서 정확한 것은 배꼽시계가 유일하다. 배꼽시계를 제외하고는 그의 삶에 예측 가능한 일이라고는 없으니까.

맙소사, 내가 살아 있음을 자각하는 순간이 먹을 때라니. 그는 침대 위에 누워서 꼬르륵거리는 배를 몇 번 만져 보다가 먹는다는 행위에 대해서 곱씹었다. 먹기 위해 사는 것인지 살기 위해 먹는 것인지 생각하고 있을 때 갑자기 고등학교 철학 선생의 말이 떠올랐다.

선생이 자못 의미심장한 목소리로 질문했다.

"여러분, 인간이 왜 산다고 생각합니까?"

역시나 아무도 대답하지 않는다. 그런 질문에 대답할 학생은 교실에 아무도 없다.

"인간은 먹기 위해 삽니다."

한동안 정적이 흘렀다가 한 명이 웃으니 모두가 따라서 웃었다. 무언가 현학적이고 심오한 말을 예상했던 학생들은 철학 선생 입에서 그런 말이 나올 것이라 예상하지 못했다. 철학씩이나 공부했다는 선생이 인간의 가치를 고작 먹는 것으로 설명하다니. 학생들이 비웃을 때 철학 선생의 눈동자는 흔들리지 않았고 웃음기도 전혀 없었다.

F는 철학 선생의 말 속에 어마 무시한 의미가 깔려 있다는 것을 10년

이 지난 이 찌질한 날에 불현듯 깨달았다. 그렇다. 인간은 먹기 위해 산다. 그런데 나는 먹기 위한 입에 풀칠도 제대로 못하고 있다.

F에게 식욕 자체가 버겁다는 생각이 든 지는 꽤 되었다. 예전에는 먹는 일이 즐거웠지만 이제는 성가시다. 어느 날 잠에서 깨어났을 때 김치찌개 맛, 파스타 맛, 돼지불백 맛, 냉면 맛, 비빔밥 맛을 느끼게 해 주는 캡슐이 발명되어 있으면 좋겠다. 아, 술은 제외하고.

캡슐 하나로 음식 전체의 풍미, 식감, 포만감을 동시에 느낄 수 있다면? 그러면 먹는 것이 귀찮은 사람들은 물 한 모금에 캡슐 하나로 간단히 식사를 마칠 수 있다. 힘들여 식사를 준비하거나 식당에 가려고 귀찮게 옷을 입지 않아도 된다!

무엇을 먹을까 고민하지 않아도 되고, 불편한 식사 자리에 끌려가지 않아도 되며, 주문한 식사가 맛이 없어서 짜증날 일도 없겠지. 아, 상사가 5분 만에 말아 먹는 순대국밥 집에서, 그 속도에 맞추어 빨리 먹으려다가 혀를 데일 일도 없으니 금상첨화군.

이거 봐. 좋은 점이 훨씬 많네. 이제 나와 같은 사람들은 그런 캡슐을 발명한 과학자에게 노벨상을 주어야 한다고 말할 것이고, 캡슐로 인해 일자리를 잃은 수많은 사람들은 그런 과학자를 저주하겠지.

하지만 그게 나랑 대체 무슨 상관이란 말인가. 입으로 들어가는 것은 어차피 다 똑같이 똥으로 나올 텐데. 똥이 더 무얼 한다고?

F는 자신이야말로 완벽한 동물이 아닐까라는 생각이 들었다. 때 되면 음식을 집어넣어 주고 화장실에 가서 배출하고를 반복하는 동물. 영혼이 죽어 있어도 이 몸뚱이만큼은 죽이지 않고 어떻게든 유지하기 위해

서 먹고 싸는 일을 반복하는 동물.

다른 것은 다 변할 수 있어도 못난 몸뚱이에 무언가 넣어 주어야 한다는 것만은 바뀌지 않는다. 그리고 먹은 죄로 화장실에 가야 한다는 사실도. 이러한 행위만 충족시키는 단순한 동물이 되는 일도 오늘날에는 결코 쉽지 않다.

평범하고 소박하게 산다는 말은 너무 어려운 말이 되어 버렸다. 한심한 사회 구조와 무능한 정치인, 후진적인 법, 갑질하는 재벌들, 어리석은 개돼지들의 합작으로 평범한 시민을 대신할 미래의 위대한 생명체를 탄생시켰다. 지금까지 인간이 진화해 온 이유를 뛰어넘어 버리는 바로 그런 존재 말이다.

그것은 인류 역사상 그 무엇보다 순수하고 간결한 생명체다. 욕망도 영혼도 모두 거세된 생명체.

이렇게 말한다면 어떤 이들은 부정적으로 생각할 수도 있겠지만 잘 생각해 보면 꼭 그렇지만도 않다. 욕망과 영혼이 죽어 있기에 누군가에게 피해를 주지도 않으며 화를 자초할 일도 없다. 그러므로 먹고 싸는 동물이 되는 것이 나쁜 일이라고 할 수만은 없다.

그 누군가 진실로 순수한 자만이 나에게 돌을 던져라. 아, 말을 타고 달리다가 가끔 서서 뒤를 돌아보며 자신을 쫓아오지 못할 영혼을 기다려 주는 인디언은 제외하고.

무언가 F의 머리를 스치고 지나가는 예감이 있었다. 이제 모든 것을 초월하여 어떤 욕구도 느끼지 못하는 신인류의 시대가 온다는 것이다. 이는 오늘날의 행복은 쪼그라질 대로 쪼그라져 지금과는 전혀 다른 차원의 무언가를 행복이라 알게 되는 신인류를 의미한다. 그 신인류는 한국에서 만들어진—Made in Korea—것이다.

이것은 내 영혼이 지금 어디 있는지 묻지 않아도 괜찮아지는 그런 간결한 삶이 시작된다는 말과도 같다. 그때는 통조림에 봉인된 듯 순순한 영혼만 전설처럼 남거나 영혼이라는 것이 매우 특수한 것이 되어서 신인류에게 영혼을 디자인해 주는 디자이너가 나타날지도 모른다. 그때의 행복은 또 다른 얼굴을 하고 있겠지.

그런데 가만있자. 행복이라…. 행복이 뭐지?

동아시아인의 세계관에는 '행복幸福'이라는 단어가 없었다. 이는 19세기에 일본 학자들이 서구의 개념을 번역하는 과정에서 만들어 낸 신조어로 그 이후 일본어 역어譯語로 한국에 수입되었다. 서양에서 수입된 개념어를 받아 써 왔기 때문에 어쩌면 오늘날까지도 이 나라 사람들에게 행복하다는 것은 추상적이고 막연한 것을 떠올리는 것인지도 모르겠다. 물론, 각자의 행복을 발견하는 사람들이 있지만 그저 남들이 하는 대로 사는 게 행복이라고 생각하며 살아온 사람이 더 많아 보인다.

한국의 문화에는 '안심安心' 또는 '안락安樂'이라는 단어가 행복과 비교적 유사한 기능을 했다고 한다. 그런데 '안심'이나 '안락'도 오늘날 한국에서의 삶과 거리가 멀어 보인다. '불안', '걱정', '혼란', '위험'이 훨씬 익숙하고 잘 어울린다.

행복하기 위해서는 모르는 사람을 신뢰할 수 있어야 하고, 사회적 유대감이 강하여 긴밀하게 서로 돕고, 돈에 얽매이지 않아도 괜찮은 환경 속에서 자기가 좋아하는 것을 쫓으며, 가정과 일의 균형이 뒷받침되어

가정의 화목과 평화가 일상이 되고, 나의 성공은 다른 사람들에게서 비롯된 것이므로 끝없이 겸손할 수 있으면 된다.

아, 지극히 낯선 행복. 이런 행복은 이곳에는 얼씬도 하지 않겠지. 대신 신인류가 만들어 낸 새로운 행복을 반겨야 할 날이 올 것이다. 그 무엇에도 발 디딜 수 없으니 생물학적 욕구와 모든 욕망을 초월해 버린 신인류가 한국에서 등장할 날이 그리 머지않았다. 아니면 이미 등장했거나.

F는 지그시 눈을 감았다. 저 멀리 어둠 속에서 깃털처럼 가벼운 자신의 알몸이 보인다. 그 알몸이 서서히 자신에게 다가온다. 알몸의 F는 가만히 서서 식욕에 허덕이는 이 가증스런 배를 노려본다. 배를 손으로 몇 번 문지르다가 배 아래로 늘어진 성기에 닿는다. 도대체 이것이 왜 있는지 모르겠다. 골치 아픈 이것부터 없애자. 흙수저 주제에 이것을 잘못 다루었다가는 결혼의 덫에 걸려 지옥의 골로 가게 될지도 모른다.

이쯤에서 나의 선언문을 낭독해 보자.

덜 불행해지기 위한 선언문

F, 간단하다. 결혼과 출산을 포기하면 나의 인생에 평화와 자유가 찾아온다.

결혼? 잠깐의 감성팔이에 흔들리지 말자. 누구 좋으라고 희망도 미래도 없는 나라에서 노예가 결혼을 하리오. 내가 내 처지를 알고 환경에 최적화된 삶을 살겠다는데 결혼을 해라 마라, 왜 이렇게 남의 인생에 관심들이 많나? 정情? 오지랖은 반사다. 너나 해라, 결혼. 너나 사서 고생하라고.

자식? 말 못하는 어릴 때나 잠깐 예쁘고 신기하지. 죽을 때까지 돈 먹는 하마다. 내 흙수저를 물려주면서까지 정상인 것을 찾아보기 힘든 이 나라에 굳이 태어나 살아가게 할 이유가 뭔가? 이것은 아이에게 큰 죄를 짓는 일이다. 이 나라에서 좋은 것을 참 많이도 보여 주겠다? 염치가 있으면 어른으로서, 부모로서 미안해할 줄 알

유려한 장편소설

아야지. 자식이 받을 고통과 상처를 생각하면! 아! 나는 원망 들을 자신이 없다. 노예가 자식을 낳아서 똑같이 노예의 삶을 물려줄 수 없단 말이다. 늙어서 외로우면 어쩌냐고? 아직도 이런 말을 하는 사람이 있다니 그저 놀랍다. 자식이 있어야 노후가 든든해? 나한테 설교하기 전에 당신들 통장 잔고나 걱정해라.

인맥? 한국에서의 인맥이란 결혼식과 장례식을 위한 것이지. 난 그런 가식적인 관계 필요 없다. 떼거지로 몰려다녀서 좋으냐? 그래야 사회성 있다고 생각하잖아. 이기적으로 떼쓰는 인간들한테 무슨 존중과 배려를 찾아. 나이가 벼슬이냐? 서열 만들고 위계질서 만들기 좋아하는 이 관계 중독증 환자들아. 약자에게 강하고 강자한테 약한 놈들. 힘 있는 어른이면 끔뻑 죽고 설설 기면서 나이 어리고 만만해 보이면 무시하는 새끼들. 착하고 정직하면 호구 취급하고 목소리 크면 이기는 줄 아는 DNA는 어디서 나오는 거냐? 아, 그러니까 전 세계가 이 나라를 호구 취급하지!

나라? 나라가 나를 지켜 주니? 각자도생各自圖生. 이 나라에서 자기 목숨은 자기가 알아서 지켜야 한다. 개돼지는 세금을 내는 가축이지, 보호되어야 할 국민이 아니다. 나라 생각해서 아이 낳는 것은 애국자인 당신들이나 해라. 돈에서 시작해서 돈으로 끝나는 나라에서 부자들이나 많이 낳고 그 자식들에게 세금이나 뜯어. 군인은 어디 한번 수입해 봐라. 당신들을 위한 노예 생산 안 하겠다고 반항하니까 왜? 아쉽냐? 내 말이 불편해? 능력 되는 사람들은 공정하고 사람답게 살 수 있는 곳으로 떠나 버리고, 떠날 수 없는 사람들만 이 나라에 남아서 죽지 못해 살 거다. 이 땅에서 아이를 낳지 않는 복수를 하면서. 이게 팩트다.

비판하지 말고, 비하하지 말고, 긍정적이고 낙천적인 사람이 되어 보라고? 지금 나보고 정신 승리 하라는 거냐? 개인의 자아 성찰을 통한 소소한 행복 좋아하고 있네. 개인 탓 좀 그만해. 명예로운 자살률 1위, 출산율 최하 OECD 회원 국가에서 현실을 있는 그대로 말하잖아. 이 후진 후진국은 이미 망했어. 망했다는 걸 모르고 있는 당신들이 더 신기하다.

아, 자기 안위 이외에는 별 관심도 없지. 잘못된 것은 무조건 덮어서 감춰 버리는 은폐와 조작이 일상인 당신들 말은 초등학생도 안 듣는다. 그 아이들은 이미 조물주 위에 건물주가 있는 것도 알고, 중학생은 공무원 시험 준비를 시작하거나 기술

배워서 이민 갈 생각을 하고, 10대는 벌써부터 결혼하지 않겠다고 하거든.

　사회와 미래에 대해서 진정으로 생각해 본 적 없지? 과거로부터 배우는 것이 없어. 가까운 미래를 내다볼 생각도 없고 한결같이 무능하잖아. 당신들이 매번 소 잃고 외양간 고치듯, 아니, 결국 고치지도 않지만. 백날 책상에서 펜대 굴리면서 입으로 떠들어 만든 정책 가지고 들먹여 봐라, 눈 꿈쩍도 않을 테니!

　잘 들어 봐라. 나는 사랑한다. 미래의 내 와이프와 내 아이를 너무나 사랑하기 때문에 절대로 와이프와 결혼하지 않고 절대로 아이를 낳지 않는다. 당신들은 절대로 날 결혼시킬 수 없고 나의 아이도 볼 수 없다. 이것은 나의 자유 의지free will이자 무언가 하지 않을 의지free unwill이다.

F는 장엄하게 선언문을 낭독하고는 이제 있어도 그만, 없어도 그만인 그것을 한 손으로 쥐어 확 뜯어 버렸다. 악! 소리가 났지만 참을 만하다. 그러니 이제 더 무서울 것이 없다.

　뱃가죽을 열고 손을 집어넣어서 가장 먼저 위를 찾았다. 요놈! 네놈이 말을 안 들어서 내가 먹고 토하기를 반복하는 헛짓을 했지. 네가 없으면 이제 더 느낄 고통이 없다.

　더듬거리는 붉은 손이 차례대로 십이지장, 대장, 간, 췌장 등을 마구 뜯어낸다. 싫다고 바들거리는 폐를 퍼내 버리고 헐떡이는 심장도 조물거리다가 터트려 없애 버렸다. 붉은 즙이 사방으로 튄다.

　새빨간 손은 쉬지도 않고 얼굴을 타고 올라가 머리를 해체하기 시작한다. 거침없는 손이 머리 뚜껑을 열고서는 주름진 뇌를 눌러 버렸다. 네가 없어지면 괴로울 일이 줄어든단 말이다! 다시는 생각할 수 없게 뇌주름을 쫙 펴 버렸다.

　얼굴을 더듬던 손은 두 눈을 뽑고 양 귀도 잘라 버린 후 코와 혀까지 뽑아 바닥에 내팽개쳤다. 더러운 걸 볼 일도 없고 더러운 걸 들을 일도 없다.

벌겋게 뭉개진 손이 마지막으로 온몸에 남아 있는 뼈를 구석구석 모조리 다 발라내니 마침내 흐느적거리는 살덩이만 남았다. 액체처럼 흘러내리는 살덩이가 살려 달라고 버둥댄다. 다시 원래의 모습대로 돌아가려고 애써 움직여 보지만 자꾸만 아래로 흘러서 퍼져 버린다.

단백질 동물은 언제까지 버둥대야 하나. 설사 원하는 대로 된다고 하더라도 그것이 끝이 아니다. 이 나라에서는 죽을 때까지 버둥댈 것이다. 깨달았다. 그리고 현명해졌다. 고생 끝에 낙이 오는 것이 아니다. 고생 끝에 고생이다. 미래가 이미 정해져 있는데 발버둥 쳐 봤자 소용이 없다. 이 나라에서 무엇을 해 봤자 별거 없다는 것을 알아버렸다. 불행한 나라.

보통 사람들의 삶이라는 것은 끊어지지 않을 만큼 간당간당 숨만 쉬면서 더 이상 생각이라는 것을 할 수 없는 파김치로 사는 것이다. 그러고 보면 이 나라의 문화라고 하는 것은 참 기괴하다. 보자마자 반말을 하는 사람들이 아직도 얼마나 많은가. 밑도 끝도 없이 나이, 성별, 학력, 외모 등 온갖 차별과 불합리를 만들어 내는 기형적인 유교 문화, 한국 사회의 거의 모든 집단에서 마주하는 일제식 군대 문화, 개인주의를 이기주의라 생각하고 혼자서는 아무것도 못하는 집단주의 문화. 거기에 꼰대 문화는 덤이고.

이렇게 말하면 기성세대가 부들부들 떨면서 무어라 말할지 훤하다. 북한이나 시리아에서 태어나지 않은 것을 감사하게 생각하라는 그들, 노오력과 열쩡으로 하늘을 감동케 하라는 그들, 우리 때는 안 그랬다며, 요즘 젊은 것들은 패기가 없다고 훈화하는 그들과는 대화를 시작하는 것이 아니다. 알지? 정신 건강을 위해 애초에 상종하지 말지어다.

19세기 초반에 머문 사고방식을 가진 사람들을 더 이상 견딜 수 없다. 100년 이상 차이가 나는 가치관 투쟁에 완전히 지쳤다. 모든 사람이 그런 것은 아니겠지만 대다수가 그렇다. 세상은 변했는데 그들이 낀 안경은 벗을 생각을 하지 않는다. 그들은 참 근사한 나라를 만들어 놓았다. 덕분에 병적인 이 나라의 거의 모든 현상은 해외 토픽감이다. 국뽕에 취해서 모든 것을 움켜쥐고 흔드는 그들에게 무언가 기대한다는 것은 무리다. 꼰대가 좋아하는 사람은 자기 말에 닥치고 복종하는 인간들이다. 진정으로 어른이라고 불릴 만한 사람이 거의 없다.

철학도 정신도 빈곤한 자들은 누군가 이루어 놓은 모습과 비슷하게라도 흉내 내며 살고 싶어서 서로 비교하고 의식하고 괴롭힌다. 시답지 않은 우월감과 열등감이 인생의 원동력이다. 삶의 다양성을 인정하지 않는 이들이 일일이 묻는 말들에 대답해 주는 것도 아주 고역이다.

병든 사회에서 건강하게 살라고 말하는 것은 모순이다. 그러나 사람들은 애써 정상인 척 살아간다. 무엇을 원하는지, 무엇을 할 때 즐거운지, 무엇이 행복인지, 무엇이 중요한지 제대로 알고 그렇게 살아가는 사람보다 그렇지 않은 사람이 많다.

이것은 젊은 세대도 마찬가지다. '젊은 세대는 이런 사회를 바꾸기 위해서 무슨 노력을 했는가?'라는 훗날 누군가의 질문에서 결코 자유로울 수 없을 거다. 대다수는 이런 이야기를 밖으로 내놓고 이야기하는 것도 꺼린다. 키보드로 분노를 대신하거나 뒷담화를 하면서 다음 날 아침에는 아무 일 없는 것처럼 다시 학교와 직장으로 돌아간다. 그리고 침묵한다.

침묵은 위정자들이 하고 싶은 대로 마음껏 할 수 있게 해 준다. 어릴 때부터 세뇌받고 노예근성이 충만한 백성들로 자라나서 그렇다. 학교의 야간 자율 학습은 미래의 야근을 대비하기 위한 훈련이었다. 착하게 길들여지기. 기성세대가 만들어 놓은 세계에 충실히 편입하기.

남들이 한다면 또 우르르 몰려간다. 투표도 안 한다. (물론 인물이 너무 없어서 투표할 사람이 없다고 하면 할 말이 없지만) 앞으로 사라지고 없을 직업을 위해 구시대적 시스템 안에서 똑같은 공부를 하면서 여전히 공부를 잘해야 하는 일에 돈을 쏟아부으며 몰두하고 있다. 그래 봤자 별거 없는데. 이 나라의 교육은 정말… 너무나 슬프다.

이렇게 떠들어 봤자 달라지는 것은 없다. 헬조선의 광기는 나라가 망해야 비로소 알게 될 것이다. 태어나지 말았어야 할 나라에서 태어나지 말았어야 할 F. 태어났다는 이유로 죽는 날까지 버둥대지 않을 권리를 찾으려면 결혼하지 않고 살거나 죽을 각오로 이 나라를 탈출하거나.

선택! 과연 F는 어떻게 할 것인가!

F는 삑삑 울리는 알림 메시지에 눈을 번쩍 떴다. 식은땀이 F의 얼굴을 뒤덮었다. 얼른 눈을 더듬어 나의 그것이 잘 있는지도 들여다보았다.

"아, 씨…."

멀쩡하다. 이다지도 고약하고 생생한 꿈이라니. 섬뜩한 꿈의 잔상이 머리에서 떠나지 않아 한참 멍하게 누워 있었다.

그가 다시 정신을 차려 식은땀을 닦고 몇 시인지 확인하려 스마트폰을 보았다. 여러 개의 긴급 알림 메시지들이 한가득 들어와 있다. F는 눈을 짝짝이로 번갈아 뜨면서 스마트폰을 다시 보았다.

"이건 또 뭐야. 아, 머리 아파… 아, 이게 무슨 말이야."

스마트폰을 보니 피식 웃음이 나온다.

"이것들 봐라. 이제 쇼킹한 뉴스가 더 나올 게 없어서 이런 뉴스가 나오냐."

F가 꾼 꿈만큼이나 장난질의 소재는 신선하고 생뚱맞았다. 각종 알림 소식과 포털 사이트 실시간 검색어에 '마지막 인류', '인류 종말', '임신과 출산 중단', '인류 충격'과 같은 공상과학 소설에 나올 법한 단어들이 폭발적으로 오르고 있다.

"나 참, 누구냐? 짜아식. 참신하다, 참신해… 나보다 네가 훨씬 낫다."

이것은 불특정 다수를 향한 누군가의 무모한, 그러나 고도화된 전략이 깔린 장난질임에 틀림없다.

스마트폰을 침대에 던지고 물을 찾으러 냉장고 문을 열었지만 물이 없다. 수돗물이라도 마셔 보려 했으나 오래전부터 수돗물 공급이 중단된 것을 잊었다. 가족 모두 각자의 일터로 나가 한창 바쁘게 움직일 시간이었고, 그에게 물을 가져다줄 사람은 아무도 없다. 편의점에 가는 일도 귀찮고 가 봤자 물은 이미 사재기해서 동나 있을 것이다.

F는 물 대신 냉장고에서 마시다 만 찌그러진 맥주 캔을 부여잡고 생각했다.

가만있자. 장난치고는 스케일이 너무 크다. 나중에 어쩌려고 그러는지. 온라인 세계의 참신한 무법자가 은근히 걱정이다.

누가 그랬을까? 나 같은 백수? 아니면 심심한 천재 해커? 나으리들의 치명적인 치부를 덮으려는 정부의 조작? 아니면 북한? 그것도 아니면 IS가 한국 뉴스 포털 사이트 공격? 그럴 리가. 이 나라에 뭐 별 볼일이 있다고. 그런데 왜 하나같이 이런 심오하고 낯간지러운 말들이야. 아, 이런 바보. 대히트를 친 영화가 나왔나 보지!

더 이상 임신과 출산을 할 수 없는 인류

미래는 오지 않는다

불임의 정확한 이유 밝혀지지 않아 의학 및 관련 학계 충격

전 세계 비상사태, 3차 세계 대전이 아닌 인류의 종말

청와대, 장관급 긴급회의 소지

뉴스 제목을 클릭해서 대강 읽어 보니 역시나 영화에 나올 법한 말들이 적혀 있다.

기사에 달린 베스트 댓글들에는 다음과 같은 말들이 올라와 있었다.

  └ 헐.

  └ 외계인 마침내 인간 세계 침략 성공!

  └ 이거 정말이면 인구 소멸로 세계에서 제일 먼저 사라질 헬조선의 의미가… 이젠 없군! 쩝.

  └ 오, 나는 마지막 인류다ㅋㅋㅋㅋㅋㅋㅋㅋㅋㅋㅋㅋ 근데 그게 뭔들? 나랑 뭔 상관.

  └ 이제 인공 지능 아기 키우나?

F는 그의 스마트폰이 이상한 것일 수도 있다고 생각했다. 혹시나 하는

생각에 리모컨을 찾아 TV를 틀었다. TV를 켜자마자 무섭게 온통 긴급 뉴스 속보가 나온다. 하나같이 그가 포털 사이트에서 본 그런 종류의 말들을 빠르게 되풀이한다.

이 자극적인 문구들을 두고 아나운서와 전문 패널들이 침을 튀겨 가며 뭐라고 빽빽 말하는데 도대체 말도 안 되는 소리들만 있다. 그런 것이 얼토당토아니한 일인지. 집중을 해서 들어 보아도 이해가 가는 것이 하나도 없었다.

"안 되겠다. 외신을 봐야지. 난 언제나 외신을 믿어."

브레이킹 뉴스를 전하는 아나운서의 표정들이 자못 심각하다. 그가 요즘 영어를 들여다보지는 않았어도 분명히 그가 알고 있는 단어들이 맞다. 그렇다면 외계인이 전 지구를 상대로 인간의 종말을 위해 공격을 개시했나?

그의 몇 남지 않은 친구들이 연달아 보내는 카카오톡 메시지를 확인해 보았다.

요요요, F! 너 뉴스 봤어?
이게 뭔 말이라냐. 이거 진짜야?
우리 연애나 실컷 하자! ㅋㅋ

이거 맞냐?
나 한국 사람 허세 심리에 부응할 럭셔리 키즈 사업 하려고 했는데!
할배 할매 지갑 좀 탈탈 털어 보려 했는데!
망했어!

유려한 장편소설

F, 아직 공무원 준비해?

나 네 전 직장 들어갔어. 그만둘까 봐. ㅠ

네가 왜 그만뒀는지 알겠어! ㅠ

뭐하냐, F. 자냐? 이거 진짜냐.

나 딸 바보 예약했는데. 젠장. 된장.

이거 구라 아니지?

싱글을 더 이상 괴롭힐 수 없는 희소식이다.

F, 축복해라!

오늘 술이나 마시자, 나와라.

"이 자식들아, 내가 어떻게 아냐···. 꿈도 크다. 어차피 이루지도 못할 자식들이."

F는 계속 울려대는 메시지를 내버려두고 창문 밖을 내다보았다. 방금 전까지 미동 없던 하늘에 먹구름이 잔뜩 끼어 있다. 드디어 기다리던 비가 오는가 싶더니 창문에 후두둑 빗방울이 달라붙고 하늘이 노랗게 변한다.

거짓말처럼 천둥 번개가 쳤다. 그리고 마침내 무서운 소리와 함께 거침없이 비가 쏟아지기 시작했다. 빗소리인지 말도 되지 않는 뉴스 때문인지 심장이 펄떡이는 것 같다. 아까 잠결에 꾼 꿈도 그렇고, 여전히 무슨 말인지 이해할 수 없는 뉴스와 정신없이 내리는 비 때문에 F는 머리가 아프다.

소리를 지르며 어디론가 바삐 걸음을 옮기는 창문 밖 사람들을 눈으로 따라가 본다. 머리에 가방을 얹고 뛰다가 건물 안으로 빠르게 들어가 옷을 터는 사람들의 표정이 미묘하다. 자기보다 큰 가방을 멘 아이들은 비를 맞으며 까르르 웃다가 누군가의 부름에 일제히 학원 승합차로 올라탄다. 거리의 자동차들은 서로 먼저 가겠다고 들이밀다가 엉킨다. 클랙슨이 울리고 일부는 험악한 얼굴로 삿대질을 하며 소리를 지른다.

다들 어디를 향해서 저렇게 바쁘게 가려는 걸까? 나도 좀 바빠 보자. 어디로 가는지 몰라도 나도 좀 뜨겁게 바빠 보자고.

창밖의 세상은 평소와 다를 것이 없어 보였다. 대지진이 일어난 것도 아니고, 누가 테러를 일으킨 것도 아니고, 여느 때와 다름없는 일상의 모습 그대로이다. 다만 모두가 기다리던 비가 내릴 뿐.

F가 손안에 쥔 스마트폰과 시끄럽게 떠드는 TV는 여전히 터질 듯한 말과 글로 시끌벅적하다. 반면 화면 속의 요란한 세상과 달리 그가 눈으로 직접 마주하는 세상은 놀라울 만큼 차분하다. F는 본인이 발을 딛고 있는 세상은 둘 중 어느 쪽의 세상에 더 가까울까 생각했다. 어느 쪽이 진실인지는 이제 잘 모르겠다. 아니, 사실 어느 쪽이든 상관없다.

F는 다시 병든 닭처럼 쏟아지는 졸음을 느꼈다. 마지막 인류이고 뭐고 분명한 것은 자신이 수십 개의 닭장 안에 갇힌 닭이라는 사실이다.

F는 다시 침대로 들어가 눈을 감아 버렸다.

5

그동안의 숨 막히는 무더위를 한 번에 보상이라도 하듯 세찬 비가 쏟아졌다. 이렇게 무지막지하게 내리려고 그동안 비가 오지 않았던 것일까.

가을의 초입에 몰아치는 폭풍우의 괴력에 사람들은 당황했다. 비를 기다리기는 했지만 하루아침에 손바닥 뒤집듯 반갑지만은 않은 비였다. 가뭄이 들어 거북이 등껍질처럼 바짝 갈라진 땅바닥은 무섭게 때리는 비를 꿀꺽꿀꺽 다 들이마시지 못하고 토해 냈으며, 그 바람에 없던 강 하나를 만들었다. 폭염과 가뭄이 순식간에 홍수의 문제로 뒤바뀌었다.

해가 떠 있는 낮에도 낮인지 밤인지 분간할 수 없을 정도로 칙칙한 어둠이 깔렸다. 사람들은 각자의 손에 랜턴을 들고 유사시를 대비해 물에 휩쓸리지 않도록 밧줄을 몸에 휘감고 다녔다. 얼마 지나지 않아 모든 학교에는 휴교령이 내려졌고 재난 경보가 선포되었다.

도시든 시골이든 주변의 모든 것이 위태롭게 보였으나 승주와 개가 머무는 성城만은 표정 변화 없이 건재했다.

*

나는 귀를 쫑긋 세우고 앞이 보이지 않을 정도로 쏟아지는 빗소리에 맞추어 꼬리를 똑딱똑딱 좌우로 흔들어 보았다. 승주는 우산 없이 외출했다가 비를 쫄딱 맞는 바람에 젖은 머리를 말리며 아까부터 투덜대고 있지만 나는 비가 와서 기분이 날아갈 듯 좋았다. 이 집에 온 이후로는 좀처럼 물을 구경하기 힘들었기 때문에.

물을 마시려면 지난번처럼 사고를 쳐서 욕조 안으로 들어간다든가, 승주와의 산책에서 다른 기회를 노린다든가, 비 내리는 날을 기다리는 수밖에는 별다른 방법이 없었다. 하지만 오늘처럼 비가 내리면 애쓰지 않고 문밖으로 고개를 조금만 내밀어 입을 헤벌쭉 벌리면 되니 얼마나 좋은지 모른다.

승주는 대충 머리를 말리고는 골동품처럼 놓여 있는 오래된 축음기에 LP판을 올려놓았다. 그러고는 침대 속으로 들어가 이불을 끌어안고 오들오들 떨었다. 목소리 하나가 이 집을 가득 흔든다.

비가 내리고 음악이 흐르면 난 당신을 생각해요.

유려한 장편소설

승주는 따뜻한 찻잔을 두 손에 꼭 쥐고 창밖을 바라보며 생각에 잠겨 있다. 그녀가 누구를 생각하는지 알 것 같다. 아마 내가 여기에 온 날 뒤도 안 돌아보고 집을 나간 남편 장민석을 생각하고 있을 거다.

그렇다면 난 누구를 생각해야 하는 것일까. 떠오르는 사람이 없어서 나도 승주를 따라 민석을 생각해 봤다.

사실 여기에 처음 온 날 잠깐 스치듯 그를 보긴 했다. 내가 이 집을 구경하다가 어딘가에 숨어서 잠을 자고 있을 때 민석이 승주보다 먼저 나를 발견했다.

그가 무릎을 구부려 가만히 날 쓰다듬었을 때 슬며시 눈이 떠졌다. 직접 만든 개집이라고 혼잣말을 하며 내 옆에 자신이 만든 내 집을 가져다 놓았다. 민석과 눈이 마주쳤다. 그는 아련한 눈빛으로 나를 쳐다보더니 부드러운 손길로 몇 번 내 머리를 쓰다듬고는 일어섰다. 나는 멀어지는 그를 향해 짖지 않았다.

승주는 방금 전까지 시어머니 송경애와 함께 있다가 집으로 돌아왔다. 아들 부부에게 집을 내어 주고 근방에 한옥을 사들여 지내는 시어머니에게 아들이 가출 아닌 가출을 했음을 알리러 간 것이다.

*

"어머님, 저 왔어요."

"너 요새 소식이 뜸하다. 민석이는?"

"나갔어요."

"나가? 어디를?"

"집을 나갔어요. 열흘 정도 된 것 같아요."

"너네 싸웠니?"

"글쎄요…. 알고는 계셔야 할 것 같아서 말씀드리러 왔어요."

"글쎄요라는 말이 어딨니."

"생각 좀 정리한다고 장기 여행 간대요. 일종의 가출인 셈이죠. 어디로 갔는지는 모르겠어요. 아시다시피 여기 휴대폰 송신이 안 돼서 연락도 어려워요. 우선 기다려 볼게요, 어머님."

"너 그렇다고 경찰서에 신고하지 마, 애. 세상 시끄러워진다."

시어머니 입에서 나온 말이 신고하지 말라는 말이다.

"민석이가 어딜 좀 돌아다니는 걸 좋아하지. 나도 연락할 수 있는 방법을 찾아보마. 그런데 너 내가 보내 준 약은 먹고 있니? 꼬박꼬박 먹어야 하는데. 승주 너랑 마음대로 안 되니까 자기도 답답한가 보지. 민석이는 딸 가지고 싶어 했는데…. 네가 관리를 얼마나 못했으면."

"어머님, 그게 무슨 말씀이세요?"

아, 더 이상 참을 수가 없다.

"어머님은 아들을 너무 모르셔요. 그리고 어머님이 아무렇지 않게 하시는 그런 말씀은…. 저희의 사생활을 어디까지 말씀드려야 할까요? 불임은 저 혼자만의 일이 아니에요. 전부터 자꾸 제 탓처럼 말씀하시는데, 저 힘들어요."

"너 지금 나한테 말대꾸하니?"

송경애는 실처럼 가느다랗던 눈을 동그랗게 떴다.

"어머님, 오빠는 결혼 전에도 아이가 없었으면 좋겠다고 말하곤 했어요. 장난처럼 대수롭지 않게 말하길래 순진하게 장난인 줄 알았는데 알고 보니 진심이었어요. 그건 알고 계셨어요? 아이는 어쨌든 저와 오빠의 일이에요. 그러니까 절 위하는 척하시면서 돌려서 비수 꽂지 말아 주세요."

"얘, 그럴 리가. 우리 민석이가 그럴 리가 없어. 내가 비수를 꽂다니 그건 또 무슨 말이니? 내가 너희 생각해서 성城에서 지내라고 자리 내어 주고 불편할까 봐 나온 건데. 네가 감히 나한테 그렇게 말할 수 있니, 지금?"

승주는 아랫입술을 한 번 깨물고 말을 이었다.

"어머님, 저 지금까지 충분히 힘들었는데요. 이제 더 힘들지 않으려고 해요. 어머니가 성城 비우신다고 했고, 서울 떠날 거면 저희 보고 거기 대신 있어 달라고 하셨어요. 어머니 권유로 오게 된 것도 맞고 머물 수 있게 해 주셔서 감사하지만 나가 달라고 말씀드린 적은 없어요. 다시 돌아오고 싶으시면 언제든지 오세요. 저희가 나갈게요."

"너 서울 직장도 그만두고 민석이도 너 내려오는 바람에 그만두었잖아. 어디로 가려고? 남편도 나갔는데 너 혼자서 어딜 갈 수나 있겠니?"

송경애는 한껏 비꼬는 표정으로 입을 씰룩인다.

"어머님, 민석 오빠가 저 때문에 내려온 것만은 아니에요. 여자가 일그만두었다고 따라서 일 그만두는 남자가 어디 있어요. 저희 일은 염려 마세요. 저희가 알아서 할게요."

"얘, 너 지금까지 편하게 공주처럼 친정 부모랑 시댁에서 떠먹여 주는 대로 살아왔으면서 뭘 알아서 한다는 거니?"

"네, 죄송해요. 제가 그걸 늦게 깨달았어요. 이제야 철이 든 거죠. 경제적으로 정신적으로 부모에게 완전히 독립해야 그것이 진정한 성인이고 진정한 자유를 누릴 수 있는 거라는 걸 이제야 안 거죠. 가족 안에서도 돈으로 치졸한 권력 관계가 생긴다는 것을 너무 늦게 알았어요. 편한 거에 맞들여서요. 그 결과 제가 마음대로 할 수 있는 게 없다는 것을 깨달았어요. 다 제 잘못이죠. 그래서 이제 그렇게 살지 않으려 합니다."

"승주, 너 말이 늘었다."

그사이 며느리는 완전히 다른 사람이 되어 있었다.

"네, 어머니 아들과 살다 보니 그렇게 되었어요."

승주는 조금도 밀리지 않고 흔들림 없는 목소리로 말했다.

"얘, 난 네가 솔직해서 좋기는 한데, 그만 솔직해도 될 것 같아."

"어머님, 저 이미 여러 번 상처받았어요. 어머님한테 속은 기분이에요. 결혼 전에는 저 존중해 주셨잖아요. 그때의 어머님이 그리워요. 지금은 제 인생을 마음대로 주무를 수 있다고 생각하시는 게 꼭 갑질 사장님 같으세요."

"뭐?"

"어머님, 어른이 말씀하신다고 무조건 '네, 알겠습니다.' 하는 건 어머님 시대예요. 보통 여자들은 이럴 때 마음은 그렇지 않아도 '네, 알겠습니다.' 하면서 넘길 거예요. 그게 어떻게 보면 이 나라에서 현명하게, 덜 피곤하게 인생을 사는 방법이겠지요. 그런데요, 어머님. 제가 모자라서 그런지 몰라도 저는 양심상 그렇게 할 수가 없어요. 그러면 저는 저와 어머님을 기만하는 기분이에요. 어머님도 학교에서 아이들에게 자기 의견 말해 보라고 가르치시잖아요. 손들고 자유롭게 이야기해 보라고 하시죠? 물론 어머님 세대인 분들은 막상 학생들이 진짜로 자기 의견 내고 솔직하게 말하거나 어머님 생각과 다른 부정적인 의견을 내면 감히 반대한다고 기분 나쁘게 생각하시죠. 그런 문화는…. 죄송하지만 저는 더 이상 이을 수가 없어요. 어른이 말씀하시면 다 맞다고 하는 기형적인 문화는 제 세대에서라도 이만 끝내야지요. 저는 나중에라도 아이가 있다면 그런 문화에서 눈치 보며 살게 하고 싶지 않아요. 그리고 어머님, 며느리는 시댁에 팔려 온 노예가 아니에요. 어머님이 원하는 대로 움직이면서 어머님이 오라면 오고, 가라면 가고, 어머님 아들도 안 하는 효도까지 대신하면서 독박 가사하는 노예가 되려고 결혼한 게 아니에요. 어머님이 그렇게 아끼시는 아무 잘못 없다는 아들이 지금 집 나갔다고요. 집에 혼자 있는 개밥 주어야 할 시간이라서요. 죄송하지만 먼저 일어나겠습니다."

승주는 이 말을 끝으로 꾸벅 인사를 하고 일어섰다. 그러고는 시어머니가 더 뭐라고 하기 전에 얼른 대청마루로 나가서 신발을 신었다.

송경애는 며느리가 숨도 안 쉬고 조곤조곤 몰아붙이며 말하자 더 이상 대꾸할 말이 없었다. 어른 앞에서 눈 하나 깜빡이지 않는 당돌한 며느리가 괘씸했지만 그렇다고 아예 틀린 말을 하는 것도 아니라서 딱히 뭐라고 입이 떨어지지 않았다.

마당으로 나가는 승주 등에 대고 송경애가 뒤에서 중얼거렸다.

"내가 개 키우라고 그 집을 주었나…. 애 얼른 들어서라고 들여놓았지. 남들 다 있는 애도 못 가지는 애가 정말 못하는 소리가 없어. 장손

민석이 자식 소식이 왜 없냐고 남들한테 들을 때마다 내가 할 말이 없다, 할 말이. 내가 요즘 같은 시대에 너처럼 젊은 여자로 살았어야 했는데…"

승주는 그녀의 등 뒤로 내리꽂히는 말들에 입술을 꽉 깨물었다. 그 개는 민석이 데리고 온 것이었으나 그런 말을 전한다고 해서 그게 무슨 소용인가 싶었다. 두 번 다시 송경애를 보지 않겠다고 마음먹고는 뛰다시피 나왔다.

송경애가 머무는 한옥에서 나와 길모퉁이의 전봇대를 막 돌았을 때 하늘에서 구멍이라도 뚫린 듯 갑자기 비가 쏟아졌다. 계속 폭염이 이어졌기에 이렇게 비가 오리라고는 짐작도 못했다.

주변은 허허벌판이라 비를 피하거나 우산을 빌릴 만한 곳도 없다. 그렇다고 다시 시어머니 한옥으로 돌아가기에는 그녀의 자존심이 절대로 허락하지 않았다. 성城으로 돌아가려면 이 길에서 콜택시를 부르고 한참을 기다려야 했다. 그러나 그마저도 여기까지 오겠다는 택시가 별로 없다. 게다가 휴대폰도 없다.

승주는 지름길을 따라 산책하듯 내려온 것처럼 다시 천천히 집까지 걸어 보자고 생각했다. 이번에는 비를 맞으면서.

아까부터 깨물고 있던 입술에서 씁쓸하고 비릿한 피가 새어 나왔다. 눈물과 함께 머리를 타고 흘러내리는 빗물 때문에 앞이 잘 보이지 않는다. 여기에서 그녀를 볼 사람은 아무도 없으니 이럴 때나 실컷 울자고 생각했다. 비를 계속 맞아도 좋으니 모든 것이 다 씻겨 내려갔으면 싶었다. 젖어드는 속옷이 살에 차갑게 닿을 때마다 으슬으슬 소름이 돋았지만 그런 것쯤은 얼마든지 견딜 만했다.

왜 며느리는 죄인처럼 영원한 을이 되어서 시댁에 굽실거려야 하는지 도저히 알 수 없다. 그녀가 지금까지 학교에서 배운 지식들은 사회와 결혼의 영역에서는 작동되지 않았다.

그리고 보니 결혼 후에 내가 하는 일은 결혼 전 시어머니가 남편에게 해 주던 것이었다. 민석은 엄마 대체물을 찾아서 결혼한 것이었나? 몸종 같은 것? 시어머니는 여자의 희생을 당연하게 여겼으나 승주 세대의 여성이라면 더 이상 일방적인 희생은 통하지 않는다.

승주가 결혼 후 변한 시어머니를 두고—아니, 연기에 속아서—남편에게 힘들다고 말할 때마다 민석은 엄마가 교장 선생님이라서 남을 가르치는 데 익숙하니 네가 좀 이해해 달라고 했다. 그러면 승주는 왜 나만 이해해야 하는지 물었다.

오빠는 우리 집에 가서 아무것도 안 하고 친정 엄마가 주는 음식 받아먹고 누워 잠만 자면서 나는 왜 오빠의 집안 행사에 불려가서 알지도 못하는 오빠네 조상님을 위해 허리를 펼 시간도 없이 전을 부쳐야 하는지도 물었다. 나 역시 부모가 있고, 명절에는 친정에 가서 내 부모님을 보고 싶다고 말했다.

그때마다 장민석은 네가 그렇게 해 줘서 고맙고 사랑한다는 말들로 급하게 그녀를 달랬다. 상황을 빠르게 무마시키기 위해서 둘러대는 남편의 영혼 없는 말과 태도에 분노가 치솟곤 했다.

시어머니는 소위 배웠다는 사람이라서 다를 것이라 생각했지만 그것은 승주의 착각이었다. 송경애 역시 그녀의 위신과 사회적 위치를 내세

우며 더하면 더했지, 덜하진 않았다. 시어머니의 체면치레는 상상 이상이었으니, 교양 있다는 말은 곧 위선적이라는 말이었다.

직장 선배들이 "승주야, 능력 있으면 결혼하지 말고 네 인생을 살아."라고 했던 말이 무슨 말인지 결혼해 보니 이제야 알 것 같다. 왜 사람들이 결혼은 미친 짓이라고 하는지도 알 것 같다.

누군가 그녀에게 시댁의 유산 상속을 말하면서 돈을 들먹인다면 "너한테 다 내어줄 테니 당장 네가 대신 와서 살아!"라고 말하고 싶었다. 누군가의 피를 빨아먹으며 빌붙어 사는 빈대도 아니고, 알아서 내 몫을 책임지며 살 능력이 있으니 그따위는 관심 없다.

당장 친정에 가 볼까 생각했지만 그렇지 않아도 불임이라 걱정하시는데 또 다른 걱정거리를 드리는 싫다. 사랑받고 자란 딸이 이런 취급을 받고 있다는 것을 아시면 속상해서 앓아누우시겠지. 그러면서도 "그래도 네가 참아야지."라는 말을 하실 게 뻔하다.

부모 세대의 콘크리트 사고방식을 그녀가 바꿀 방도는 없다. 이 모든 것은 베이비 부머 세대, 그러니까 아이러니하게도 자신의 부모 세대가 사라지지 않으면 계속될 일이었다.

이런 순간에 남편은 집을 나가고 없다. 남편은 내 편일까? 남의 편일까? 그는 늘 애매한 태도를 취하며 우유부단했다. 설상가상 아이를 갖게 된다고 하더라도 지금까지 민석이 보여 준 일상으로 미루어 보았을 때 아이 양육은 고스란히 내 몫으로 돌아올 것이 뻔하다.

그가 과연 아이와 눈을 맞추고 언제 뒤집기를 하는지 지켜볼 것인가? 오늘 아이에게 무엇을 먹여야 하는지, 어떤 옷을 입힐지 챙길까? 아이가

유려한 장편소설

아프다고 하면 그가 병원에 데리고 가서 보살필 것인가? 주말에나 잠깐 놀아 주고 '도와주는' 것으로 생색내겠지. 바쁘고 피곤하다고, 나중에 하겠다고 하면서.

데이트할 때는 팔팔 잘도 돌아다녔지 않은가? 내가 낳은 아이가 장민석과 나와의 아이인지, 나와 친정 엄마의 아이인지 헷갈리지 않을까? 아이가 학교를 가게 되면 오늘 하루 무슨 일이 있었는지 다정하게 들어 주고 숙제를 도와줄까?

그가 전업주부를 하겠다고 한다면 모를까, 내가 아는 그는 절대로 그럴 리 없다. 그는 자유 시간을 만끽하고자 하는 남자다. 집안일이라면 몇 번 하는 척 흉내만 내다가 결국 내 몫으로 돌리고는 했다.

베이비시터도 도우미 아주머니도 한계가 있다. 그렇다면 나 혼자 과연 그것을 감당할 수 있을까? 왜 나 혼자서 짊어져야 하는지 의문이 들지 않을까? 우리가 박이 터지도록 싸울 것은 겪어 보지 않아도 눈에 훤하다.

싸우는 우리를 보고 아이는 행복하다고 생각할까? 아니, 그것은 이미 내가 겪어 봐서 안다. 가슴 졸이며 떠는 일을 내 아이까지 겪게 하고 싶지 않다. 민석 역시 자신의 아버지처럼 되기는 싫다고 하면서 아버지와 똑같은 행보를 보일지 아무도 모를 일이다.

서로가 바닥을 치는 민낯을 다 보고 결혼 생활 10년 차쯤 되었을 때, 나는 그때도 민석과 여전히 함께 있을 수 있을까? 앞에서는 웃고 뒤에서는 눈물을 훔치고 있지는 않을까?

아이를 가질 수 없어서 차라리 잘된 일일지도 모르겠다. 임신하면 회사에서 정리 대상 1순위가 되거나 승진에서 매번 누락되겠지. 온갖 눈총을 받으며 간신히 다니다가 결국 아이에게 잘해 주지 못하는 죄책감에 일을 포기할 거다. 집 안에 갇혀 내 꿈을 잃어가면서도 '이것도 나쁘지 않은 삶이야. 내가 아이를 키우는 위대한 일을 하고 있어.' 하며 자기 합리화시키는 나를 발견하겠지? 아이들이 다 크면 할 일 없는 내가 남아 있을 거다. 경제적으로 자립할 힘도 잃어버린 채 남편만을 바라보면서.

나는 여기까지 와서 대체 무엇을 하고 있는 것인가? 내가 이런 것을 다 감당해도 괜찮다고 생각할 만큼 이 남자를 사랑하나? 아니잖아.

우리는 서로 존중하고 배려하면서 평생 방을 같이 쓸 수 있을 것인가? 남편은 나의 소울메이트가 아니라 룸메이트다.

너무 겁 없이 결혼을 해 버렸다. 모두가 결혼하라고 압박했지만 정작 내 결혼이 괴롭다고 느낄 때 등 떠밀던 사람들은 나를 책임져 주지 않았다. 다른 모든 것은 그렇게 따지고 조심하고 철저하게 준비했으나 인생이 뒤바뀔 중요한 일을 대수롭지 않게 생각했다.

아, 이렇게 결혼하는 것이 아니었다. 현명하지 못했다. 결혼은 인생의 전부가 아니라 일부일 뿐이었는데…. 밝고 즐겁고 여유롭고 아름답던 당당한 나는 어디로 갔지? 생각할수록 마음이 아려 온다.

젖어서 무거워진 옷을 꼭 붙들며 약해지면 안 된다고 마음을 다잡았다. 결혼 생활을 이어 나가든지, 아니면 이혼하든지 어차피 결론은 둘 중 하나이다. 내가 선택하고 책임진다. 이것은 누구도 해결해 줄 수 없다. 그녀는 비를 맞고 걷는 동안 그런 생각들로 머리를 가득 채웠다.

터덜터덜 집으로 들어와 샤워를 하고 젖은 옷을 세탁기에 던진 뒤 대강 머리를 말렸다. 발걸음이 닿는 대로 그녀의 몸에 붙어 있던 빗물이

유려한 장편소설

뚝뚝 떨어졌다.

차가운 입술이 덜덜 떨려서 다물어지지 않았다. 이 모든 것이 견딜 수 없다. 마음에 핀 시퍼런 멍 자국은 사라질 생각이 없는 듯하다.

젖은 손으로 축음기 옆에 있던 오래된 LP판을 뒤적였다. 비가 오면 즐겨 듣던 노래를 발견하고 크게 틀어 놓았다.

개는 승주의 방 창가에 바짝 붙어 앉아서 비 내리는 풍경을 바라보며 꼬리를 살랑댄다. 개가 자꾸 창문을 툭툭 치며 열려고 하는 것 같아 창문 고리를 꼭 걸어 두었다. 그러다가 빗소리나 더 듣자 하는 마음이 들어 다시 창문을 활짝 열었다.

비가 바람과 함께 방 안으로 갑자기 쏟아져 들어왔다. 개는 흥분하여 비를 움켜잡기라도 할 것처럼 허공에 앞발을 여러 번 휘둘렀다. 그러더니 창문 옆으로 떨어져 바닥에 흩어진 물을 할짝할짝 핥았다.

커다란 집은 야생의 숲 한가운데 있다. 숲 속에 벽도 창문도 천장도 없는 집에서 그녀와 개 한 마리가 살고 있다. 나가도 밖이고 들어와도 밖이다. 그녀는 어디로 가야 할지 몰라서 길 잃은 어린아이마냥 숲 속에 남겨졌다.

6

승주는 결혼 전까지 민석에게서 그의 아버지 이야기를 들을 수 없었다. 이름만 들으면 누구나 아는 유명한 산부인과 의사라는 것만 대강 알고 있을 뿐 민석이 아버지와 식사를 한다든가 아버지와 만나서 무언가 했다는 종류의 이야기는 들어 본 적이 없었다.

그는 송경애를 향해서는 '엄마'라고 했지만 아주 드물게 자신의 아버지를 지칭할 때는 '아빠'가 아닌 '아버지'라고 했다. 어쩐지 거리를 두는 화법이었다. 그런 그에게 아버지에 대해 더 묻기는 곤란했다.

승주는 마치 잃어버린 퍼즐 조각처럼 비어 있는 느낌의 실체가 무엇인지 언제쯤 알 수 있게 될까 생각했다. 그리고 그것이 과연 무엇인지 기다리다가 전혀 예상치 못한 타이밍에서 그의 아버지 이야기를 들었다.

유려한 장편소설

"승주야, 나랑 결혼할까?"

민석은 늦은 밤 공원을 걷다가 급작스레 말했다. 승주는 만난 지 6개월도 안 된 민석이 농담으로라도 그런 말을 할 줄은 생각도 못했다. 당황하여 벙벙한 승주 앞에서 민석은 담담한 목소리로 자기 아버지에 대해서 이야기하기 시작했다.

놀라웠다. 생각지도 못한 이야기를 마음 한편에 두고 살아온 남자였을 줄은 몰랐기 때문에.

"오빠의 잘못이 아니야. 나는… 오빠 옆에 있을 거야."

민석이 자기 고백을 마치자 그녀 자신도 모르게 그런 말이 나왔다. 비어 있던 퍼즐을 찾았을 때 갑자기 샘솟는 연민이라도 느꼈었나.

그녀는 상처받은 어린 날의 민석을 자기 가슴으로 끌어당겨 가만히 안아 주었다. 자기 앞에서 무장 해제를 해 버리는 남자에게 스스로가 갑자기 없어서는 안 될 특별한 사람이 된 것처럼 느껴졌다. 그를 사랑해야 하지 않을까, 그리고 그를 감싸 줄 수 있는 사람이 되어 주는 것이 어떨까 처음으로 생각해 보았다. 지금 생각해 보면 무슨 정신이었는지 모르겠으나 그때는 그래야 할 것만 같았다.

민석은 젠틀하고 여유 있으며 말끔한 사람으로 소문이 나 있어서 늘 주변에 여자들이 꼬였다. 그는 지금까지 주변 여자들이 자신의 조건을 보고 여우 짓을 하면서 내숭을 떨었다는 것을 잘 알고 있었다.

그의 직업은 고소득 직종도 아닌 평범하기 짝이 없는 것이었으나 잘난 집안과 재산은 전국적으로 유명하다고 해도 과언이 아니었다. 부동산이 얼마큼 되는지, 건물이 몇 채나 되는지 등은 민석 자신보다 다른 사람들이 더 잘 알고 있는 것 같았다.

그는 사실 언제든지 일을 그만두어도 상관없는 사람이다. 그러고 보니 요즘 세상에 '사'자 들어가는 직업이 그 무슨 소용이랴? 스트레스 받으며 삶에 여유가 없는 직업은 더 이상 부러워하지 않는 세상이다. 무엇보다 건물주에게는 당할 자 없나니.

어쨌거나 결혼하라는 송경애의 잔소리에 매주 의무적으로 선을 보러 나갔다. 그리고 자기 앞에서 어떻게든 잘 보이려고 용을 쓰는 여자들을 따분한 가운데 즐겁게 감상했다. 여자는 어차피 다 거기서 거기. 뻔한 여자들과 대화하는 일이 민석에게는 시시하고 지루했다.

그가 여자에 대한 흥미를 잃은 지 오래되었을 때 친구들과의 술자리에서 우연히 승주를 만났다. 민석이 이런저런 질문을 하나씩 던지면서 승주가 어떤 여자인지 탐색하고 있을 때 그녀가 눈치채고 웃으면서 한소리 했다.

"평가 선생님, 저 그쪽에 관심 조금도 없으니까 재지 마세요. 평가 사절입니다."

아, 맙소사. 난생처음 보는 반응이다.

"어이쿠, 여기서도 선생님 소리를 듣네요."

"음, 그럼 훈장님? 요청하지도 않았는데 제가 대답하는 말마다 부연 설명을 하시네요. 혹시 저와 공감대를 형성하고 싶으셨던 것이라면 너무 나가셨네요."

훈장님이냐고 되묻는다. 아, 짜릿하다.

그녀는 다른 여자들처럼 반응하지 않는다. 너라고 무슨 대수냐는 식

유려한 장편소설

이다. 알고 보면 거기서 거기인 남자일 텐데, 이런 식.

민석은 자신을 대하는 낯선 태도에 한 방 먹고 나서는 얼굴이 빨개졌다. 대놓고 싫다는 그녀에게 호감이 생겼고 그녀가 그럴수록 더 알고 싶어졌다.

승주는 제3자의 일로 민석과 몇 번 만날 일이 있었다. 그래서 별로 보고 싶지 않아도 그를 봐야 했다. 대신 그때마다 그저 인간적으로 그를 대했는데, 민석에게는 그녀의 그런 태도가 감동적이기까지 했다.

그녀는 거침없이 솔직했고 발랄했으며 무엇보다 의뭉스럽지 않았다. 겉과 속이 다르지 않은 여자. 이것은 민석에게 없거나 그의 인생에서 할 수 없는 것이었기에 그는 그녀를 통해 조금씩 대리 만족을 느꼈다.

승주와 함께 있으면 있을수록 인생의 신비로운 속살이 벗겨지고 그가 모르던 어떤 것에 다가간다는 느낌이 들었다. 이런 여자라면 꺼려지던 결혼도 해 볼 수 있겠다는 생각이 점차 차올랐다. 그녀만 떠올리면 입가에 미소가 절로 번졌다. 그러고는 마침내 그녀가 자신의 미래라고 생각하게 되었다.

그가 승주를 선택한 결정적인 이유는 다른 누구도 아니고 최승주이기 때문이었다. 자신의 콤플렉스를 알아도 떠나지 않을 흔치 않은 사람이라 생각했다.

그는 공원에서 아버지 이야기를 털어놓은 이후 저돌적으로 결혼을 밀어붙였다. 자신의 생각이 바뀌기 전에. 그리고 그녀가 다른 생각을 하기 전에.

승주는 자기보다 앞서가는 민석을 보면서 그에 대해 좀 더 잘 알 시간이 필요하다고 생각했다. 그가 어떤 사람인지 알려면 적어도 1년 이상은 가깝게 겪어 봐야 알 수 있을 것 같았다.

그러나 어느 순간 얼렁뚱땅 결혼을 준비하는 자신을 보면서 긴가민가했다. 이대로 계속 가야 하는가 머뭇거릴 때마다 민석은 기가 막히게 알아차리고 승주가 다른 생각을 하지 못하게 만들었다. 그는 과연 조용한 듯 흡입력 있는 달변가였다. 시아버지를 닮아서 그런지는 나중에야 알았지만.

그가 마치 숙제하듯 결혼을 해치운다는 생각도 들었으나 생각해 보면 승주 역시 숙제의 문제에 있어서는 그와 별반 다르지 않았다. 민석을 정말 사랑하는가? 누군가 그렇게 묻는다면 답할 수 없었다. 때가 되었으니 결혼한다는 표현이 맞았을 것이다. 물론 그에게는 이런 마음을 숨겨야겠지.

다들 그렇게 결혼한다고 했다. 과연 이것이 옳은 결정일까 여러 번 생각하면서도 부모의 잔소리에서 벗어나기 위해 어차피 해야 할 과업이라면 그냥 지금 해 버리자는 결론이었다. 남들도 다 하는 결혼이 무슨 대수냐고 생각했다.

민석을 생각하면 어딘지 모르게 걸리는 것이 몇 가지 있었지만 언제 다시 민석처럼 결혼을 적극적으로 밀어붙이는 남자를 만날지 알 수 없었다. 요즘 남자들은 몸을 사리니까. 승주는 그냥 그렇게 결혼했다.

늘 미스터리했던 그녀의 시아버지는 결혼 당일에야 볼 수 있었다. 그날은 정말이지 시트콤 같았다. 결혼식장에 바람처럼 나타난 한때 유명했던 시아버지는 능수능란했다. 시부모는 하객 앞에서 그 누구보다 다정한 부부애를 과시했다. 승주는 시아버지라고 불릴 그에게 얼떨떨하게 인사했고, 시아버지는 처음 본 승주를 아주 오래전부터 알고 있던 사람처럼 친근하게 대했다.

시부모의 행보는 대외적으로나 대내적으로나 여러모로 놀라운 것이었다. 그들의 대외적 이미지와 실상은 너무나 달랐기에 승주는 상황을 파악하는 데 한동안 어려움을 겪었다. 지금은 시아버지가 어디에서 무엇을 하는지 들을 수도 없고 볼 수도 없다.

송경애는 아들과 며느리가 신혼여행을 다녀오자마자 손주가 보고 싶다는 이야기를 했다. 승주는 처음에 한 귀로 듣고 한 귀로 흘렸다. 그러나 그들의 결혼 생활에 어느 정도 시간이 흘러도 별다른 소식이 없자 송경애는 아이를 언제 갖느냐고 본격적으로 재촉하기 시작했다.

임신의 압박이 반복되면서 명확한 스트레스가 되었다. 민석 역시 도대체 결혼은 언제 하느냐는 엄마의 잔소리에서 드디어 해방되었다고 생각했는데 아니었다. 결혼을 통과하니 또 다른 잔소리와 간섭이 기다리고 있었다.

아이를 가지라고 양가에서 난리였다. 양가뿐만 아니라 민석과 승주를 아는 주변 사람들 모두가 그랬다. 본인들이 아이에게 젖을 주고 기저귀를 갈아 주고 밥을 먹여 줄 것도 아니면서 왜 아이가 없느냐는 둥 아이를 빨리 가지라는 둥 참견하지 못해서 안달이었다.

그런 와중에 송경애는 승주가 불임인 것을 알고 난 이후 그녀를 노골적으로 비정상인 취급하기 시작했다. 송경애에게 그녀는 결함을 지닌 문제적 인간이었고 남들의 입에 오르내릴 성치 않은 며느리였다. 시어머니의 날선 말들은 승주를 무너뜨렸고 그녀의 자아는 날로 쇠약해졌다.

시어머니가 옛날 사람이라서 아무렇지 않게 말할 수 있다고 백번 양보해도 승주가 정말 벗어나고 싶은 순간이 있었다. 그것은 아이 셋 낳은 것을 두고 본인이 큰 업적을 세운 것처럼 설교할 때였다.

"나는 이렇게 아이들을 셋이나 낳아서 키웠는데 너는 이 집에 들어와서 뭐하고 있는 거냐!" 하고 말할 때는 무슨 말을 해야 할지 몰랐다. 송경애가 자신이 엄마로서 얼마나 행복하고 위대한지에 대해서 설명하기 시작하면 그 이야기의 종착지는 이상한 곳이었다. 그러므로 나는 행복하고 너는 불행하다는 귀결이었다.

"어머니, 저 괜찮아요. 오빠랑 행복해요."

승주가 아무리 말해도 그녀의 행복은 인정되지 않았다. 본인이 행복하다는데 타인이 그건 행복한 게 아니라며 요청하지도 않은 그녀의 행복을 평가해 주었다. 정작 시어머니와 자신의 마음 상태가 어떠한지는 이야기한 적이 한 번도 없었다.

그녀를 짓누르는 말들은 영혼을 죽이기에 충분했다. 가해자는 무슨 말을 했는지 기억하지 못해도 피해자는 모조리 기억하는 법이다. 정신적인 괴롭힘과 언어폭력은 물리적인 폭력보다 그 상처가 오래간다.

자존감이 바닥을 향하는 동안 송경애의 말은 그녀의 마음에 지문처럼 남았다. 시어머니의 말은 쌓이고 쌓여서 마침내 자신이 정말 불행한 것인지도 모른다는 생각에 이르게 했다.

승주는 결혼이 부모로부터 벗어나 독립적인 가정을 꾸리는 일이라고 배웠으나 그런 것은 이 땅에서 가능하지 않은 일이라는 것을 깨달았다.

유려한 장편소설

물론 그렇지 않은 경우들도 있겠지만, 그녀가 당면하고 있는 결혼 생활이라는 것에는 양가의 대소사가 함께 따라왔고, 책임과 의무는 몇 배로 늘었으며, 그들 사이에서 장민석과 최승주라는 두 사람이 온전히 결정할 수 있는 것들은 별로 없어 보였다. 가끔은 양가 부모의 꼭두각시 같다는 생각도 들었다.

결혼을 하고서 결혼의 장점이 무엇인지 모르게 되었다. 결혼해서 얻는 행복보다 결혼해서 얻는 불행이 더 크지 않은가? 분명한 것은 이 모든 것이 유쾌하지 않다는 것이었다.

장민석은 끊었던 담배를 다시 피우기 시작했다. 엄마를 생각하면 답이 없었고, 시어머니가 힘들다 하소연하는 승주에게 더 이상 무어라 말해야 할지 몰랐다. 결혼하기 전 엄마의 말은 그가 한 귀로 듣고 한 귀로 흘리면 그만이었지만 결혼 후 아내와 같이 겪는 일은 달랐다.

민석의 관점에서 엄마의 삶에는 자식밖에 없어 보였다. 다시 말해서 교장 선생님이라는 사회적 역할을 제외하고 엄마의 삶에서 말할 수 있는 것은 오직 자식뿐이었다. 엄마가 행복하지도 않으면서 남들 눈을 의식해 행복하고 충만한 삶을 영위하는 것처럼 보여 주려 하는 것은 그도 어릴 때부터 알고 있었다.

송경애는 줄곧 아이를 낳고 기르는 경험을 하지 않은 경우를 폄하했는데, 민석은 그런 말들을 들을 때마다 엄마가 감지할 수 있는 인생의 스펙트럼이 너무 빈약하여 생기는 일이라 이해해 보려 했다.

엄마는 내일모레면 마흔인 아들을 여전히 미완의 미성년으로 보았다. 민석을 자신과 동일시하고 소유물처럼 여기는 것은 물론이고 아버지의 빈자리를 아들이 대신해 주기를 바라기도 했다. 엄마는 품 안의 자식을 놓아 줄 생각이 아무래도 없어 보였다. 그러한 사람이 결혼한 자식에게 바라는 보상 심리는 상상 이상으로 컸다. 장남 콤플렉스에서 벗어나고 싶지만 벗어날 수 없는 이 괴이한 발목 잡기를 어떻게 끊어낼 수 있을까.

아, 결혼이 무엇인가? 연애에 대한 환상도 여자에 대한 환상도 없었는데. 지금까지 해 볼 수 있는 것은 웬만큼 다 해 보아서 이제 남은 일은 결혼하는 일뿐이라고 생각했던 걸까? 아니면 결혼이 집안을 벗어나는 도피처라고 생각했던 걸까?

결혼한 남자 선배가 그랬다. 결혼과 박사 과정은 멋모르고 해야 한다고. 알면 할 수가 없다고. 민석은 그 말을 웃으며 흘려들었다. 그래도 무언가 좋으니 남자와 여자가 결혼해서 사는 것이라 생각했고, 승주와 결혼해서 행복하게 살면 되겠지 생각했다. 나도 이제 결혼을 하는구나, 이러면서.

결혼할 때는 적어도 승주를 사랑했다. 그러나 지금은 그 무엇도 잘 모르겠다. 연애와 결혼은 장르가 완벽히 달랐다. 결혼의 현실은 한마디로 창살 없는 감옥 속에서 뻔해지는 것이었다.

결혼하겠다고 공표한 이후부터 지금까지 사소한 것 하나조차 마음대로 할 수 있는 것이 없었다. 민석은 승주를 설득해 가족끼리 작은 결혼식을 하고 싶었으나 양가 어른들의 완강한 반대에 더 이상 그 말을 입 밖에 내지도 못했다.

그를 제외한 주변은 말했다. 결혼식은 인생에 한 번뿐인 것이고, 그들이 아는 모든 손님들을 초대해야 하는 것이며, 남들에 뒤지지 않을 만큼

해야 하는 것이라고 말이다.

아니, 결혼식보다 결혼해서 어떻게 살 것인지가 더 중요하지 않은가? 내가 모르는 사람이 자리를 차지하고 앉아서 찍어내듯 하는 공장식 호텔 결혼식이 도대체 무슨 의미인가? 부모가 나를 통해서 그동안 뿌린 만큼 축의금을 걷어야 하는 날인 건가?

하지만 사실상 선택 결정권이 없는 민석은 결국 양가에서 원하는 결혼식을 했다. 그날은 부모님들의 결혼이었지, 그와 승주가 주인공이 아니었다.

남들은 모르는 이 골치 아픈 집안에서 탈출하여 부모와는 다른 새로운 인생을 시작하고 싶었던 야심찬 계획은 뜻대로 되지 않았다. 결혼 후에는 사회 안에서 어려운 역할 놀이가 몇 개 더 늘었을 뿐 결코 덜어지지 않았다. 결혼이 법으로 정해진 것도 아니고, 의무도 아니었는데.

결혼이 안정감을 준다는 헛소리는 누가 했는지 몰라도 신혼 생활 6개월 정도만 좋았다. 안정감이라는 것은 혼자서 편하게, 아무 일 없이 태평하게 지낼 때나 찾아오는 것이었다.

결혼해도 그대로이고 싶었으나 승주는 변화해야 한다고 했다. 같이 있고 싶어서 결혼했는데 이제는 미치도록 혼자 있고 싶다. 외로운 시절이 사무치게 그립다. 자유와 평화가 그립다.

그는 인생 전략을 잘못 설정했다고 느꼈다. 승주와 연애만 하고 지낼 것을 그랬다. 서로 좋은 모습만 보이려던 연극 같은 연애를 지속하는 편이 차라리 옳았다. 만약 싱글로 살면서 연애했다면 우리 둘 다 지금보다 행복했을 텐데.

그는 언젠가 승주와 카페에서 나눈 이야기를 떠올렸다.

"승주야, 우리 결혼하더라도 각자 집에 살면서 지금처럼 연애하듯이 지낼까?"

승주가 민석에게 눈을 흘겼다.

"이건 등짝 스매싱을 부르는 소리야. 그게 무슨 말이야. 좀 더 설명해 봐."

"아니, 잘 생각해 봐. 우리가 너무 붙어 있어서 서로 싫은 것들이 많아지게 된다면 너는 어떨 것 같아? 그럼에도 불구하고 내가 여전히 좋을 것 같아?"

"음, 아직 경험해 보지 않아서 모르겠지만… 우리 둘 다 일하면서 붙어 있는 시간이 얼마나 되겠느냐만 한동안 서로에게 적응하느라 고생하겠지. 우리는 지금까지 다른 환경에서 각자의 방식으로 살아왔으니까. 오빠와 같은 공간에 계속 있으면 '어, 오빠가 자기 집으로 안 가고 왜 계속 여기에 있지?' 그런 생각은 들 것 같아."

"그렇겠지? 너는 상대가 미쳐 있는 부분을 견디면서도 살 수 있을 것 같아?"

"오빠는 어디에 미쳐 있는데?"

"음, 자유?"

민석은 자기 입으로 자유라고 말해 놓고는 약간 낯간지러웠다. 하지만 그 단어 이외에 더 적합한 단어를 찾아내지 못했다.

승주가 피식 웃더니 상체를 앞으로 기울이며 장난스럽지만 진지한 얼굴로 물었다.

"오빠가 생각하는 자유의 정의가 뭔데."

"내가 선택한 것에 책임을 지며 온전히 그 어떤 것에도 방해받지 않는 것."

민석은 말해 놓고 괜히 뿌듯했다.

"히야, 꿈이 큰데? 오빠는 그렇게 살고 있는 거야?"

"지금 그렇게 살고 있지는 않지만…"

"산다는 것이 선택하고 책임지는 일의 연속인데 그 연속들이 자기 의지로만 온전히 이루어진다는 것은 이상적인 생각 아닌가. 민석 오빠는 불가능을 꿈꾸고 있구나. 그리고 그걸 내가 견딜 수 있는지를 묻고 있고. 글쎄, 어쩌면 가장 이상적인 것이 가장 현실적이라고 말하는 사람도 있으니까."

"불가능인가…. 어쨌든 사르트르도 인생은 B(Birth, 탄생)와 D(Death, 죽음) 사이의 C(Choice, 선택)라고 했으니까. 내 인생을 제대로 산다면 언젠가는 나도 온전히 선택이라는 걸 할 수 있겠지. 근데 만약 내가 결혼하지 않는다면… 너는 어떻게 할 거야?"

"이거 떠보는 거야? 간 보는? 하하, 난 오빠랑 결혼 생각해 본 적 없는데."

"아, 그렇게 말하면 내가 섭섭한데. 어쨌든 결혼하지 않게 된다면 보통은 헤어지겠지? 그런데 난 네가 결혼하기 싫다고 해도 널 사랑할 거야."

"이거 원, 이렇게 말을 잘해서야. 오빠 이런 거 어디서 배웠어?"

민석이 싱긋 웃고 대답은 하지 않는다. 그녀가 귀엽게 삐죽이며 입가에 보조개를 만들고서는 진지하게 물었다.

"오빠 꿈은 뭐야?"

"한량."

승주의 말이 떨어지기가 무섭게 대답이 튀어나왔다. 그렇게 말해 놓고 그도 약간은 놀랐다.

요즘 같은 세상에 30대에게 꿈을 묻는 일은 많지 않다. 보통 사람에게 꿈을 묻는다면 하루하루 살아 내기에도 벅찬데 그냥 사는 거지 무슨 꿈 타령이냐고 구박이나 받겠지. 그런 와중에 대답이 한량이다.

"하하, 의외의 대답이네. 오빠가 하는 일이나 집 분위기를 보면 오빠는 안드로메다로 가 있는 것 같아. 아니지. 오빠가 생각한 자유의 정의에 가장 부합되는 꿈이기도 하겠네. 그럼 나랑 같이 한량 할까?"

치기 어린 소리는 그만 집어치우라 답할 줄 알았다. 같이 한량을 하자니 그녀의 대답이 훨씬 의외이다.

이 여자 도대체 뭐야.

"누가 우리 둘의 대화를 들으면 미쳤다고 생각할 거야."

"오빠, 미친 건 좋은 거야."

승주는 그런 여자였다. 말을 잘 받아치는 재주가 있어서 그녀와의 대화는 결코 지루하지 않았다. 세상에 그런 대화를 나눌 수 있는 여자는 많지 않았다.

승주와 그런 종류의 대화를 나누던 때가 사무치도록 그리웠다. 그런 그녀는 어디로 가 버렸는지 이제는 없다. 결혼이라는 제도 안에 단단히 결박되어 있는 자신을 보니 가슴이 답답해졌다.

민석은 끊어진 다리를 마주했다. 앞으로 더 나아갈 수도 뒤로 물러서서 되돌아갈 수도 없이 쳇바퀴 안에서 돌고만 있다. 결혼이라는 제도와 본인이 잘 어울리는 것인지 진지하게 고민했어야만 했다.

시대가 변하고 있는데. 싱글의 시대가 오고 있는데. 자기 행복 추구 시대에 결혼 제도의 몰락은 당연해 보였다. 결혼을 하고 나서야 생각하게 되는 어리석음은 자기 스스로 눈을 찌르는 것이나 다름없었다.

그것은 상대가 누구인가의 문제와는 별개였다. 결혼의 민낯이라는 것은 아내, 그리고 결혼을 함으로써 얻게 되는 주변 사람들과의 균형을 맞추는 과정 중에 모난 돌이 쉴 새 없이 구르면서 깎이고 또 깎이는 고난의 행진이었다. 나와 잘 맞을 것이라 생각한 사람도 막상 결혼해서 살아보면 너무나 달라 다들 부딪히면서 그렇게 산다고 했다. 상대에게 맞는 모양으로 자신을 죽도록 대패질하는 과정. 참고 또 참고 또 참는 시험을 매일 치르는 일. 서로 노력하고 배려하지 않으면 유지되지 않는 일.

하지만 참고 살면서 불행하다고 느끼면 그것이 괜찮은 인생인가? 이렇게 계속 살 수 있을지 잘 모르겠다.

무엇보다 그를 가장 곤란하게 하는 것은 한국에서의 결혼은 독립된 주체가 만나는 것이 아니라 집안이 만난다는 점이었다. 그는 장인어른과 대화를 나누는 자리가 몹시 불편했다. 장인어른은 겉으로 내색은 않지만 마음속으로 여전히 자신을 탐탁지 않게 생각함을 알았다. 여태껏 장인에게 한 번도 칭찬을 받은 적이 없었고 어딘지 모르게 늘 주눅이 들었다.

장인 앞에서 찢어진 미소를 지어야 하는 일은 괴롭다. 승주가 없을 때 "사돈어른은 요즘 어떻게 지내시나?"라고 은근슬쩍 물으실 때면 무어라고 대답해야 할지 몰랐다. 어찌어찌 넘기면 장인어른은 '그럼 그렇지.'라는 표정을 지으며 더 묻지 않았다. 그 뒤로 언제나 '끌끌, 쯧쯧.' 하는 장인어른의 마음의 소리가 들렸다. 그러고는 승주와 처가에 좀 더 신경 쓰고 잘해야 할 것들을 주문하는 화살의 끝에는 늘 대역 죄인이 되어 있는 그였다.

장인은 그렇다 쳐도 답이 나오지 않는 일은 엄마와 아내 사이에서 자신의 역할이었다. 아내와 엄마 사이에 끼어서 샌드위치 신세가 되는 곤란함을 느낀 적이 한두 번이 아니었다. 엄마에게 가면 엄마에게 혼이 나고, 승주에게 가면 승주에게 혼이 났다. 그렇게 눈치가 없는 편은 아니라고 생각했는데 여자들 사이에 흐르는 묘하고 복잡한 기류까지 알아챌 정도는 아니었는지 늘 번지수를 잘못 찾았다.

승주는 팔을 꽉 꼬집고 내가 이런 것까지 오빠한테 일일이 가르쳐야 하냐면서 어린아들을 키우는 것 같다고 종종 화를 냈다. 오빠가 중간에서 야무지게 커트를 못해서 생기는 일들이라며 입으로 따발총을 쏘았다.

어쨌거나 그가 결국 함께 살 사람은 승주라서 승주의 편을 조금이라도 더 드는 날에는 어머니가 단단히 화를 냈다. 그런 식으로 할 것이면 아파트니 오피스텔이니 이런저런 경제적 지원을 다 끊어 버리겠다고 협박 아닌 협박을 받았다.

어느 날은 엄마가 오버하여 울면서 "내가 너를 어떻게 키웠는데."라고 했는데 이런 말까지 나오면 정말 골치가 아파졌다. 고생하지 않고 편하게 살고 싶은 민석은 어머니의 눈치를 보면서 불편해진 심기를 달래느라 진땀을 빼야 했다. 민석은 집의 지원이 끊기면 당장 피곤해질 것이 싫었다.

몸이 편할 것이냐, 정신이 편할 것이냐. 그는 몸이 편한 것을 택했다.

상위 1% 부르주아까지는 아니더라도 지금까지 부족할 것 없이 살고 있던 삶에서 절대로 한 단계라도 내려갈 수는 없었다.

그런 날에는 그놈의 돈이 뭐길래 내가 이렇게 절절매고 있어야 하나 싶은 생각이 들었다. 그러고는 꼭 복권을 샀다. 물론 한 번도 된 적은 없다.

송경애는 이런 아들을 보며 늙어도 돈이 있어야 무시당하지 않는다는 생각을 했다. 그러면서 여전한 자신의 건재함을 확인하며 기세등등했다.

∗

퍼붓던 비가 잠시 그쳤다. 습한 침대 위에서 그대로 잠이 들었던 승주가 따스한 기운에 눈을 떴다. 고개를 들어 아가가 어디 갔는지 더듬어 보았으나 보이지 않는다.

창가에 맺힌 이슬방울 사이로 번지는 눈부신 햇살이 침대 위로 쏟아져 그녀를 살포시 덮어 주었다. 창문을 캔버스 삼아 커다란 쌍무지개가 하늘에 걸려 있다. 승주의 입가에 옅은 미소가 감돌았다.

누군가 잠깐 위로의 선물을 보내 주었나. 아, 내 삶이 마냥 헝클어진 채로 빗질할 수 없는 머리칼 같지만은 않구나. 여기에도 이렇게 귀한 손님이 찾아왔으니.

저 행운 같은 쌍무지개를 타고 어디론가 건너갈 수만 있다면 얼마나 좋을까. 무지개에서 여러 번 미끄러져도 좋으니 내가 다른 존재가 될 여지가 아직 남아 있을까. 무지개를 타고 건너간 곳에는 구질구질한 생각을 모두 초월해 버릴 다른 세상이 기다리고 있을 텐데.

한 집단이 오랜 시간에 걸쳐 공유해 온 문화는 결코 쉽게 변하는 것이 아니었다. 승주가 타협할 수 없는 그것만큼은 아주 느리게 흐르는 것이어서 뛰어넘으려면 다른 문화권으로 가서 다른 나라 사람처럼 사는 방법밖에 없어 보였다.

쌍무지개는 찬란한 영롱함을 잠깐 뽐내고는 이내 흔적도 없이 사라졌다.

7

— 선배, 뭐해? 왜 이렇게 연락이 잘 안 되는 거야. 잘 지내?

휴대폰 너머로 미래의 목소리가 들린다.

"응, 나 쉬면서 지내고 있어. 미안해. 여기 전화 잘 안 터지기도 하고 며칠 전원도 꺼 두었어. 연락받고 싶지 않은 일이 좀 있어서… 휴대폰 살리자마자 너에게 연락이 오니 신기하네."

— 개는 잘 있구?

미래는 승주의 안부가 궁금한 것보다는 개가 궁금해서 전화한 것 같았다.

"어, 개는 뭐… 처음이랑 크게 달라진 것은 없어. 그런데 네가 보낸 아가가 확실히 보통 개랑은 달라."

— 왜? 어떤 것 같은데?

"하하. 아니, 내가 아는 개들과는 좀 다르긴 해. 뭐라고 딱 꼬집어서 이야기하기는 그렇지만…"

— 선배, 뭔가 이상하다고 느끼거나 평소와 다른 특이 행동을 보이면 나에게도 꼭 이야기해 줘. 어쨌든… 개가 있으니까 확실히 더 분위기가 좋지? 참, 민석 형부는 잘 지내?

"형부는… 나도 모르겠다. 형부 이야기는 다음에 하자. 너 결혼한다는 소리 들리던데."

승주는 민석 이야기가 나오자 빠르게 화제를 돌렸다.

— 괴소문이야. 하하, 한국에서 결혼? 생각 없어, 나는.

"그래?"

— 결혼 왜 안 하냐고 묻는 사람들한테 묻고 싶어. 결혼을 왜 하냐고. 나한테는 '왜 너만 편하게 살려고 해?'라는 말로 들려.

"그래, 결혼이 중요한 것이 아닐 수 있지. 연애하면서 사랑하는 마음으로 살 수 있다면 얼마나 좋아. 나도 늦게 깨달았지만…"

— 어떤 사람들은 결혼한 사람들이 싱글에 비해 우세한 무엇이라고 생각하면서 비혼자들은 무언가 결핍되어 있다고 보더라. 어른 취급도 안 하더만. 싱글들은 기혼자들이 아이를 키우면서 기쁨을 알아 가는 일을 인정해 주고 그런가 보다 하는데, 기혼자들은 왜 그런지 몰라. 결혼 왜 안 하냐고 묻는 사람한테는 뭐라고 해야 할까?

"말로 널 꺾어 보려는 교활한 꼼수 같은 것일지도 모르지. 자기 삶이 만족스럽고 결혼 생활이 행복하면 그렇게 말 안 할 거야. 아마도 그렇지

유려한 장편소설

않은 쪽들이 아무렇지 않게 말하겠지. 아니면 철이 없거나. 그것도 아니면 평균적인 한국 사람이거나."

— 그런가? 어쨌든 나는 정말 결혼의 필요성을 못 느끼겠거든. 상대방이 내 행복을 좌지우지하게 되는 일에 흥미가 없다고 할까. 내가 지금까지 본 결혼은 희생, 봉사, 의무로 가득한 것 더하기 인내와 끈기 시험이던데. 나까지 꼭 거기에 껴서 인생 소모할 필요가 있나? 아이 낳아서 키우는 것을 이상적인 삶이라고 모성애 신화를 강요하는 건 좀… 이제 1인 가구의 역습이 필요해, 하하.

"미래 너는 그럼 독신주의자, 뭐 그런 거야?"

— 독신은 아니. 지금도 연애하고 있으니까. 그런데 연애도 뭐 그리 중요한 게 아니야. 결혼을 할 수는 있지만 하고 싶은 거 할 수 있는 만큼 다 하면서 자유롭고 행복하게 사는 것이 언제나 내 삶의 우선순위랄까? 인생은 한 번뿐이니 내 삶 만끽해야지. 눈감을 때 후회 없이 이 세상에서 잘 놀다 간다! 이렇게 말할 수 있으면 행복한 거 아니겠어? 결혼해야 인생이 완성된다는 꼰대 발상은 휘이. 이런 내가 이기적이라고 말하는 사람들은 휘이.

"역시 요즘은 많이 달라졌구나."

— 내 또래들은 이런 이야기 많이 해. 남자 친구도 결혼을 하게 되더라도 아이는 가지지 말자고 하는 사람이니까. 난 연애하면서 우리 부모님이나 잘 챙길래. 한마디로 남자든 여자든 각자의 이유로 결혼을 달가워하지 않는 사람들이 급증하는 추세? 남자 친구와 결혼을 하더라도 한국에서 살 생각은 없어.

"그럼… 다행이네. 서로 가치관이 맞아야겠지…."

— 언론에서는 이걸 자꾸 경제적인 이유로 풀던데. 그런 청년들도 많이 있겠지만 그것보다 난 한국 문화가 더러워서. 이미 내 주변 여성들이 결혼하고 어떤 삶을 사는지 봐 왔기 때문에 알면서 군이 발을 들이고 싶지 않다고 해야 하나? 그 모양새를 내가 꼭 되풀이할 필요는 없잖아. 인생의 목표가 결혼? 아, 끔찍.

"벌써 그걸 알았네. 인생에서 꼭 경험하지 않아도 통찰력을 가지게 되는 것들이 있지. 넌 선이나 소개팅해 봤어?"

— 아, 몇 번 대타도 나가 보고 경험 삼아서 해 봤는데 결혼을 목적으로 트레이드하는 것 같아서 도저히 못하겠더라고. 결혼을 의무처럼 해치우려고 하면 나는 물러서고 싶어지더라.

"그래…. 의무감 같은 소명 의식으로 결혼하는 건 아닌 것 같아…. 부모에게 효도하려고 하는 것도 미련한 생각이고. 이제 일본처럼 아예 연애도 안 하게 되겠지. 참, 박사 과정은 어때?"

— 아…. 선배, 나 한국에서 박사 괜히 시작했어. 나중에 자리 보장해 준다는 소리에 내가 미쳤지.

"자리 보장이라는 말을 믿다니. 난 네가 한국 들어온다고 했을 때 정말 의아했어. 미국 박사가 워낙 많아서 미국이든 한국이든 자리 잡는 것도 이제는 쉽지 않지만 너 인공 지능 연구라며. 공대는 미국에서 어떻게든 살 수 있잖아, 아직은. 거기서 그냥 자리 잡고 영주권 받지 그랬어."

— 혼자 외국 생활 너무 오래 하면서 지쳤거든. 미국이든 북유럽이든 밖에 계속 있을걸. 그냥 버라이어티 예능 보면서 거기서 가끔 그리워할걸.

유려한 장편소설

"난 주변에 너 같은 사람 너무 많이 봤어. 지인들도 한국에 들어와서 자리 잡고 몇 년 일하다가 다들 치를 떨고 욕하면서 다시 있던 곳으로 돌아갔지. 능력 있는 사람은 조용히 떠나니까 너도 그렇게 될 거야."

— 한국은 1년에 2주만 있는 게 좋을 것 같아. 바캉스용.

"알면서. 난 떠난 사람들을 지지해. 여기는 정말 사람 살 곳이 아니거든."

— 나도 그럴 것 같아. 다른 나라에서 2등 시민이든 꼴등 시민이든 상관없어. 일상이 평온하고 상식적이고 공정한 나라로의 이민이 살길인 것 같아.

"그래… 대부분의 사람들이 그럴 거야. 아, 생각나? 왜 우리 어릴 적에 '양심 냉장고'라는 TV 예능 프로그램 있었잖아. 난 그거 보면서 참 이상했거든. 양심을 지키는 사람을 찾는 게 아니라 양심을 못 지키는 사람을 찾아야 하는 게 맞는 거 아닌가. 얼마나 이상한 사람들이 많으면 양심 지키는 사람한테 냉장고를 선물해 줄까. 그런데 여태까지 변한 게 없네."

— 한국은 당연한 것이 당연하지 않고, 당연하지 않은 당연한 것들이 너무 많더라. 나 아무래도 부지런히 정기적으로 밖으로 나가 있어야 할 것 같아. 그래야 이게 다가 아니라는 것도 느끼면서 새삼 고마워져. 세상이 전부 이렇지 않다는 것을 확인하면 다행이라고 생각하게 되거든. 이 나라는 미래가 안 보여. 나라를 포맷하지 않는 이상.

"미래가 미래가 안 보인다니 슬프네. 하지만 네 말을 부정할 수 있는 사람은 없을 거야. 요즘에 누가 유토피아 찾아서 성공하려고 떠나겠어. 1980~1990년대에나 새로운 기회 찾아서 이민 갔지. 우리 세대는 이민에 대한 환상이 없잖아."

— 응, 타국에서 산다는 게 결코 쉬운 일이 아닌 것도 알고 있고. 꼰대들은 외국이라고 별거 있냐고 말하곤 하지.

"이 나라에서 평범한 시민에 의한 혁명이 가능할까? 그저 인간답고 행복하게 상식적으로 살고 싶어서 밖으로 나가겠지. 하다못해 저녁 있는 삶을 위해서. 지금 누리고 있는 것을 모두 잃게 되더라도 상관없는 지경이 되니 밖으로 나가는 거 아니겠어. 누구에게나 이민이 가능하다고 하면 한국에 과연 누가 남을까?"

— 정치인과 재벌? 하, 정치가 나아진다고 백번 양보해도 평균적으로 시민 의식이 올라가려면 백 년은 넘게 걸릴 것 같아. 한국에서 통용되는 그 낙후된 의식과 사고들. 그런데 그때까지 이 나라가 있을지 모르겠다. 지금이 조선 말기 패망 직전과 다를 바가 뭐겠어? 시민의 개념이 한국에서 자생적으로 생겨난 게 아닌 게 치명타일 수도. 각자 내 안의 식민지를 가지고 있는 듯한?

"기성세대가 만들어 놓은 궤도에 나만 안전하게 올라가면 된다고 생각하는 사람들도, 기회주의자도 많아서… 넌 진보야?"

— 한국 정치는 보수나 진보나 다 도긴개긴이지 않을까. 난 시끄러운 보수와 진보 사이에 조용히 가려져 합리적이고 상식적인 것을 추구하는 중도? 제3의 무엇이 끈끈하게 치고 올라와야 할 텐데. 그런데 선배. 한국에서 무언가 좋게 변화시키려고 하는 사람은 다 죽이더라. 어떤 식으로든. 그래서 한국에서 무언가 변화시키려고 하는 사람은 말리고 싶어. 차라리 외국 나가서 변화시키고 꿈을 이루라고. 동학농민운동은 결국 실패했잖아.

"그게 우리와 같은 사람들을 절망하게 하지. 내가 할머니 나이가 되어야 조금 나아질까. 그런데 슬픈 건 변하지 않을 것 같아. 열정적으로 살아야 할 젊은 날을 이런 나라에서 사는 건 좋은 생각이 아닌 듯해. 나중에 나이가 들었을 때나 고향 찾아서 다시 오게 되면 모를까. 요즘은 이걸 꿰뚫고 20대 초반부터 한국을 떠나는 사람들이 많아졌더라."

— 응, 현명한 거지. 한국 대학원 문화 참 이상하고 연구 문화는 지옥이야. 전국 대학원생들 모아 놓고 사례 모으면 매일 뉴스에 보도될 일들 천지야. 몇 년째 노예 생활 견디며 있는 사람들…. 위에서 까라면 깐다? 나는 처음에 그게 무슨 말인가 했어.

"사복 입은 군대, 회사. 그렇지, 뭐."

— 연구 주제도 선배들이 뭐하는지 눈치 보고 정하더라. 조금 잘한다 싶으면 물어뜯고, 질투하고, 이간질하고. 자기 공부를 하러 왔는지, 정치를 하러 왔는지. 학문에 뜻을 두고 하는 사람도 거의 없다. 교수가 던져 주는 주제로 논문 쓰고. 수평 문화가 아니니 어디 입 하나 뻥긋 여나? 그저 입 다물고 알겠다고 하지. 어김없이 불이익과 보복이 돌아올 테니까. 창의적인 인재는 한국에서 못 살걸? 말 잘 듣는 사람들은 넘쳐도. 그러면서 무슨 노벨상 타령인지. 그나저나 선배, 한국은 아직도 밥 혼자 먹으면 이상하게 보더라. 언론에서 '혼밥', '혼술', '혼영' 이런 말을 만들어내는 것도 어처구니가 없네, 나는.

"어디 학교뿐이겠니. 사회 나가 봐. 이 나라 온 동네가 구석구석 다 그렇다. 거기에 익숙한 사람은 무엇이 잘못인지 인지조차 못하지. 아는 사람들도 순응하지, 변화시킬 생각은 안 해. 네가 진실하고 순수하고 정직하고 상식적인 사람에 가깝다고 생각한다면 한국에서 더욱 버틸 수가 없어. 그들과 어울려 악마성에 충실한 일을 할 수 있겠니? 네가 그들처럼 될 수 없다면 그렇지 않은 곳으로 가야 하는 게 맞아. 권리도 너무 힘겹게 투쟁해서 얻어야 하는데, 그것조차 유난 떤다고 생각하거든. 조용히 입 다물고 시키는 대로 살아라 이거지, 뭐."

— 한국은 세게 나가지 않으면 그냥 당해. 나이 어린 여자는 더욱 그렇지. 슬프다. 내가 한국에서 배운 게 이런 거라니. 아…. 난 처음에 돈이 다가 아니라고 생각했는데 살다 보니 돈이 최고인 것 같고. 이 나라에서는 더더욱 그렇겠지?

"돈만 많으면 살기 좋다는 말이 나오는 나라에 살고 있다는 그 자체가 싫다."

— 그러게 말야. 박사를 하더라도 내가 하고 싶은 연구를 한국에서 제대로 할 수 있을까 생각하니 그건 더더욱 아닌 것 같고. 아마 단기 실적 내는 데 급급하겠지, 기계처럼. 대학만 해도 학과 안에 정치 싸움과 파벌이 있고 대외적 학회 파벌도 어마어마하더라. 줄타기하고 사바사바 하느라 정신 없더만. 연구 환경이 자유로운 것도 아니고. 학교라는 좁은 사회 안에 있다 보니 정신병 걸리는 건 아닌가 싶고. 우물 안 교수들은 학교가 그들에게 온 우주야. 말만 많고, 뒤치다꺼리 다 해 줘야 하고. 결국 지식 팔아 살면서 무슨 부심으로 어깨에 힘주고 대접만 받으려고 하는지. 아직도 그런 사람들 많더라.

"같잖은 입신양명. 그들도 다시 누군가의 을이면서. 성폭력 행사 안 하고 연구비 횡령 안 하면 다행이라고 생각해야 하는 건지…. 동료 교수들한테 갑질 하면서 괴롭히는 교수도 봤다. 갑질로 자기 존재감 확인하려는 불쌍한 인간이더라."

— 자존감 낮고 열등감 많아서 그럴 거야. 그래 놓고 자신은 피해자로 포지셔닝 할걸? 어느 정신과 의사가 그랬지. 모든 정신병의 근원은 미성숙한 인격과 열등감이라고. 갑질하면서 갑질한다고 생각하지 않는 사람이 바로 사회악이야. 옆에서 눈감아 주는 사람들도 그렇고. 그러니까 계속 썩은 물이지. 어차피 한국은 저출산이라 이제 교수도 밖으로 고객 모집하러 영업 나갈 날이 그리 멀지 않은 것 같은데. 선배, 나는 왜 한국 사람들이 해외로 나가는지 한국에 와서야 알았어. 그러니까 인재 유출이 되지. 지금이라도 미국이나 독일로 빠질까 해.

"그래, 이 나라에 뭘 더 기대해. 그냥 나가는 게 답이야."

— 밖에서 다른 종류의 고민을 하면서 이도 저도 아닌 붕 떠 있는 느낌으로 인종 차별을 받는 편이 나아. 같은 나라 사람끼리 아프게 하고 당하는 것보다. 적어도 이상한 데 에너지 뺏기면서 소모적인 생각은 안 하게 되거든.

그들은 오랜만에 이런 종류의 이야기들로 뜻을 모았다.

미래는 텐트를 치고 밤을 새워 가며 이야기해도 끝이 나지 않을 것 같아서 중간에 말을 돌렸다.

— 참, 선배도 알지? 어쩌면… 선배한테 잘된 것일 수도 있는 것 같아. 불임 때문에 스트레스 많이 받았잖아.

"…뭐가 잘되었다는 말이야?"

— 뉴스 말이야. 난리가 났잖아. 전 세계가 뒤집어졌잖아!

"뉴스? 무슨 일인데?"

— 아! 거기 인터넷 안 된다고 그랬지! 선배도 참 깡 시골로 가기는 갔다. 요즘 인터넷 안 되는 곳도 있고 말이야. TV도 없다고 그랬고 전화도 한동안 꺼 두었으니…. 아! 그럼 모를 수도 있겠구나!"

"뭔데…?"

승주는 거의 모든 전자기기와 멀어져 있는 잠시 동안 엄청난 일이 일어났음을 미래의 입을 통해 알게 되었다.

미래가 하는 말들을 거의 알아들을 수 없었다. 과학도인 미래의 입에서 나오는 말들은 합리적으로 이해할 수 있는 성질의 것이 아니었다. 개연성도 없고 터무니없어서 미래에게 장난하지 말라고 재차 말했다. 그러면서도 한편으로는 가슴이 두근거렸다. 이것이 진짜이면 어떨 것이고 가짜라면 어떨 것인가.

미래와의 통화가 끝나고도 그녀는 진정이 되지 않았다. 아무것도 손에 잡히지 않았다. 누군가의 정치적 이용이 있는 게 아닐까? 집단 최면 현상이거나, 공기로 퍼지는 슈퍼 바이러스의 감염이거나, 그것도 아니면 인간이 통제할 수 없는 어떤 신비스럽고 불가항력적인 힘이 잠시 강하게 작동하는 것이 아닐까? 그 난리라는 뉴스를 직접 두 눈으로 보아야 믿을 수 있을 것 같았다.

그러고 보니 이 세상의 정보를 얻는 방법은 접촉이 아닌 접속이었다.

그녀라고 딱히 이 내용의 진위 여부를 알 길이 따로 있는 것은 아니었다. 그래서 거의 모든 것이 멈추어 있다는 산간 오지의 성城에 인터넷 설치를 시도해 보기로 했다.

우선 이곳까지 올 수 있는 인터넷 업체와 설치 기사를 찾아야 했다. 그녀는 친정 엄마에게 다급히 전화를 걸어 그녀가 머무는 곳에서 가까운 인터넷 설치 업체의 전화번호를 당장 알아봐 달라고 부탁했다.

전화를 받은 친정 엄마는 미래처럼 왜 이렇게 연락이 안 되었는지 물으면서 뉴스 이야기를 하려는 것 같았으나 승주에게는 아무것도 들리지 않았다. 그녀는 친정 엄마의 이야기에 대충 대답하며 전화번호를 재촉했다. 그러고는 친정 엄마가 볼멘소리로 알려 주는 전화번호를 휘갈겨 적고는 나중에 다시 전화하겠다며 바로 전화를 끊었다.

몇 차례 연결 끝에 간신히 연락이 닿은 전문 기사는 말을 하는 둥 마는 둥 했다. 퉁명한 목소리로 그곳까지 찾아가기도 어렵고 설치도 불가능하다고 거절했다. 승주가 다급한 목소리로 몇 배의 돈을 더 챙겨 준다고 하니 약간 망설이는 척하다가 그럼 해 보겠다는 대답을 한다. 다행이라고 생각하면서도 쓴웃음이 나왔다. 역시 돈을 쥐여 주면 다르구나.

돈이 곧 행복이라고 말할 수는 없다. 그러나 돈은 불행함을 덜어 주고 더 많은 것을 가능하게 해 준다.

승주는 몇 시간 후 인터넷 접속에 성공했다. 느려서 답답하지만 할 만했다. 그녀는 새벽까지 그 소식의 진위 여부를 확인하고 또다시 확인하며 회심의 미소를 지었다. 자신도 모르는 사이에 카오스 세계로부터의 탈주가 끝나 버린 듯했다.

8

비는 계속 내렸다. 이것은 미래를 심각하게 보는 이들에게 인류의 종말을 알리는 서막의 비였고 승주에게는 환호를 지르고 싶은 축하 비였다. 물론 나도 후자다. 이상 기후 변화 덕분에 나는 이 집에서 더 이상 물 걱정을 하지 않아도 되었다. 이 행운이 언제까지 이어질지 모르겠지만 당분간 물을 구하는 데 어려움이 없어 보였다.

지구에 생긴 이상 기후는 열대 우림 지역의 우기와 비슷한 날씨를 보여 줬다. 한반도에서는 처음으로 겪는 생소한 일로 기록에 남을 듯했다.

해를 제대로 본 지 꽤 되었다. 칙칙한 대낮에 번쩍번쩍하는 번개는 오금이 저리는 무서운 것이었으나 그래도 갈증 나는 내게는 비가 오는 편이 오지 않는 편보다 좋았다. 그렇지 않아도 조용한 동네에는 마치 모두

피난이라도 간 듯 적막감이 흘렀다.

창문을 통해 비가 내리는 풍경을 한참이나 감상해도 지루하지 않았다. 집 안으로 휩쓸려 들어온 비를 쓸고 다니느라 꼬리가 축축했다. 승주가 이 성城에서 할 수 있는 것이라고는 방에 낡은 히터를 잠깐 틀어 놓고 온기가 올라오도록 기다리는 것뿐이었다.

아주머니는 빨래가 마르지 않는다며 툴툴거렸고, 승주는 휑한 성城에서 이불을 끌어안고 잔기침을 했다. 비가 너무 많이 와서 앞이 보이지 않는 날이 이어져 승주도 나도 산책은커녕 성城에 꼼짝없이 갇혀 있는 신세가 되었다.

*

승주는 아주머니가 어렵게 장을 봐 온 재료들로 요리를 하는 일도 지겨웠고 부엌으로 내려가기는 더 싫었다. 산만한 정원은 비 때문에 더 엉망이 되어서 이럴 때 정원이나 정리해 볼까 생각했지만 도저히 엄두가 나지 않았다.

혼자 해외여행을 가 볼까도 생각했으나 온 지 얼마 되지 않은 개를 성城에 두고 갈 수도 없었고 그렇다고 데리고 다니기에도 곤란했다. 그리고 그사이 민석이 돌아올지도 모른다는 생각이 들어서 여행 생각은 그만두었다. 딱히 여기서 할 수 있는 일은 없으니 아무래도 별장 아닌 별장인 성城에서 앞으로 어떻게 할 것인지 조용히 생각하는 편이 좋았다.

어젯밤 인터넷 서핑을 하면서 세상의 수많은 일들을 하나씩 소화했더니 지금까지도 머리가 약간 아프긴 했다. 인터넷을 다시 들여다볼까 생각하다가 이내 그만두었다. 그래도 오랜만에 '삼신할머니' 커뮤니티에는 들어가 보고 싶었다.

접속해 보니 벌써 많은 사람들이 탈퇴했다. 그녀도 그러자고 생각했지만 잠시나마 추억이 담긴 곳이라 막상 탈퇴 버튼을 누르려니 기분이 이상했다. 그래서 그냥 내버려 두었다.

그러고는 장민석에게 카카오톡 메시지를 남겼다.

이렇게 비가 많이 오는데 어디서 뭐해.
너무하는 거 아니야? 연락 하나 없이.

우리 아무래도 성城 비워야 할 것 같아.
다시 서울 가자. 연락 줘.

여권 두고 나간 걸 보니 한국에 있네. 전화도 꺼 놓고.
걱정되니까 연락 줘. 나 정말 걱정된단 말이야.

무슨 생각을 그리 오래 골똘히 해.
나랑 같이 풀어야 하는 문제면 같이 이야기해.
그래도 함께 생각하는 게 맞지 않을까.

장민석 씨.
나 조만간 실종 신고 내려 경찰서에 가야 할 것 같아.
살아 있다고만 해 줘.

유려한 장편소설

못 본 것인지 보고도 모른 척하는 것인지 민석은 그녀의 메시지를 읽지 않았다.

승주는 굴하지 않고 마지막 메시지를 남겼다.

축하해 줘. 나 불임에서 해방된 것 같아. 얼렁뚱땅 이렇게 되었지만 우리가 마지막 인류래. 아무도 임신과 출산을 할 수 없대. 이게 정말인지 아직도 긴가민가하지만 나 이제 마음이 홀가분한 것 같아.

얼마 지나지 않아 민석이 답장을 보냈다.

승주야, 나도 그 뉴스 알고 있어. 네가 정말 홀가분하다면 아이를 꼭 가지고 싶어서 그랬던 것은 아니었구나 하는 생각이 들어. 어쨌든 다행이다. 네가 해방되고 홀가분하다니. 축하해. 나는 앞으로 어떻게 할지 좀 더 생각해 볼게. 너처럼 해방되고 홀가분하다고 느낄 때 돌아갈게. 잘 지내고 있어. 내 걱정은 하지 말고.

*

그 무렵 나는 내 몸이 이상하다는 것을 감지하기 시작했다. 나도 승주를 따라서 크게 할 일 없이 꼬리를 말고 웅크리고 있는 날들이 많아졌고, 그럴 때마다 배에서 점점 잦은 빈도수로 꿈틀대는 기운을 느꼈다.

나는 단순히 이곳에 오기 위한 장기 여행의 여독이 아직 풀리지 않은 것이거나 승주가 주는 밥을 잘 먹지 않아서라고 생각했으나 이유는 다른 곳에 있었다. 분명 생리를 해야 할 시기가 되었으나 생리를 하지 않았다. 왜 그것을 미리 감지하지 못했는지 참 어리석고 부끄러운 일이지만 나는 홀몸이 아니었다.

내가 이 집에 와서 예민하게 굴었던 것은 어쩌면 이런 이유가 더해진 본능이었던 것일지도 모른다. 승주가 주는 밥을 잘 먹지 않았던 것은 가끔씩 올라오는 알 수 없는 메스꺼움과 몽글몽글한 무언가가 나의 배 속에서 자꾸만 돌아다니는 것 같아서였을지도. 당신이 내가 여태껏 암컷인지 수컷인지 잊고 있었다면 지금부터 잘 기억해 주길 바란다.

나는 이것이 어떻게 된 영문인지 알 길이 없었다. 누군가 내 이전의 기억을 말끔히 지워 버린 것처럼 임신에 대해서는 추적할 수 있는 길이 없었다. 분명한 것은 내가 전에 있던 곳에서 임신한 채로 승주네 집에 오게 되었다는 사실뿐이다.

좀 우스운 이야기지만 나는 앞으로 무엇이든 잘 먹기로 다짐했다. 승주가 주는 사료와 고기반찬에 여전히 구미가 당기지는 않지만 새끼들을 위해서라면 갑자기 무엇이든 할 수 있을 것 같았다. 새끼들을 낳을 운명이라면 말이다.

승주는 내가 임신한 줄 꿈에도 모를 거다. 새끼들을 낳아서 여기에서 함께 산다고 하면 승주는 좋아할까, 아니면 싫어할까. 나는 사실 그것부터 걱정이 되었다. 승주는 나와 내 새끼들을 어떻게 받아들일까. 승주는 내 새끼들을 데리고 살까, 아니면 내가 그랬던 것처럼 나와 내 새끼들은 서로 어디로 가는지도 모르고 찢어져서 각자의 삶을 살게 될까. 승주가 데리고 살지 않는다면 어디로 보내는 것일까. 엄마가 되는 것은 이런 일이다.

나의 체형에 조금 변화가 생겼다. 배가 약간 불러오고 젖이 부풀어 오른 것을 먼저 발견한 것은 승주가 아니라 이 집에 가끔 청소하러 오는 박씨 아주머니였다. 청소하는 아주머니 옆에서 얼쩡거리다가 바닥에 칠한 미끄러운 세재에 홀러덩 뒤집어졌을 때 아주머니는 나를 들어 올려 털에 묻은 세재를 닦아 주다가 배를 유심히 들여다보았다.

"으이, 오메. 요거 봐라. 아가, 너 아를 가졌노?"

나는 약간 부끄러웠다.

"언제 아를 가졌노? 응? 여기 어디 수캐라도 있는감?"

나는 천만의 말씀이라고 말하고 싶었지만 아주머니는 깔깔깔 웃느라 정신이 없었다. 그녀는 목청을 높이는 대신 내게 은밀하게 속삭였다.

"아이고, 얼마나 되었을꼬. 배 꿀렁꿀렁하는 거 보소. 오메. 어디서 아를 이렇게 만들어서 왔는감? 승주는 아나, 모르나? 아가가 이젠 아를 낳나?"

내가 그동안 승주 옆에 잘 가지 않았기 때문에 승주가 모르는 것은 어쩌면 당연한 일일지도 모른다. 아주머니가 알게 되었다면 이제 승주도 알게 될 텐데. 그녀의 반응이 내심 기대가 되면서도 걱정이 되었다.

그나저나 며칠 전부터 승주의 얼굴에 생기가 돌기 시작했다. 그녀가 나의 임신을 모르는 것처럼 나도 그녀가 달라진 이유를 알지는 못했다.

*

승주는 늦은 아침을 먹으면서 며칠 사이에 바뀌어 버린 자신의 감정에 대해서 곱씹고 있었다. 관련 학계도 밝히지 못하는 인류의 이상 현상 덕분에 커다란 짐 하나를 내려놓게 되었다.

태어나지 않고 죽기만 하는 인류. 멸종의 세상은 이를 두고 야단법석이었지만 자신을 옭아매던 모든 것에서 한 번에 벗어나는 면죄부라도 받은 것 같아 승주에게는 이보다 더 좋을 수 없었다. 말 그대로 홀가분하다. 조바심을 내던 나날들은 이미 오래전처럼 느껴진다.

정말 아이를 간절히 원한 것은 아니었던 것 같다. 만약 그랬더라면 이 상황 앞에서 더욱 절망을 하지 않았을까? 그녀와 닮은 아이를 영영 안아 볼 수 없는 확률 제로의 상황에 완벽한 슬픔을 느끼며.

민석에게 아이가 없으면 안 될 것처럼 말한 것도 지금 생각해 보면 괜한 말이었다. 그때의 자신을 제3자처럼 관망할 수 있게 되니 코미디도 그런 코미디가 없었다.

황폐한 마음에 찾아온 기적과도 같은 오아시스를 꼭 붙들고 싶다. 그 오아시스가 영원히 샘솟길 바라면서.

그런데 승주의 마음에는 이내 다른 성격의 불안이 다시 자리 잡았다. 혹시나 이 뉴스가 사실이 아닌 것으로 밝혀지거나 누군가 인류의 임신과 출산을 다시 잇게 하는 획기적인 해결책을 알아내게 되지는 않을까 하는 걱정이 그것이었다. 그저 제발 이대로라면 좋겠다. 내일 눈을 떴을 때도 여전히 사실이길 바라는 이 감정을 어떻게 설명해야 할지 모르겠다.

환희와 불안이 교차하는 아침. 그녀는 자신의 불임이 전 세계 인류의 불가피한 시류에 함께 영원히 묻힐 것을 바라면서 지하 창고로 내려가

와인을 꺼내 일찍부터 축배를 들었다. 더 이상 시어머니가 먹으라는 약을 먹지 않아도 된다. 해결책을 찾기 위해서 전전긍긍하지 않아도 된다. 나를 두고 인류애도 없는 이기적인 사람이라고 말해 보려면 해 봐라.

"만세!"

아무도 없는 지하 창고에서 크게 외쳤다. 그리고 와인 한 병을 금세 다 비웠다. 인류 역사상 가장 당혹스러운 일에서 보란 듯이 비켜가 있는 묘한 기분에 흠뻑 취했다. 아마 그녀처럼 뒤에서 좋아하고 있을 사람이 있을지도 모른다. 알 수 없는 인생이다.

다시 옛날의 최승주로 돌아갈 수 있을 것 같아 심장이 뛴다. 하루빨리 민석과 재회하여 고통에서 빠져나온 자신을 만나게 해 주고 싶었다. 그리고 그와 예전처럼 즐거운 대화를 나누고 싶다. 이제 그와 함께 차분하게 이야기할 수 있을 것 같다. 왜 인류가 이런 상황에 당면했는지 남일 이야기하듯.

그런데 그는 돌아올까?

*

아주머니는 승주가 지하 창고에 있는 사이에 청소를 마치고 돌아갔다. 그 바람에 승주는 아주머니로부터 내 임신 소식을 듣지 못했다. 승주는 와인 몇 병을 양손에 들고 응접실로 올라왔다. 나는 조심스럽게 승주 옆으로 다가가서 승주를 올려다보고 살랑살랑 꼬리를 흔들었다.

"어머, 아가. 네가 웬일이니. 내 옆에서 꼬리를 다 흔들고. 히야, 좋은 일이 또 생겼네!"

승주는 내 머리에 살며시 손을 얹고 조심스레 쓰다듬었다.

"아가, 이제 피하지 않고 가만히 있는구나. 도망가지도 않네! 우리 아가 때문에 기분이 좋아서 와인을 또 마셔야겠다."

승주는 내 보드라운 털을 몇 번 더 쓰다듬더니 응접실로 가서 와인잔에 와인을 가득 채우고 소파에 털썩 앉았다.

"이리 와 봐, 아가. 여기로 와 봐."

그녀는 내가 못미더웠는지 다시 나를 부른다. 나는 약간 멈칫하다가 승주에게로 살살 다가갔다. 추운 겨울에 얼어붙은 강물 위의 살얼음판을 건너듯 아주 조심스럽게.

"아가, 드디어 진일보했구나. 우리 아가도 이제 엄마가 좋구나! 아, 와인 말고 샴페인 마셔야지. 너도 한잔할래?"

그녀가 어떻게 해석하든 상관없으나 어떤 방식으로든 나의 임신을 알게 될 차례가 온 것 같았다. 나는 그녀 옆에 가서 얌전히 앉았다. 내 임신을 알면 그녀가 어떤 말을 할지 약간 떨린다. 와인을 연이어 홀짝이면서 주절대는 말을 들어 주었다. 취기가 올랐는지 그녀의 혀가 좀 꼬였다.

"아가야, 나는 너를 정말 아가라고 생각해. 이제 너는 나의 진짜 아가야."

아니, 지금까지는 내가 가짜 아가라도 되었단 말인가. 그나저나 나도 이제 엄마가 되는데.

"아가야, 나는 너를 잘 키울 거야. 엄마가 널 예술 하는 개로 키워 줄게."

응? 뭐? 예술 하는 개? 이건 또 무슨 뜬금없는 말인가? 임신을 어떻게 알려야 할까 고민하던 나는 순간 내 귀를 의심했다.

"아가, 엄마가 하는 말 잘 들어 봐. 인간과 동물이 다른 점에 대해 이렇다저렇다 다양하게 말할 수 있지만 나는 인간과 동물의 차이를 예술 행위를 하느냐, 안 하느냐에 두고 있어. 음…. 예술이 무엇이냐. 그것은 한마디로 말하기 쉽지 않지. 더 이상 이것이 예술이다, 저것은 예술이 아니다 말할 수 없게 되었으니까. 아가, 너는 인공 지능이 감히 넘볼 수 없는 예술을 하는 개가 되렴. 단순히 똑같이 따라 그리거나 데이터를 축적해서 그리는 것은 인공 지능이 이미 잘하고 있으니 그것으로는 안 된단다. 너는 미래를 사유하는 예술가가 되는 거야. 그것은 곧 상상력이지. 미래를 사유하는 예술 하는 개라면 인간의 진실한 조건을 가지는 것이고 네 스스로 미래가 되는 것이지! 그렇다면 보통의 인간보다 훨씬 나은 존재가 되거든? 왜냐하면, 왜냐면 말이야. 보통의 인간들은 예술적 감수성을 잊고 살아. 인간 스스로 인간임을 자각하게 되는 일을 잊고 살고 있어. 사는 데 바빠서 왜 예술을 하는지 잊어버렸어. 어떤 사람은 예술을 아주 고루하거나 자신과 전혀 상관없는 것으로 취급하곤 하지. 어쩌면 예술 하지 않는 인간은 동물과 크게 다르지 않을지도 몰라. 어때? 예술을 하고 싶지? 너는 예술 하는 창의적인 개가 되어서 머지않아 사람이 될 거야. 우리가 죽게 되면 너라도 살아남아서 인공 지능이랑 대결해야지."

나는 승주가 취한 모습을 처음 보았다. 그녀가 마신 와인이 독한 것임에 틀림없다. 나보고 미래를 사유하라고? 나를 예술 하는 창의적인 개로 키우겠다니 이건 또 무슨 헛소리인가 싶었다. 며칠 사이에 그녀에게 무슨 일이 생긴 게 분명했다.

창의성의 다른 얼굴은 파괴성이다. 창의적인 발명은 때때로 괴물이 되기도 하니까. 그녀가 나를 예술 하는 개로 키우겠다는 것은 잘못하면 나를 파멸시킬 수도 있다는 말이다.

내가 설사 예술을 한다고 해도, 그러니까 상상력과 창의성을 가진다고 해도 도대체 그것으로 무엇을 한단 말인가? 정말 그녀의 바람대로 오래 살아서 훗날 인간 대신 인공 지능과 대결이라도 하라는 것일까? 개가 그린 그림을 갤러리에 걸어 두면 누가 살까? 나의 그림에 대한 가치는 얼마로 매겨질까?

나에게는 예술이고 뭐고 새끼들을 잘 낳아서 키우는 일이 더 중요하다.

내 배 속에 있는 아가들이 꿈틀 움직였다. 나는 일부러 드러누워 내 배를 보라고 들이밀었지만 그녀는 내가 그저 애교를 부린다고 생각한 모양이다. 혼자서 "예술 하는 개, 예술 하는 개."라고 몇 번을 중얼거리며 배를 뒤집은 나를 보고는 깔깔 웃더니 소파에 고꾸라져서 그대로 잠이 들었다.

나는 그렇다면 인간은 왜 예술을 하는지 승주에게 묻고 싶었다. 승주는 내게 하고 싶은 말을 다 하지만 나는 그렇지 못하다는 게 여러 측면에서 불리하다. 우리 사이에는 확실히 언어가 장애다.

하지만 예술에는 언어를 뛰어넘어 교감할 수 있는 그 무엇이 있겠거니 생각해 보았다. 나의 감각을 언젠가 예술로 전달한다면 우리 사이에는 진정한 라포rapport가 형성될지도 모른다. 언젠가 나만의 방법으로 인간이 예술을 하는 이유를 승주에게 묻고 그녀로부터 대답을 듣는다면 마

유려한 장편소설

침내 나는 인간이 될지도 모르지. 그녀는 반대로 개가 될 수도 있고 말이야.

입가에 와인을 잔뜩 묻힌 승주가 무엇이 그리 좋은지 히죽히죽 웃는다.

*

승주는 갑자기 무엇이든 잘할 수 있을 것 같은 용기를 두 손에 쥐었다. 그러나 막상 그의 남편 민석은 어디서 무엇을 하는지 모르겠다. 민석이 오는 대로 이 성城을 떠나고 싶지만 그가 언제 올지 몰라서 그저 기다리는 수밖에 없었다.

그나저나 요즘 이상하게 개가 방으로 들어와 그녀의 눈에 띄는 날이 많아졌다. 이것이 미래가 말했던 개의 변화인가 생각했다. 본래 자신을 피해서 멀찌감치 있던 아이였는데. 그녀처럼 갑자기 어떤 심경의 변화라도 생긴 것일까. 살갑게 구는 이유를 알다가도 모를 일이었다.

아가는 방 안을 배회하다가 이리저리 뒹굴면서 엎어졌다가 누웠다가 다시 일어났다. 그때 승주의 개는 승주가 자연스럽게 자신의 임신 사실을 알게 되기를 바랐다. 하지만 개를 처음 키워 보는 승주는 요즘 개밥을 잘 먹어서 통통하게 살이 올랐고 운동량이 늘었다고 생각했을 뿐 전혀 알아채지 못했다.

얼마 전 취해서 개에게 한 말들을 생각해 냈다. 그녀는 실성한 소리가 아니라 기막힌 아이디어라도 되는 것처럼 무릎을 탁 쳤다. 조금이라도 개와 가까워졌을 때 정말 예술 하는 개로 키우는 데 집중해 보자고 생각한 것이다. 민석이 돌아올 때까지.

그녀는 할 일 없는 시간들을 빡빡한 계획들로 채웠다. 우선 그녀의 아가에게 응당 합당한 학습이 필요한 것 같아서 그에 맞는 커리큘럼을 만들기 시작했다. 인간은 역시 시간적 여유가 있어야 이런 엉뚱한 생각을 할 수 있다. 한국의 학생이나 직장인이 과연 이럴 수 있겠는가? 새벽에 나가서 달을 보고 집에 들어와 잠을 자기에도 모자라는데.

말이 나와서 하는 말이지만, 우리의 무능한 꼰대들은 여전히 감금을 좋아한다. 그러면 뭐라도 나오는 줄 아는 변태가 아닌가 싶다.

어쨌든 승주의 계획은 이랬다. 우선 강의를 통해 이론을 습득하게 하고 난 후, 인터넷 이미지를 통해서 예술 작품을 접하는 것이다. 그리고 그녀가 사는 주변 환경이 문화 예술을 즐기는 데 매우 부적합했기에 밖으로 나가 자연을 대상으로 체험하게 하는 방법을 적용해 보려고 했다. 동시에 예술의 다양한 영역을 서로 접목하고 확장하면서 장르 간 융합 교육을 해 보자고 마음먹으니 대학 강단에 선 교수라도 된 것 같았다. 승주는 그런 생각을 하면서 그녀의 아가를 정말 사람이라고 생각했다.

*

나는 미치고 팔짝 뛸 노릇이었다.

당신은 아마 승주에게 '개소리'하지 말라고 할지도 모른다. 그렇다고 욕에 나 좀 붙이지 마라. 왜 내 이름을 부정적 의미의 접두어로 쓰는지 나는 참 화가 난다.

유려한 장편소설

'개새끼'는 욕인가, 아니면 나의 새끼를 말하는가? 들을 때마다 나를 부르는 것 같기도 하고 아닌 것 같기도 하고 움찔움찔 기분 나쁜단 말이다. 나처럼 인간과 가까운 사랑스러운 존재가 또 어디 있다고. 나는 좀 다르긴 하지만…. 어쨌든 나를 만만하게 보지 말아라, 인간들아.

다시 본론으로 돌아가서, 나는 그녀가 정말 내가 예술 하는 개가 될 것이라는 어떤 확신이 있어서 그러는 것인지, 아니면 무료하게 반복되는 일상의 심심풀이인지 알아야만 했다. 그래서 일단 그녀가 하자는 대로 따르는 것이 좋겠다는 생각이 들었다.

승주는 어느 순간부터 약간 이상해진 것 같다. 하지만 그저 미쳤다고 하기에는 무섭도록 진중하고 치밀했다. 그래서 감히 미쳤다고 말할 수 없었다. 미쳤다는 이야기를 계속 듣게 된다면 어쩌면 나는 그녀가 말한 미래를 사유하는 개가 되는 일에 다다르게 될지도 모른다.

어쨌든 그녀와 나 이외에 이 성城에는 아무도 없었기에 나를 쥐고 있는 주인의 말대로 따르는 것이 내게 해가 되지 않을 것 같았다. 나는 새끼들도 가지고 있으니. 그래, 나는 그녀의 미침에 설득당했다. 한 스푼의 의심과 약간의 설렘, 두려움을 동시에 가졌다고 보아도 좋다.

첫날, 그녀는 나를 침대 위에 앉혀 두고 미학개론부터 강의했다. 플라톤과 아리스토텔레스부터 시작해서 오늘날의 관계 미학까지 족집게 강사처럼 요약해 주었다. 덕분에 나는 그들의 텍스트 전문을 읽지 않고도 그들이 무슨 말을 했는지 핵심 내용을 알 수 있었다.

하지만 그것이 올바른 교수법이라고 말하기에는 어려워 보였다. 나 역시 타인이 소화한 요약본으로 내가 '이것에 대해 안다.'라고 할 수 있는지는 모르겠다. 또 그녀가 실제로 텍스트를 읽은 것이 아니라 인터넷으로 떠돌아다니는 정보를 읽고 Ctrl C + Ctrl V를 한 것인지는 나도 알 수 없다. 그렇다면 이는 속고 속이는 시간이 아닐지?

어쨌든 승주는 오늘의 강의를 바탕으로 내게 OX 퀴즈를 요구했다. 내가 얼마나 잘 이해했는지 알아본다고 했다. 주관식으로 쓰라고 하지 않은 것이 얼마나 다행인지 모른다. 그녀는 펜을 집어서 쓰는 행위를 하지 못할 나를 배려했다고 말했다. 그러나 채점하기 편하기 위해서 그랬겠지. 아마 독자들은 그녀의 황당무계한 시도에 내가 전혀 반응하지 않을 것이라 속단하고 있겠지만 나는 그녀가 무슨 말을 하는지 전부 이해해 버렸다.

불행인지 다행인지 모르겠으나 나는 미학개론에 흥미를 느꼈다. 믿지 않는다고 해도 정말 그랬다. 나는 내가 생각하는 아름다움이 아름다움의 전부가 아니라는 사실에 충격을 받았다. 동시대 미술Contemporary Art에 대한 낯섦을 개로서 어떻게 받아들여야 할까.

예술에 대해 어떤 주관을 가져야 할까 생각해 보았다. 어떤 개들은 마크 퀸Mark Queen[5]이 자신의 피를 뽑아서 만든 두상을 보고 싫다고 할지도 모른다. 하지만 난 괜찮다. 더 나아가 전율이다. 그런 면에서 나는 유

---

5 마크 퀸은 yBa(Young British Artists)를 대표하는 작가로 1991년 자신의 피를 뽑아 두상을 만든 작품 'Self'로 유명해졌다. 작가가 자신의 두상을 직접 캐스팅하고 인간 몸속에 들어 있는 전체 피의 양과 동일한 4.5리터에 해당하는 자신의 피를 이용하여 만들어 낸 일종의 자화상이다. 이 작품은 냉동 장비가 구비된 특정한 환경 내에서만 존재할 수 있다는 점에서 고전적인 의미의 자화상과는 차별성을 가지며, 주변 환경에 따라 존재하거나 혹은 소멸할 수밖에 없는 인간 존재의 나약함을 보여 준다.

연하게 받아들이고 감상할 줄 아는 개라고 생각한다.

나는 보통 들판에 아무렇게나 핀 꽃의 자태를 보고도 예술이라고 생각하고, 식탁 위에 늘어놓은 성냥개비 사이들에서도 어떤 규칙을 발견하고서 수학적인 아름다움을 느끼기도 한다. 내가 지그재그로 쌓아 놓은 똥도 예술이다.

참, 앤디 워홀은 이렇게 말했지.

> **일단 유명해져라. 그렇다면 사람들은 당신이 똥을 싸도 박수쳐 줄 것이다.**
> (Be famous, and they will give you tremendous applause when you are actually pooping.)

나도 일단 유명해지면 똥을 싸도 사람들이 박수를 쳐 줄까? 그렇다면 과연 무엇으로 유명해질 수 있을까? 미술계 제도 안에서 인정을 받아야 이른바 '잘 먹히는' 개가 될 텐데. 이 업계는 인정받지 못하면 고단한 삶이 이어진다고 했다. 날 인정해 주는 사람은 누구일까.

이런저런 잡념 속에서 OX 퀴즈는 1/3 정도만 맞추었다. 그래도 승주는 나에게 잘했다고 말해 주었다. 찍었는지 정말 고심한 것인지 그녀는 알 수 없겠지만.

그녀는 나를 데리고 서울의 미술관과 박물관에 갈 수 없는 것을 안타까워했다. 대신 구글이 제공하는 온라인 미술관으로 작품 감상을 대신했다. 나는 모니터를 계속 보느라 눈이 침침해져서 연신 비비다가 꾸벅꾸벅 졸기도 했다. 그러면 승주는 정신 차리라며 엉덩이를 찰싹 때렸다.

공간이 작품의 일부가 되거나 내가 참여하며 예술 안에서 경험할 수 있다면 좀 괜찮으련만. 모니터를 그저 보는 것에는 역시 한계가 있었고 갈수록 지루했다.

어쨌거나 인간들이 오랜 시간 동안 만들어 놓은 예술품의 양은 어마어마한 것이었다. 지금까지 나올 수 있는 예술은 거의 다 나온 것 같아서 더 이상 새로운 무엇이 있을지, 내가 그 사이를 비집고 아직 언급되지 않은 새로운 여백을 발견할 수 있을지 많은 고민이 되었다.

승주는 백남준의 미디어 아트 작품을 보여 주면서 100년에 한 번 나올까 말까 한 천재이니 잘 보아 두라고 일러 주었다. 그러면서 나에게 언젠가 백남준을 오마주로 작품을 해 보았으면 하는 기대를 내비쳤다. 아마도 퍼포먼스적인 작품을 말하는 듯했다.

백남준에게는 예술 활동을 하는 데 아주 영리한 샬롯 무어만이라는 동료가 있었다. 그렇다면 나의 동료는 누가 될 수 있을까 생각했다. 내가 예술을 한다고 주변의 개들에게 말했을 때 '그걸로 어떻게 밥 벌어먹고 사냐. 굶어 죽기 딱 좋다', '예술 해서 도대체 뭐가 나오냐', '좋은 주인 만나서 새끼나 낳고 잘 살아라' 같은 말을 하지 않고 나의 예술적 생각과 새로운 시도를 이해해 주며 무엇이든 같이 즐겁게 해 볼 수 있는 그런 동료 말이다.

서로 이해 가능한 범주 안에 놓여 말이 통하는 동료를 만나는 것은 쉽지 않다. 설령 그런 동료를 가지는 행운이 있더라도 내가 백남준처럼 괜찮은 예술가가 될 수 있을지에 대한 것도 참 어려운 일이다. 운도 지독히 따라야 한다. 개가 예술가로 인정을 받는다는 것은 생각할수록 쉬운 일이 아닌 것 같다. 약간 자신이 없어졌다.

이론 수업이 끝나고는 실제 작품 활동을 했다. 승주가 캔버스를 땅에

유려한 장편소설

두고 자유 주제를 주었기에 잭슨 폴록과 같은 액션 페인팅Action painting 을 완성할 수 있었다. 그녀가 내게 구도를 잡고 정교함을 요하는 데생을 하라고 하지 않아서 다행이다.

처음에는 승주가 붓을 들기를 원해서 앞발로 붓을 대강 잡았다가 다시 입으로 붓을 물고 이리저리 문질러 보았다. 그리고 결국에는 털에 물 감을 묻히고 구르게 되었다. 그러고는 아직 마르지 않은 물감 위를 돌아다니면서 마지막으로 나의 발자국을 남겼다. 마치 눈이 가득 쌓인 넓은 들판 위에 유유히 발자국을 남겨 두는 것처럼.

승주는 내 작품을 보고는 '자유 의지 위에 개만의 정체성을 분명히 드러낸 추상의 정점을 찍는 동시에 몸을 도구로 써서 손의 자유를 허락한 전례 없는 작품'이라고 비평을 해 주었다. 나는 머쓱했다. 구르는 것이 그저 편했을 뿐인데.

나는 박씨 아주머니가 멀리서 우리를 보면서 하는 말을 들었다.

"어메… 드디어 미쳤는가 보네. 지금 뭘 하고 있노? 둘 다 미쳤는감? 쯧쯧."

얼마 후 그녀는 야외 학습을 할 때가 되었다며 나를 밖으로 데리고 나갔다. 여전히 비가 내렸지만 승주는 야외 학습을 강행했다. 둘이 우비를 입고 정원을 헤매는 모습을 누가 보았다면 이상한 광경이었을 것이다.

그녀는 내게 자연미술[6] 작업하는 방법을 알려 주었다. 자연에 빈손으

---

6 자연미술은 한국의 자연미술가 그룹 야투(野投, YATOO)에 의해 만들어진 것으로 35여년 간 지속되어 온 독자적이며 고유한 예술이다. 이는 환경미술이나 생태미술과는 또 다른 예술 세계를 보여 준다. 자세한 사항은 다음의 홈페이지를 통해 확인할 수 있다. http:// www.natureartbiennale.org/

로 들어가 자연과 만나면서 짧은 순간에 솟아오르는 상상력을 포착하여 표현하는 일이라고 했다. 그래서 아무런 도구가 필요하지 않다고 했다.

승주가 무슨 말을 하는지 처음에는 알 수 없었다. 승주는 내게 개 혼자 도드라지는 것이 아니라 자연 자체를 드러내기 위한 최소한의 행위를 해 보라고 했다. 이것은 쉬워 보였지만 굉장히 어려웠다.

나는 무엇을 해야 할지 모르고 멍하게 있다가 승주가 하는 것을 유심히 지켜보았다. 그녀의 시범을 보니 감이 좀 잡힐 것 같았다.

인간이 자연에 접속하면서 무언가 인위적으로 만들어 내고자 하는 것이 아닌 인간과 자연의 연결 지점을 순간적으로 만드는 행위를 선보이는 것은 몸의 감각을 회복하는 순간이기도 했다. 이것은 매우 섬세하고 시적이며 부드러운 몸짓이었다. 아주 오래전 인간의 조상과 나의 조상이 야생의 들판에서 함께하며 순수하고 원형적인 마음을 지녔던 그때의 모습으로 돌아가는 것처럼 말이다.

나는 이리저리 돌아다니다가 비가 고인 웅덩이 옆에 빗물이 또 잘 고이도록 크고 작은 웅덩이를 몇 개 더 만들고서는 물을 잘 마실 수 있도록 했는데, 승주가 이것을 발견하고 크게 감탄하면서 감각이 있다고 칭찬해 주었다.

용기를 얻고서 다시 주변을 두리번거리다가 땅 위로 힘겹게 지나가는 달팽이 식구를 발견했다. 그들이 좀 더 쉽게 지나가라고 떨어진 커다란 떡갈나무 잎을 일렬로 늘어놓고는 그 위로 옮겨 주었다. 달팽이 식구들이 차례로 지나가니 무당벌레들도 뒤따라 왔다. 승주에게 이것 좀 보라고 짖었다. 그녀가 함박웃음을 지으며 굉장히 마음에 들어 하는 것을 보

유려한 장편소설

고 달팽이를 밟아 죽이지 않길 잘했다고 생각했다.

나는 집안으로 작품을 가져가고 싶어서 떡갈나무 잎을 입으로 물었다. 그 순간 승주는 단호하게 안 된다고 했다. 이것은 돈을 주고 살 수도 없고 우리들의 마음속에 남는 예술로 끝나는 것이라고 했다. 그래서 그 자리에 그대로 두었다.

아, 나도 예술을 해 볼 수 있지 않을까?

9

세상에서 변하지 않는 것은 단 한 가지. 그것은 바로 이 세상의 모든 것은 변한다는 사실 그 자체다.

이제 여기에 변하지 않는 한 가지가 더 추가되었다. 더 이상 태어나는 아기를 볼 수 없으며 어느 시점에 인류는 자취를 감춘다는 사실이다. 인류는 원하든 그렇지 않든 새 역사를 쓰게 되었고 인류의 역사를 후대가 기억하게 되는 일은 기약이 없게 되었다.

아주 먼 미래에 있음직한 일이라고 짐작하거나 소설, 영화의 소재로 쓰이던 일들이 막상 삶으로 들어오자 사람들은 무엇이 현실이고 무엇이 미래인지 갈피를 잡지 못했다. 이미 소설이 현실인지, 현실이 소설인지, 드라마가 인생인지, 인생이 드라마인지 뒤죽박죽이 되어 버린 세상이지만.

사람들은 한동안 인류 소멸 이후의 시간에 대해서 각자의 상상을 더해 난리 법석이었고, 인류가 지속될 것이라는 희망을 놓지 않은 사람들은 온갖 상상력을 동원하여 해결책을 찾기 시작했다. 마치 인류 역사상 상상력이 가장 풍부했던 시기로 기록될 것처럼.

몇 나라에서 비밀리에 인류 수명 연장 프로젝트를 진행한다는 말이 나돌기도 했으나 확인된 바는 없다. 그것은 자본이 허락된 자에게만 허락될 것이다.

인류의 최후에 있는 사람들은 급속도로 발전한 나노 로봇의 혜택을 받아 신체 없이 인간의 뇌와 기억을 온라인에 영구적으로 남겨 두고 고도로 발달된 가상 현실을 만들어 그 안에서 영원히 살아가는 일이 실제로 이루어질 가능성이 있다고 예측하기도 했다. 인간의 형상 없이 로봇이 대신 인류 전체의 뇌를 복사해서 대신 살아 주거나 동물, 다른 존재에게 인간의 감각과 지능을 이전시킬 수도 있다는 말이 심심치 않게 나왔다.

전 세계 100대 자산가를 중심으로는 냉동 인간으로 부활해서 잠깐이라도 인류의 명맥을 잇도록 해 준다는 외국 민간 업체 가입들이 이루어졌고, 어떤 이들은 인간이 지구 환경적 조건에서만 임신과 출산이 되지 않는 것일 수도 있으니 화성 탐사 및 이주 개발에 더 박차를 가해야 한다고 주장하기도 했다. 다른 한편에서는 인류 이외의 어떤 선한 존재가 우리의 DNA를 발견하여 다시 부활시켜 주길 바라는 SF 소설을 장밋빛 청사진으로 택하는 편이 현실적이라고 했다.

이처럼 인류가 소멸되는 일을 가까운 미래에 두고 구체적으로 상상하게 되었다. 그리고 그로 인해 인간을 대체할 수 있는 존재들, 예를 들어

수명에 제약이 없는 인공 지능 로봇이나 외계인에 대해서도 그 어느 때보다 진지하게 받아들일 수 있었다.

그러나 어찌되었든 그런 순간에도 인간은 아주 이기적인 존재여서 인간 이외에 지구에서 공존하고 있는 다른 생명체에 대해서는 별다른 고려를 하지 않았다. 인간이라는 존재에 대한 애착이 더욱 가속화되어졌기 때문에 이 틈을 비집고 다른 수많은 생명체들이 고려될 여지가 없었다.

한국 사회의 많은 부분들에서 본격적인 망가짐이 시작되었다. 요동치는 주식 시장은 말할 것도 없고 재벌, 부동산, 교육계가 정확히 끝을 향하며 돈을 쥔 기득권자들끼리의 마지막 발악이 시작되었다.

사실상 호모 사피엔스 사피엔스 시대의 종결에 대한 진지한 고민을 지속하는 사람은 소수였다. 미래의 인류를 꿈꾸는 일은 몇 차원의 패러다임을 훨씬 뛰어넘기 때문에 현재 한국의 역량으로는 해결되지 않는다는 데 동의하는 사람들이 그렇지 않은 사람들보다 더 많았다.

대부분의 사람들은 평소와 다름없이 지냈다. 이제 변하지 않을 사실을 담담하게 받아들이고 각자의 삶을 여느 때처럼 영위하면서.

단지 인류가 사라지는 시점이 앞당겨졌을 뿐이라고들 했다. 이미 2006년에 옥스퍼드 인구문제연구소가 2700년대 인구 소멸 1호 국가로 한국을 지명하였으므로 나라가 사라지는 시기가 더 빨라지는 것에 호들갑을 떨 필요가 없어 보였다. 2700년은커녕 당장 100년 앞도 알 수 없는 나라가 아닌가.

어떤 사람들은 현재로도 좁은 한국 땅에 인구가 지나치게 많으니 인류의 마지막 시기에라도 인구가 줄어드는 것은 매우 잘된 일이라는 반응을 보였다. 한편에서는 정부, 의학계, 과학계 등 학자들과 전문가들이 나름대로의 주장을 펼치면서 프로젝트를 통해 해결책을 강구하겠다고 발표했다. 그러나 아무도 그들을 신뢰하지 않았으며 그들이 문제를 해결해 줄 수 있을 것이라 기대하지도 않았다. 만약이라도 해결의 열쇠를 찾는다면 그것은 선진국에서 일어날 일이라며 대부분은 관심을 기울이지 않았다.

그러므로 어떤 준비, 대비와 같은 것들은 별다른 소용이 없어 보였고 사회 전반적으로 무기력한 분위기가 우세했다. 보통 사람들에게는 미래가 아닌 지금을 사는 일이 더 중요했다. 희망이라는 것은 본디 쉽게 오는 것이 아니라는 것을 모두가 잘 알고 있었다.

*

…시장으로부터 벗어나려 애쓰는 사람들도 대부분 멀리 달아나지 못한다. 가장 멀리 달아난 공동체조차도 여전히 토지를 빌리고, 세금을 내며, 자본가의 관점을 가진 관계자들을 만나고, 정서적 상처를 입기도 한다. 길게 보면 이런 종류의 자발성이 자기 고용 비슷한 종류의 가치를 육성한다. 자본주의 사회의 변두리에서 시도되는 자율 공동체들은 자본주의의 어마어마한 압박과 영향력으로 인해 결국 대안적이지만 빈곤한 세상을 형성하는 데 그치고, 최악의 경우 구성원들을 혼란에 빠뜨린다. 그들의 대안적 유토피아가 결국 실패할 것이라는 사실과 이마저도 자본의 힘 때문이 아니라 자신들의 잘못 때문이라는 인상을 줌으로써 말이다. 살아남은 공동체들은 보다 넓은 변화를 일으키려는 희망이 꺾인 채, 자신들만의 세계에 갇히게 된다.

Crimeth Inc 『워크Work』 中에서

똥으로 열리는 새로운 세상

똥으로 과연 무엇을 할 수 있냐고 물었던 당신

화장실에 가는 당신은 지금 바로 능력자가 됩니다

당신의 똥이 돈과 에너지가 되는 세상

사월당思越堂 프로젝트 3개월 실험

참가자 모집: 010-1234-XXXX

비가 그쳤다. 폭탄 같은 비에 망가진 사회 인프라가 조금씩 복구되고 있던 시점에 F가 다시 정신을 차리게 된 것은 인터넷에서 어느 공고문을 본 뒤였다. 그것은 울산 근방에서 이루어지는 프로젝트의 실험 참가자를 모집한다는 소식이었다. 공고문의 내용이 마치 F 자신을 향해서 말하고 있는 것 같았다. 오랜만에 설렘과 떨림을 느꼈다.

F는 대학을 졸업하자마자 많은 젊은이들이 가고 싶어 하던 대기업에 취업하였으나 1년도 안 되어 그만두었다. 그토록 염원하던 취업을 해서 밝은 미래를 그려 보았으나 그가 꿈꾸던 미래는 어디에도 보이지 않았다.

대기업의 사축—회사의 가축처럼 일하는 직장인이라는 뜻의 신조어—노예로 살다가 어느 날 갑자기 죽을 수도 있다는 상상을 하게 되는 자신을 데리고 하루를 살았다. 분명한 것은 쓰다 버려지는 기계 소모품으로 취급받으면서 조금 더 주어지는 콩고물을 받아 인생을 꾸려 나가고 싶지는 않다는 생각이었다.

회사에 다니면서 정시 퇴근을 해 본 게 몇 번이나 되었나? 자기 연설을 하고 싶어서 별 의미도 없는 회의를 몇 번이나 열고 시답지 않은 보고

서를 백 번 수정하는 일을 맡기는 부장은 F에게 이리 굴리고 저리 굴리는 똥개 훈련 시스템을 주입시키려 했다.

회사에 온 인생을 바치라면서, 그토록 효율성을 강조하면서 어느 구석 하나 효율적인 것 없이 이토록 비효율적이고 비합리적일 수 있다니. 놀라웠다.

일은 어찌 되었든 그냥 하면 되니까 그렇다 치고, 더 감당할 수 없는 것은 아침부터 밤까지 마주쳐야 하는 다양한 인간 군상들이었다.

입으로만 일하면서 정치질로 자리 차지하고 있는 무능력한 인간, 윗선에서 싸우는 일 때문에 잘못도 없는 아래 직원들이 온갖 것을 뒤집어쓰게 하는 인간, 일을 제대로 해 놓지 않아서 다른 부서에 피해 주는데 정작 자신은 잘난 줄 아는 인간, 분노 조절이 되지 않아서 주변 사람에게 히스테리 부리는 시한폭탄 같은 인간, 마누라와 자식 때문에 차마 그만두지 못하고 그저 시간 때우면서 다른 사람의 성과를 얍삽하게 가로채서 승진하는 인간, 유부남이면서 여사원들에게 농담 따먹기, 성희롱, 사내 양다리 연애를 하다 걸려서 오프라인이고 온라인이고 시끌벅적하게 만드는(그러나 인사권을 쥐고 있는) 인간, 따박따박 월급은 나오니 일은 아래 직원에게 다 떠넘기고 근무 시간에 게임하고 담배 피우면서 몸만 왔다 갔다 하는(그러면서 일 터지면 책임은 회피하는) 인간, 그리고 무엇보다 퇴근해서 집에 들어가기 싫은 부장 꼰대 때문에 체질에 맞지 않는 2차, 3차로 이어지는 회식 자리에 끌려가는 일에 F는 신물이 났다.

막내라는 이유로 어둠 속에서 딸랑딸랑 비위 맞추어 주는 일을 언제까지 해야 할 것인가. 이 소름 돋는 가식의 왕국 안에서 그는 무언가 의미 있는 것을 발견할 수도 배울 수도 없었으며 마음을 잃고 영혼이 털린다는 것이 무엇인지 알게 되었다.

F는 그러거나 말거나 자기 일만 잘하고 싶었지만 그런 그들이 F를 가만 놔둘 턱이 없었다. 암, 그렇다마다. 그것이 헬조선의 조직 문화이지.

흙수저 주제에 배가 불렀다고 말하고 싶은가? 그러면 그렇게 생각하는 사람이 자기 착취하면서 자발적 노예로 살면 될 일이다. 버티는 삶은 버티다 끝나 버릴 것이다. 그리고 남는 것은 상접한 피골과 가난한 마음, 통장에 조금 남은 돈일 것이다.

기성세대는 그렇게 버티고 견뎠지만 F는 그러고 싶지 않았다. 언제 죽을지 모르는 인생에서 오지도 않을 미래의 행복을 준비하는 삶은 살고 싶지 않았다. 미래는 바로 지금이니까.

그 후 F는 집에다가 전 국민의 대다수가 염원한다는 공무원 시험을 준비한다고 말해 놓았다. 부모님은 반색했다. 노량진 공무원 시험 준비반 강사가 잘나가는 시대다.

설령 그렇게 좋다는 공무원 생활을 하면서 길고 가늘게 간다면 과연 눈감을 때 무엇이 남을까? 기를 쓰면서 영혼 없는 그네들과 똑같이 살아주는 일을 하면 잘 살아온 인생이라고 말할 수 있을까? 후회로 채워진 마음을 끌어안고 살다가 가는 것은 슬픈 일이 되지 않겠는가. 그러기에 인생은 짧고 시간은 결코 기다려 주지 않는다.

이런 고민들을 하면서 1년을 이렇게 저렇게 흘려보낸 것 같다. 하루라도 빨리 해외 취업을 하거나 이민을 가는 것이 좋지 않을까 늘 인터넷으로 검색해 보고 있었으니 무언가 제대로 손에 잡힐 리 없었다. F는 자기

유려한 장편소설

가 진정 무엇을 원하고 있는지 찾아야 했다.

그러던 차에 F가 발견한 프로젝트는 먹고 싸는 일로 능력자가 될 수 있는 생전 처음 듣는 일이었다. 그렇다면 지금 동물과 다를 바 없는 자신도 해볼 만하지 않을까. 이렇게 무의미하게 하루를 보내는 것보다는 괜찮지 않을까.

Pass or Fail? Fail or Future?

F는 공고문에 적힌 연락처로 전화를 걸어 보았다.

"저… 여보세요. 사월당 프로젝트 실험 참가에 지원하고 싶은데 어떻게 해야 하나요?"

— 똥으로 새로운 행복 시대를 여는 사월당입니다. 환영합니다. 일단 오시면 됩니다.

"저… 정말 화장실만 가면… 돈이랑 에너지가 나오나요?"

— 네, 그렇습니다.

"저… 거기 무슨 똥 파는 사이비 다단계 회사… 그런 거 아니죠?"

— 아, 이해합니다. 모든 것이 생소하시죠? 저희는 똥을 파는 회사가 아니라 연구 재단입니다. 걱정 마시고 일단 오시면 됩니다. 주소와 홈페이지를 알려 드리겠습니다.

"아무것도 없이 가도 되나요?"

— 네, 침낭과 개인 물품만 가져오시면 됩니다. 실험 참가 장소는 도심에서 떨어진 곳이기 때문에 야영하듯 지내는 환경입니다. 그것도 괜찮다면 지원하세요.

"아, 네…. 그런데 저… 정말 화장실만 가면 돈을 주시나요?"

— 네, 맞습니다. 프로젝트 내에서 통용되는 화폐를 드립니다. 아직 연구 중이기 때문에 저희 화폐는 프로젝트 범위 안에서만 사용이 됩니다. 하지만 나중에는 커뮤니티에서 사용될 것이고, 점차 더 큰 사회적 범주 안에서 사용하게 되실 겁니다. 3개월 동안 사월당 주민이 되어서 생활하시면서 화장실만 잘 가시면 됩니다. 지원서를 검토하고 범죄 경력, 신원 조회 등이 끝나게 되면 연락을 드립니다. 자세한 것은 오셔서 생활하시며 확인하시죠."

아, 정말 동물 같은 자신도 여기서 무언가 만들어 낼 수 있을 것인가? 약간의 용기가 생겼다.

전화로 설명을 듣기로는 화장실에 가면 받는 돈으로 주변에서 필수품들을 교환할 수 있기 때문에 인간으로서 기본적인 생활을 해결할 수 있다는 것 같다. 앞으로 마을이 생기는데 그 마을을 본격적으로 꾸리기 위한 인큐베이팅이어서 참가자가 실제로 기본적인 생활이 가능한지 일종의 모니터링을 하는 것 같았다.

안내자가 하는 말들이 무슨 말인지 이해가 잘 가지 않았지만 어쨌든 똥만 싸는 동물, 아니, 인간이라면 무조건 합격이 되는 이 프로젝트에 지원해 보지 않을 이유가 없었다. 지금 자신이 버티고 있는 벼랑 끝 삶에서 벗어날 수 있을지도 모른다는 희망이 그를 움직였다.

힘들이지 않고서도 새로운 것을 만들어 낼 수 있다면 좋은 일이겠지?

사월당으로부터 합격 통보를 받고 난 후 집에는 고시원에 들어가겠다고 대충 둘러대고 짐을 꾸려서 떠났다. 그가 울산역에 내려서 택시를 타고 도착한 곳은 강이 흐르는 어느 한적한 동네의 맞은편 억새밭 공터였다.

똥이 돈이 되는 세상: 사월당

주말 버스킹 공연 7pm

@ 사월 극장

사월당 입구에 있는 푯말이 바람에 핑그르르 돌아가고 있다. 주변은 온통 산으로 둘러싸여 있다. 한적한 분위기에 서울보다 공기가 좋았고 단풍나무가 늘어진 작은 오솔길과 대나무 숲은 산책하기 좋았다.

유유히 흐르는 강 맞은편 흐느적거리는 억새밭 사이로 육각형 벌집 모양의 노란 컨테이너들이 보인다. 연구 재단의 연구원들과 실험 참가자들의 개별 숙식 공간으로 사용되고 있는 곳이다.

마중 나온 사월당 관계자가 돈과 에너지를 만들어 내는 화장실은 각 벌집 컨테이너에 설치되어 있고 화장실에 사용법이 적혀 있으니 확인 후 언제든 마음껏 사용하면 된다고 말해 주었다.

방금 화장실에서 나온 것으로 짐작되는 연구원 한 명이 말린 똥 가루를 들고서 저울에 무게를 잰 후 휴대폰의 어플로 똥 가루의 그램 수가 화폐로 환산되는 것을 확인하였다.

그는 F에게도 자신의 휴대폰을 들이밀었다.

"저희는 이렇게 살아요. 보이시죠? 이렇게 어플로 돈이 들어옵니다. 이것으로 식사나 음료, 교통비를 대신하구요. 간단한 생필품도 근처에서 살 수 있어요. 물에 똥을 흘려보내지 않아서 환경오염도 막기도 하고 똥으로 돈을 만들어서 순환시키는 일을 실험해 보고 있죠."

"와… 멋진 시도네요."

"저기 벌집 컨테이너 뒤쪽에 버스 보이세요? 가까운 시내와 연결되는 미니 마을버스 정류장인데, 시간표 확인해 보시고 사용하실 수 있어요."

"아, 공짜인가요?"

"아…. 공짜는 아니구요. 여기서 생활하시면서 화장실에서 만든 돈으로 사용하시면 돼요. 버스 단말기에 휴대폰을 대시면 어플 카드에서 차감이 되는 방식이에요. 참, 저희 화폐 단위는 '꿀'이니까 기억해 두시구요. 가끔 '원' 단위 화폐를 들고 버스를 타서 이곳에 오려는 분들이 계신데, F 씨가 그런 분들 만나시면 안내 좀 해 주세요."

"'꿀'이요? 그럼 실제 꿀과도 교환이 되거나 하나요?"

"아…. 저희가 양봉도 생각했는데요, 요즘 꿀벌이 없어요. 매우 적은 수의 꿀벌이 겨우 남았는데 말벌이 다 죽여 버렸어요. 한국에서 양봉업자들 파산한 거 아세요? 얼마 전에 기사 났는데…. 곤충 생물학자들도 원인을 밝히지 못하고 있대요. 아인슈타인이 그랬지요. 꿀벌이 지구상에서 사라지면 인간은 그로부터 4년 정도밖에 생존할 수 없을 것이라고. 꿀벌이 없으면 수분도 없고, 식물도 없고, 동물도 없고, 인간도 없다고. 정말 그렇게 되는 것인지 심상치 않네요. 아시겠지만 이제 더 이상 임신과 출산도 안 되고 있잖아요. 그것과 연관이 있는지도 모르죠."

"네…."

"지내는 곳이 보시다시피 벌집 모양이라 저희 스스로가 꿀벌이라고 위로하고 있네요."

유려한 장편소설

"입구에 버스킹 공연 안내도 있던데요."

"주말에는 공연이 열려요. 공연자는 공연에 대한 돈을 지급 받습니다. 노래, 춤, 연주, 무엇이든 할 수 있는데 F 씨도 관심 있으시면 공연해 보세요. 주변 마을 분들을 초대하는 자리에요. 저희는 이 마을에 조금씩 스며들어서 커뮤니티를 확대할 거예요."

연구원은 장난삼아 똥 가루를 갑자기 F의 코에 들이밀며 그만 가 보겠다고 했다. F가 놀라서 눈을 감고 찡그렸지만 신기하게도 냄새가 전혀 없었다. 흙인지 커피 가루인지 똥인지 구분이 잘 안 되었다.

연구원은 바이오 에너지를 생산하는 기계에 일부 똥 가루를 넣고 일부는 사월당 텃밭에 키우는 감자에 퇴비로 주었다. 감자가 잘 열리면 감자전 파티를 할 것이라 했다.

F보다 먼저 온 실험 참가자들은 저녁을 준비하기 위해 강 근처에서 낚시한 생선과 고기를 굽고 있었다. 생선은 모닥불이나 버너 또는 그릴에 굽는 줄 알았는데 프로젝트 실험의 일환인 바이오 에너지를 생산하는 혐기소화조의 가스를 활용하고 있었다.

찌개를 만드는 사람들이 가져오는 물도 남달랐다. 벌집 컨테이너 지붕에 설치된 옥상 정원을 거친 빗물을 받았다. 이것을 빗물 여과 소독 장치나 하수 재이용 처리 장치를 통해 정제시키고 그 물로 찌개를 만든다고 했다.

이와 관련된 실험 기계들은 복잡해 보이기도 하나 의외로 간단해서 자연스럽게 익히게 될 테니 걱정하지 말라고 관계자가 덧붙였다.

식사를 준비하고 있는 사람들과 간단한 통성명을 했다. 누구도 F의 인적 사항에 대해서 꼬치꼬치 캐묻지 않아 좋았다. 한국 회사 이력서에 기입하는 그런 것들 말이다. 도대체 내 키와 몸무게를 알아서 무엇을 할 것이며, 사진도 왜 붙이는지 모르겠고, 집이 자가인지, 전세인지부터 아버지 직업까지는 왜 묻는가? 아버지가 국회의원이면 뽑아 주게?

그 대신 여기 사람들은 F가 현재 어떤 마음의 상태를 가지고 있는 사람인지, 이 프로젝트에 참가하여 기대하는 바가 무엇인지 같은 내용에 대해서 질문하고 답하며 서로 교감했다.

F는 바로 옆에서 열심히 생선과 채소를 구워 주고 있는 남성에게 말을 건넸다.

"여기는 그래도 강이 오염되지 않아서 다행이네요. 이렇게 갓 잡은 생선을 먹어 본 지가 언제인지…."

"그러게요. 얼마 전까지 계속 비가 내려서 그게 도움이 된 것일 수도 있겠네요. 여기 주변 강은 한국에서 수질이 깨끗한 몇 안 되는 곳이라서 녹조가 덜하다고 해요."

"저기 보이는 나무에 달려 있는 것은 뭐예요? 죽은 나무인 것 같은데 뭔가 달려 있네요."

"아, 저건 Algae Tree라고, 미세조류나무라고 하는 것이에요. 아까 F 씨에게 안내해 주신 연구원님이 미세조류를 배양해서 바이오 에너지를 추출하고 계세요. 강물에 가장 많이 들리시는 분이시죠. 여기에 가끔 생기는 녹조를 떠서 바이오 가스로 마을버스에 활용하는 것도 담당하시구요. 죽은 나무가 안타까워서 다시 생명을 불어넣어 주고 싶은 마음에 저렇게 나뭇잎이 주렁주렁 달린 것처럼 미세조류로 꾸며 보셨대요. 저희들에게 소원 나무 같다고 할까요?"

"네⋯. 재미있네요. 저는 여기 와서 좀 숨통이 트이는 것 같아요. 제 이름은 F입니다. 선생님은 성함이 어떻게 되세요?"

"아, 저는 소설을 쓰려는 장⋯."

"아, 혹시! 소설 『한국이 싫어서』를 쓰신 장강명 선생님이신가요?"

"아⋯. 아쉽지만 저는 그분이 아니라 장민석이라고 합니다. 소설을 쓰려고 생각하고 있어요."

"아, 제가 실례를 했군요. 제가 그 소설을 읽고 공감을 많이 해서요. 저도 그 소설 주인공처럼 해외로 나가려 생각을 했지요."

"네, 그 소설을 읽어 보진 않았지만⋯. 어쨌든 저는 소설을 쓰려고 준비하고 있는 사람이에요. 어떻게 여기에 오시게 되었는지?"

"1년 전에 회사를 그만두고 어떻게 살아야 할까 길을 찾고 있었어요. 사실 그보다는 용접 기술을 새로 배워서 선진국으로 이민 준비를 해야 하나 고민하던 중에 우연히 알고 왔어요. 똥으로 돈을 번다 하길래요. 하하. 아직 이렇게 재미있는 것이 한국에 남아 있나, 이민을 안 가더라도 새로운 가능성이 아직 있는 건가 눈으로 확인하고 싶어서요. 하하하⋯."

"그렇다면 잘 오셨네요. 여기는 좀 다른 세상을 꿈꾸어 볼 수 있는 곳이니까요."

그들이 이런저런 이야기를 하는 사이 사월당에도 어둠이 내렸다. 민석이 F에게 내일 오후에 '사월당의 지속 가능성'에 관한 토론이 있다고 알려 주었다.

참가자들은 각자의 벌집 컨테이너로 돌아가 음식물 쓰레기와 똥에서 추출된 메탄가스로 전구를 켜서 책을 읽거나 샤워를 하러 갔다. F는 긴장한 탓인지 아직까지 화장실을 가고 싶다는 생각이 들지 않아 걱정했는데 다행스럽게도 관계자가 다른 참가자들이 만들어 놓은 에너지를 당분간 함께 써도 좋다고 해 주었다.

F는 온수로 샤워를 하고 침대에 누워 강물이 흐르는 소리와 풀벌레 소리에 귀를 기울이다가 어느새 깊은 잠에 빠졌다.

*

어둠 속에서 불이 사르르 올라온다. 바지직 소리를 내며 큰 나뭇가지에 옮겨붙은 불의 춤사위가 칠흑 같은 밤의 문을 연다. 땅을 구르는 소리가 사방을 가득 메우면 깊은 잠에서 깨어난 대지는 달아오르기 시작한다.

불의 꼬리 사이사이로 가면들이 나타났다가 다시 어둠 속으로 사라진다. 가장 큰 가면을 쓴 샤먼이 구호를 외치면서 밤하늘을 향해 서서히 고개를 들어올린다. 샤먼의 가면을 비추던 불은 순식간에 화르르 타올랐다. 하늘에 닿을 듯한 기세를 뿜어내며 커다란 불기둥이 되어 솟아오르는 모습이 장관이다. 땅을 구르는 발의 움직임은 더 빨라지고 서로의 몸을 밀착시킨 사람들이 일제히 구호를 외친다.

가운데로 자리 잡은 샤먼이 양팔과 다리를 벌려서 춤을 추기 시작했다. 그러자 다른 가면들—고래, 거북, 물고기, 개, 사슴, 호랑이, 멧돼지, 여우, 너구리 등 해양 동물과 육지 동물이 그려진—은 각각의 동물에 해당하는 몸짓을 흉내 내기 시작했다.

땅의 호흡과 생동감 넘치는 몸짓은 어느덧 하나의 연극이 된다. 살이 오른 멧돼지가 교미를 하고 그 옆으로 사슴들이 새끼를 거느리고 지나간다. 커다란 호랑이는 함정에 빠져서 허우적거리고 새끼를 밴 다른 호랑이는 사냥꾼으로부터 달아난다. 샤먼이 다시 구호를 외치니 나팔을 부는 사람이 부우 하고 소리를 냈다. 그러자 가면들은 불기둥 주변을 천천히 돌면서 춤을 추기 시작한다.

고래들이 위로 솟구쳤다가 다시 아래로 떨어졌다. 머리가 크고 사각형의 몸통을 가진 향고래, 물을 뿜듯 숨을 쉬는 북방 긴수염고래, 새끼를 업고 있는 귀신고래 등 서로 다른 종류의 고래 가면들이 둥근 원 안에서 이리저리 헤엄친다. 작살, 부구, 어망, 그물, 수렵용 배를 가지고 있는 사람들이 고래를 잡기 위해 점차 포획망을 좁혀온다.

어부의 가면들이 다 함께 구호를 외치기 시작했다. 날카로운 작살을 맞은 향고래 한 마리가 고통에 몸부림친다. 그 뒤로 새끼를 밴 고래와 새끼를 데리고 다니는 고래가 황급히 물살을 가르며 빠져나간다. 배를 탄 어부는 그물을 멀리 던져 도망가는 고래들을 포획하는 데 성공한다. 고래가 그물에 걸려 퍼덕거리다 이내 숨을 멎는다. 가면들의 발 구르는 소리가 하늘을 집어삼킬 듯하다.

침대에서 발을 쿵쿵 구르다가 잠에서 깬 F는 여기가 어디인지 두리번거렸다. 요즘 꿈을 자주 꾸는 것 같기는 했지만 사월당에 오자마자 이토록 생생한 꿈을 꾸다니. 신기한 일이었다.

그가 꿈에서 본 것은 사냥이 원활하게 이루어지길 기원하며 풍성한 사냥감을 기대하는 선사 시대 사람들의 제의였다. 꿈속에서 이리저리 헤엄치는 고래의 모습이 또렷하게 떠오른다. 고래를 잡는 데 성공했으니 이건 포경 수술과 관련된 꿈인가? 그것은 아주 오래전에 마친 일이었는데. 고래가 꿈에 나온 이유를 도무지 알 수 없었다.

F는 아침을 먹기 위해 모인 자리에서 장민석에게 자신이 꾼 꿈을 털어놓았다. 민석이 F의 꿈 이야기를 가만히 듣다가 의아한 얼굴로 묻는다.

"어젯밤에 여기에서 그런 자리가 있었잖아요."

"네? 어젯밤에요?"

"바로 이 자리에서요."

"어? 내가 일찍 잠들었나. 아…. 저는 아무것도 모르겠는데요…."

"어제 F 씨가 자러 들어간 후에 남은 사람들끼리 여기서 격렬하게 춤을 췄어요."

다른 참가자들이 참지 못하고 웃음을 터뜨렸다. F는 민석이 무슨 말을 하는지 어리둥절했다.

"농담이에요. 아무래도 이곳에 와서 예지몽 비슷한 것을 꾼 것 같네요. 그런데 정말 놀라운 꿈이에요. F 씨가 꾼 꿈이 실제로 저 강물 너머 암각화에 새겨져 있거든요."

"네?"

"반구대 암각화 들어 봤지요? 스페인 알타미라 벽화에 버금간다는 전 세계에서 유일하게 고래가 등장하는 암각화요."

"아, 네…. 예전에 학교 다닐 때 교과서에서 한 번 본 것 같기도 하고."

"맞아요. 반구대 암각화는 신석기 시대, 그러니까 수천 년 전에 만들어진 것인데, 다양한 바다 생물과 육지 생물, 사냥하는 사람들, 무당, 각종 사냥 도구와 같은 것이 300여 점 정도 빼곡하게 그려져 있다고 해요. 우리가 지금 바라보는 저 맞은편, 바로 저 자리에요. 여기서 맨눈으로는 암각화 내용이 보이지 않지만."

"아, 그렇군요! 여기가 반구대 암각화가 있는 곳인가요?"

"그래요. 묘하죠? 오래전 인류의 흔적을 눈앞에 두고 새로운 세상을 그리는 일이."

"신기하네요. 암각화 맞은편에서 암각화에 등장하는 내용을 꿈으로 꾸었다니…."

"그러게요. 그런데 사람들이 암각화 보존을 잘 못했고 침식과 풍화가 많이 진행되어서 암각화의 흔적이 예전처럼 많이 남아 있지 않다고 해요. 참 안타까운 일이죠. 그런데 F 씨 꿈에 대신 나타나 주었네요. F 씨는 전생에 이곳에서 고래를 잡는 사람이었을 수도. 하하."

사실 그동안 민석은 승주가 지내고 있는 곳 근방을 크게 벗어나지 않고 있었다. 그는 이 지역 일대를 자유로운 영혼처럼 돌아다니다가 근처에 반구대 암각화가 있다는 것을 갑자기 생각해 냈다. 그는 왠지 눈으로 꼭 그것을 보고 싶었다. 언젠가 국보 285호 반구대 암각화의 암울한 미래 소식을 듣고 뭉클한 감정을 느꼈기 때문이다.

반구대 암각화는 근처에 시민들의 식수를 공급하기 위한 댐을 설치하는 바람에 1년 중 6~8개월간 물에 잠기게 되었다. 잠겼다가 드러나기를 반복하면서 침식과 풍화 작용으로 훼손이 심각해진 상태인데 그것을 보존하는 방안을 두고 논란을 벌이면서 시간은 흘러갔다. 대책이라고 내놓은 무리한 공법이 완전히 실패하게 되면서 반구대 암각화의 보존은 불투명하게 되었다.

반구대 암각화는 그 당시 사람들의 고래에 대한 빼어난 통찰력과 놀라운 예술적 표현력을 담아서 사료적 가치뿐만 아니라 선사 예술에서 보기 드문 걸작으로 평가되고 있는 예술 작품이기도 하다. 오늘날의 예술 테크닉으로도 흉내 내기 힘든 생동감 넘치는 윤곽선으로 모든 생명체의 특징을 실감나게 묘사한 사냥 미술인 동시에 종교 미술이기도 하였으며 선사 시대 사람의 생활과 풍습을 알 수 있는 최고의 걸작품이다. 이러한 소중한 인류의 예술 흔적이 수천 년간 원형에 가깝게 전해져 오다가 인간의 무모함 혹은 무지로 50여 년 만에 원형을 찾기 어려운 상태가 된 것이다.

민석은 먼발치에서 반구대 암각화를 바라보며 아득한 그 옛날 인간의 마음에 싹튼 순수한 행위를 머릿속에 그려 보았다. 자기 마음의 본질을 직시하고 표현하려는 인류의 시도. 나의 어딘가에도 분명 그 피가 흐르고 있을 텐데. 선명하게 존재하였을 것이나 이제는 닳고 닳아서 흐릿해진 암각화처럼 지금의 그는 감각을 몽땅 잃어버리고 어디에 닿아야 할지 모르게 되었다.

바다 위에서 고래를 직접 만지고 고래와 같이 수영을 하는 턱없어 보이는 일이라도 꿈꾸고 싶다. 잘게 조각난 나는 무엇으로 다시 이어 붙여질 수 있을까. 땅에서 멀어지며 흩어진 감각을 되찾고 싶다. 그래서 생생하게 살아 있고 싶다.

내 인생을 지금 여기에서부터 다시 시작할 수 있을까? 어딘가에 박혀 있을 부서진 조각들을 찾아 새로운 인간으로 거듭날 수만 있다면 말이다.

그 누구에 의해서가 아니라 온전히 자기 두 발로 서 본 사람만이 누릴 수 있는, 자기 생각의 힘을 끝까지 밀고 나간 자만이 누릴 수 있는 '살아 있다'는 바로 그 느낌. 민석은 그 마음을 가지고 싶다.

그동안 옭아매었던 삶의 불순물을 걸러내고 삶의 순도를 높이고 싶다. 깊은 곳에 잠들어 있는 마음을 흔들어 기지개를 켜는 순수 야성이, 억누를 수 없는 힘으로 어느 정점의 순간에 도달하는 모습을 보고 싶다.

자유로이 활보하는 마음과 몸. 닫힌 자아가 아닌 열려 있는 유동적인 자아. 그가 도달하려는 것은 과거로의 회귀가 아니었다.

민석은 반구대 암각화 앞에서 현재의 그를 뛰어넘으라는 명령을 내리고 있다. 과거와 현재와 미래가 연결된 세계를 마주하는, 자신의 본질에 바짝 다가간 인간으로 거듭나고 싶다. 그래야만 한다. 난생처음으로 필사적이고 절박한 자신을 느꼈다. 반구대 암각화는 그런 민석의 무의식을 건드리고 무언가 직감하도록 만들었다.

마침 근처에 있는 사월당을 마주치고는 망설임 없이 프로젝트 실험에 참가자로 나섰다. 그는 새로운 세상에 접속하면서 다시 태어나는 것을 꿈꾸었다.

그때까지 승주는 그가 그곳에 있는지 까맣게 모르고 있었다.

10

장민석은 사립 고등학교 지리 교사였다.

승주가 직장을 그만둔다고 했을 때 그는 이상한 조바심이 들었다. 승주보다 자신이 먼저 일을 그만둘 것이라 생각했기 때문이었다. 승주가 사표를 던진 것을 알고는 허겁지겁 연수 휴직계를 내었다. 아내와 엄마에게는 유학을 준비하겠다고 대충 둘러대고 성城으로 내려왔다. 물론 유학은 핑계일 뿐이고 학교로 다시 돌아갈 생각도 없었다.

그는 교육에 뜻이 있거나 학생들에게 애정을 가진 타입의 교사가 아니었다. 교육에 열정을 가지고 출발한 교사들의 경우 시간이 지나면 회의감과 매너리즘에 빠진다. 그들이 허우적거리고 있을 때 그는 처음부터 매너리즘을 장착한 일관성 있는 사람처럼 보이기도 했다. 민석은 교사직

유려한 장편소설

이 자신과 어울리지 않고 맞지도 않는다는 것을 스스로 잘 알고 있었다.

지리 교사. 지리 교사의 역할은 학생들을 데리고 지리를 알기 위해 밖으로 나가는 일이 아니었다. 건물 안에 갇혀서 시험 문제를 만들고 입시 대비 문제 풀이 수업을 계속하는 일이었다. 그의 바람대로 자유롭게 어딘가 돌아다니기는커녕 학교 밖에서 학생이나 학부모가 그를 알아보고 "장민석 선생님!"이라고 부르기라도 하면 그 자리에서 돌처럼 굳어 버렸다.

말 하나, 행동 하나 쉬운 것이 없었다. 잘해도 욕먹고 잘 못해도 욕을 먹는 일이 교사였다. 수업이 끝나면 단거리 육상 선수처럼 학교를 빠져나가 그 근처에는 얼씬도 하지 않았고 아무도 그를 알아보지 못하는 한적한 곳만 골라 다녔다. 감시와 관련 없는 삶을 살고 싶었으나 감시자의 위치에서 학생들의 야간 자율 학습 감독을 수행해야 했다.

그는 자유롭고자 택한 일에 지독한 판단 오류가 있음을 교사가 되어서야 알았다. 교사가 쉬울 줄 알고 만만하게만 보았던 것이다.

민석이 이 일을 그만두어야겠다고 결심하게 된 결정적인 계기가 있기는 했다. 승주가 한참 불임으로 괴로워하고 있을 때 그가 맡은 반 학생이 학교 집단 폭력으로 자살한 사건이었다.

학생은 교문에 목을 매었다. 그리고 교문에 유서를 여러 장 붙여 놓았다. 이른 아침에 등교하던 당번 교사가 이를 발견해 경찰에 신고했고, 등굣길에 목격한 여학생 몇몇은 그 자리에서 졸도했다.

그 사건으로 한동안 경찰 조사를 받느라 집에 들어올 수 없는 날이 대부분이었다. 승주와 엄마에게는 갑자기 다른 교사의 보직을 맡게 되어 일이 많다고 둘러대고는 비밀로 했다. 집에서 알면 난리일 것이 뻔했다. 무엇보다 같은 업계에 있는 힘 있는 송 여사가 알게 되면 자기 의사도 묻지 않고 어떤 식으로 손을 쓸지 몰라 엄마에게 소식이 닿지 않도록 신경을 곤두세웠다.

경찰서를 들락날락하면서 교육청에 들어갈 보고서를 작성했다. 피해자와 가해자 학생들의 부모를 만나고 교장실에 불려가 이 사건을 어떻게 처리할 것인지 하루에도 몇 차례 훈계와 회유, 협박을 들었다. 민석은 가해자 학생들을 경찰에 넘기고 선도위원회를 열어 어떻게 처벌할 것인지 결정하는 자리에 죄인처럼 앉아 있었다.

"네가 그러고도 선생이야? 자격이 있어?"

민석은 그 자리에서 피해자 아버지에게 멱살을 잡히고 주먹으로 얼굴을 몇 차례 맞았다. 천장이 거꾸로 뒤집혔다. 맞으면서도 자기가 정말 선생인지, 선생 자격이 있는지 생각하느라 민석은 아무 말도 하지 못했다.

가해자 부모들은 피해자 부모에게 더 이상 밖으로 일이 퍼져 나가지 않도록 섭섭하지 않은 사례금을 주는 선에서 적당히 해결되어 끝나기를 바랐다. 민석도 낮은 풀처럼 바짝 엎드려 자기 위로 세차게 부는 바람이 지나가기를 바랐다. 사람들은 금방 잊으니까 어떻게든 기다리면 묻힐 사건이라고 생각하면서.

점차 그런 기미가 보이는가 싶다가 평소 그에게 반감을 가지고 있던 기자 출신 학부모가 언론사에 제보했다. 가라앉으려던 일이 몇 배로 커졌다. 그의 일상에는 언론의 취재를 피해 도망다니는 일이 하나 더 추가되었다. 결국 그 사건은 방송 3사 9시 뉴스에 크게 보도되었고, 학교는 쑥대밭이 된 교내 분위기를 수습하고 쉬쉬하느라 살얼음판이었다.

자살한 학생은 매일 꿈에 그를 찾아왔다.

"선생님, 왜 저에게 관심을 안 주셨어요."

민석은 아무 말도 못 했다. 그 학생은 다음 날 밤 꿈에서도 일그러진 얼굴을 한 채 어김없이 교실 문을 열고 들어왔다.

"…"

민석이 아무 말도 하지 못하자 학생이 입을 뗀다.

"선생님, 제가 만나 달라고 하면 매번 바쁘다고 나중에 보자고 하셨죠. 저는 잠깐이면 되었는데…"

무어라 말하고 싶어서 입을 떼었는데 목소리가 나오지 않는다. 말을 하려고 안간힘을 써 보았지만 소용이 없다.

"선생님, 선생님은 왜 제 선생님이셨어요."

민석은 괴로워하면서 소리를 지르다 꿈에서 깼다. 가슴이 꽉 막혀서 숨을 쉴 수 없다. 그동안 감춰 온 불온한 자신의 속마음을 용케도 알아보고 세상이 보란 듯이 이런 일을 앞에다 던져 놓은 것 같다.

더 이상 자신이 있을 곳이 아니라고 생각했다. 몸에 맞지 않는 옷을 입고 있는 것은 할 짓이 아니었다. 이 자리가 간절한 사람에게 기회를 주는 것이 맞다고 생각했다.

교사는 이미 직조된 삶에서 그가 취할 수 있는 최선의 적당한 어느 지점이었다. 그는 응당 그러한 집안의 분위기를 뒤집을 힘도, 그럴 의지도 없었으며, 무엇보다 편하게 살고 싶었다. 그래서 교사를 택했다.

아버지의 대형 병원을 물려받을 수도 있었지만 그것은 그에게 엄청난 피곤함을 몰고 오는 일이었다. 그는 일찌감치 그의 그릇을 알았다. 의사가 될 머리도 없거니와 거대한 의료 비즈니스에 뛰어들어 대차게 운영해 볼 인물은 더욱 아니었다. 공부도 운동도 다른 무엇에도 흥미가 없었고 그냥 학교를 다녔다.

집안 어른들은 모이기만 하면 당연히 민석이 아버지 일을 물려받을 것이라 말했다. 그에게는 크나큰 압박이었다. 자신을 향해 쏠려 있는 기대를 산산조각 깨 버릴 언젠가를 조용히 기다렸다. 동생들이 알아서 기대를 채워 주기를 바라면서.

공부에 전혀 소질이 없음을 눈치챈 엄마가 "너는 도대체 나중에 뭐 될래?"라고 물을 때마다 어릴 적에는 "아무것도 안 될래, 엄마."라고 응수했고, 중학교에 가서는 "엄마가 하는 일이 좋아 보여요."라고 대충 대답했다. 아버지보다는 그래도 엄마의 일이 쉬워 보였고, 무엇보다 엄마는 나를 아무렇게나 내버려 두지 않을 확실한 보증 수표였다. 그렇다면 엄마의 말을 잘 듣는 자식이 되어야 했다. 말을 잘 듣는 것인지는 몰라도 그럴싸하게 보이는 데 성공한 듯했다.

그는 친가와 외가 양쪽에서 일구어 놓은 재력과 정치, 경제계를 주름잡는 어마어마한 빽을 가지고 어른이 되면 돈 많은 한량으로 살고 싶었다. 실제로 그것이 가능하기도 했다. 그러나 대대로 내려오는 엄격한 집안에 장손으로 태어나 아쉽게도 그런 삶은 용납되지 않았다.

장민석의 집안이 돈만 많은 졸부였다면 그의 이야기가 완전히 달라졌겠지만 그런 일은 일어나지 않았다. 남의 이목을 중요시하는, 소위 말하는 뼈대 있는 집안이니 놀아도 명함이라도 하나 있어야 할 팔자였다.

그의 아버지가 어떤 사람인지 아는 사람들은 그를 경외의 눈빛으로

유려한 장편소설

처다보았다. 그리고 밑도 끝도 없이 그에게 잘 보이고 싶어 하면서 그가 요구하지 않아도 좋은 것들을 알아서 가져다 바치고 알아서 기었다. 그는 친절과 호의를 받는 데 익숙한 인간으로 성장하여 어딜 가나 대접받는 것이 당연하다고 생각했다.

그의 어머니가 무엇을 하는 사람인지 사람들에게 말했을 때 사람들은 "어머니를 닮아서 착하고 모범적인 학생이겠네." 같은 말들을 아무렇지 않게 던졌다. 민석은 처음에는 아니라고 반응하고 싶었지만 사람들이 그의 대답에 관심조차 없다는 것을 알았다.

그들이 민석에게 이런저런 프레임을 씌워 놓을 때 그는 우물쭈물 입만 씰룩대다가 결국 대답하는 일을 그만두었다. 사람들의 아첨과 경외의 말들에 점차 취하기 시작하면서는 본인 스스로 부모의 자리에 있는 사람처럼 행동하기도 했다.

그런 그에게는 어딘지 모르게 엉뚱한 면이 있었는데, 한 번은 이런 일이 있었다.

어린 시절, 친구들의 꿈을 발표하는 수업 시간이었다. 너도나도 손을 들어서 대통령이다, 의사다, 소방관이다, 과학자다, 이런 종류의 직업들을 말하고 있을 때 민석은 아무 말도 하지 않았다.

"민석이도 꿈을 말해 볼까?"

심드렁하게 앉아 있는 민석을 발견한 새내기 담임 선생님이 방긋 웃으며 친절하게 물었다. 그때 민석은 "한량이요."라고 대답해 담임 선생님의 눈을 휘둥그렇게 만들었다.

도대체 어디에서 주워들은 것인지 '한량'이라는 말을 천연덕스럽게 내뱉었을 때 친구들은 서로 한량이 무어냐고 물으며 웅성거렸다. 아무도 그 뜻을 모르자 그들 사이에서 장민석의 꿈은 잘 모르는 것쯤이 되어 버렸다. 담임도 그 뜻을 해석해 주지 않았으며 더 이상 그에게 묻지 않았다. 민석은 조용히 썩소를 날렸다.

장민석은 무엇에도 이렇다 할 관심을 보이는 일이 없는, 한마디로 무채색 같은 아이였다. 그가 어떤 아이인지에 대해서는 교사들 사이에서 의견이 엇갈렸는데, 때로는 내성적이고 소심하며 부끄러움이 많은 아이 정도로 잘못 진단되어졌다.

그것은 그가 청소년기가 되어도 마찬가지였다. 있는 듯 없는 듯하면서도 어디를 잘 돌아다녀 자리를 자주 비웠다. 처음에는 주의 집중력이 부족한 아이인가 의심을 받았지만 꼭 그렇지는 않았다. 민석은 어떻게든 되겠지 하는 태도로 학교생활을 했다. 그래도 아무런 문제가 되지 않았다. 학창시절을 떠올리면 딱히 기억에 남는 일도 없다.

한 가지 일관된 것은 그가 따분하고 시시한 현실을 벗어나기 위해 맨 뒷자리에서 무협지나 추리 소설 같은 것을 하루 종일 읽어 선생들에게 여러 번 지적을 받은 것이다. 그는 선생의 지적에도 아랑곳하지 않고 소설을 탐닉하는 일을 멈추지 않았다. 그렇게 해도 송경애의 입김 한 번에 교사들은 더 이상 그를 제지하지 못했다. 민석은 이를 알고 적재적소에 이용했다.

그러나 자신의 부모가 살고 있는 굴레를 박차고 벗어날 방법을 알기에는 그의 시야가 아직 넓지 못했으므로 부모가 정해 놓은 길을 그저 순순히 따라갔다. 그도 알고 있었다. 엄마가 자신에게 준 것은 사랑과 관심이 아니었다. 남들 눈에 어떻게 비추어지느냐가 중요했다. 특히, 부모의 명예에 먹칠하지 않는 일. 그래서 오래전부터 가족에게서 진정한 사랑을 받는 것이 무엇인지 알아채기를 포기하고 있었는지도 모르겠다.

그의 삶에서 거의 모든 것이 허용되는 듯 보였으나 그것은 부모가 심어 놓은 착각의 장치였고, 사실상 그가 실제로 선택할 수 있는 일은 거의 없었다. 그의 꿈 한량은 결코 허용되지 않는 것이었으며 신기루처럼 남게 되었다. 그는 내면에 은밀한 꿈을 숨겨두고 아무도 모르게 조용히 집착했다.

송경애는 대책 없는 장남 민석만 생각하면 열불이 나는 마음을 누를 길이 없었다. 때로는 자신이 잘못 낳은 아이처럼 느껴졌다. 무엇 하나 부족할 것 없는 내가 왜 이런 죄책감을 느껴야 하는지. 남편도 시원치 않은 와중에 민석의 일까지 더해 속으로 분노를 삼키곤 했다.

아들은 얌전히 말을 잘 듣는 것 같다가도 어딘지 모르게 꺾을 수 없는 고집이 있었는데 실체 없는 고집을 누르는 것은 그녀에게도 은근히 어려운 일이었다. 보는 눈이 많아서 밖으로 내색할 수 없었기에 다소 기이한 행보를 보이는 민석에 대해서는 매번 적당히 둘러대며 빨리 대학에 보내 버릴 날만 학수고대했다. 대학 이후의 과정은 주변 사람들이 비교적 덜 물어보기 때문에.

장민석의 대학 진학을 두고 고심한 송경애는 성적이 좋지 않은 장민석을 특별 전형을 통해 어울리지도 않는 사범 대학에 보냈다. 거기에는 송경애의 집안이 한몫했다. 민석의 외가에게 서울 상위권 대학에 그의 입학 자리 하나쯤 만들어 주는 것은 일도 아니었다.

그렇다면 그가 많은 교과 중에서 왜 지리 교과에 갔는지 궁금해할 독자들을 위해서 조금 더 설명해 보겠다.

민석이 지리교육과를 간 것은 당연히 지리에 관심이 있어서가 아니었다. 그에게 주어진 선택지 안에서 지리교육과는 그나마 한량처럼 여기저기 돌아다닐 수 있을 것 같아서였다. 지도를 펼쳐 놓고 여기를 가고 저기를 가고 이런 일들을 하는 곳일 것이라 생각했다. 미지의 공간을 선점하는 상상은 잠시나마 그를 짜릿하게 만들었다.

민석은 적당히 대학을 졸업하면 엄마가 괜찮은 사립학교에 알아서 꽂아 줄 것을 알고 있었다. 아니면 여행 사업이라도.

그러나 교육계 학자 집안에서 태어난 보수적인 엄마가 여행 사업 판을 만들어 줄 리 없다.

그는 무엇을 할지 알았다. 모든 것이 결정되어 있는 심심한 인생에서 어떻게든 비집고 나갈 틈을 만드는 것은 이후일 것이라고 생각했다. 학교 선생 생활을 적당히 되는 대로 하다 보면 탈출할 수 있는 타이밍을 노릴 수 있지 않을까.

*

송경애는 교육부 장관이었던 아버지의 뜻을 이어받아 교사가 되었다.

잘나가고 힘 있는 친오빠들과 비교한다면 상대적으로 그녀는 매우 소박한 삶을 살고 있었다. 그녀는 유복한 가정 환경 속에서 부족함 없이 자랐고 부모님의 기대에 어긋나지 않는 어린 시절과 청소년기를 보냈다.

유려한 장편소설

대학 진로를 결정할 시기에는 어린아이들이 다루기 쉬울 것 같아 당시 국민학교 교사를 택했고 박사 학위는 따지 않았다.

그녀가 박사 공부를 하지 않은 것을 두고 옆에서는 말들이 많았다. 집안 배경이 좋으니 얼마든지 탄탄대로가 보장될 텐데 왜 그녀의 아버지처럼 정부 요직으로 진출할 생각이 없는지, 또는 왜 대학 교수를 하지 않는지 물어볼 때마다 자신은 그런 욕심은 없고 현재로도 충분하다고 손사래 쳤다. 그렇게 말할 때마다 송경애는 마음속으로 반은 맞고 반은 틀리다고 생각했다.

사실 그녀는 별 생각이 없었다. 더욱이 학문이라는 것에는 뜻이 없었다. 교육부 장관이 되느니 장관의 아내가 되겠다는 쪽이었다.

그녀는 학창 시절에 꿈을 물으면 현모양처가 무엇인지도 정확히 모르면서 우선 현모양처라고 말했다. 자신도 어머니처럼 아버지를 내조하는 전업주부가 되려고 했다.

그러나 미래는 여성이 리더인 시대가 될 것이라며 여자도 배워야 한다는 아버지의 말이 곧 법이었다. "막내 경애는 교사가 되는 것이 어떻겠느냐."라고 아버지가 말했을 때 그녀는 바로 알겠다고 대답했다.

송경애는 부모님과 충돌하거나 갈등을 일으키지 않고 어른들 말씀에 이의를 달지 않는 적당주의 삶의 길을 걸어왔다. 그녀는 그렇게 하는 것이 옳다고 믿었다. 이것은 그녀에게 의심의 여지가 없는 일종의 법질서 같은 것이었다. 그녀가 어린 시절부터 입 밖으로 말하는 자신의 생각은 곧 아버지의 생각이기도 했다.

송경애가 속한 세상은 우주의 코스모스 세계처럼 질서정연하고 안전한 세계였으나 어디까지나 일정 테두리의 담벼락에 안에 놓인 것이었다. 그 담벼락 너머로 무엇이 있는지 그녀는 짐작조차 하지 못했다. 그 담벼락을 스스로 인지하고 벗어날 기회를 가지지 못한 것이 문제라면 문제였다.

그녀를 지배하는 안전한 세상은 그녀가 결혼 후 세상을 정면으로 마주하면서 본격적으로 벌거벗겨지기 전까지는 별 탈 없이 유효했다. 그 유효 기간이 지나 버렸을 때 그녀는 이전 삶에는 없던 혼돈 속에서 삶의 규칙과 규율을 찾고자 무던히 노력하였다. 그러나 그 어떤 것도 찾을 수 없었으며 혼란만 가중되었다.

다시 말해서 그런 종류의 것은 애초에 없다고 하는 편이 맞았다. 송경애는 인생의 카오스를 어떻게 받아들여야 할지 배워 본 적이 없었고 그저 시간이 흘러가는 대로 살았을 뿐이었다. 그녀 스스로 자신의 삶을 곱씹어 보았다. 심플하지만 이상하리만큼 딱히 맥이 잡히지 않는, 제목 없는 긴 서사시 같았다.

송경애는 서울 성북구의 어느 초등학교 교장으로 지내면서 정년이 차기를 기다리고 있었다. 그러다가 불현듯 지방으로 특별 발령 신청을 내 시골의 어느 초등학교 교장으로 갔다. 그 이유에 대해서는 그 누구도 뚜렷하게 알지 못했고 그녀가 오랜 시간 머물렀던 성북구에는 무성한 소문만 돌았다.

그러나 그녀는 지난 삶의 숱한 사건들을 통해 소문에는 굳건하고 의연하게 처신할 수 있었다. 또한 그녀 역시 한때는 셀프 소문 생성 유발자였기 때문에 소문은 소문일 뿐이라는 뻔뻔한 얼굴도 겸비하고 있었다. 송경애는 사람들이 앞에서는 좋은 얼굴을 하고 뒤에서는 험담하는 것을

유려한 장편소설

알았지만 언제나 그랬듯 더 고개를 빳빳하게 들고 우아하고 침착하게 행동했다. 그러면서도 자신을 둘러싼 소문에 대해 남몰래 신경을 쓰면서 뒤로는 소문의 진상을 끝까지 파헤쳐 누구의 입에서 어디까지 어떤 이야기들이 나왔는지 지독하리만큼 알아내었다. 소문의 진상을 안 이후에 그 이상으로 어떤 행동을 취하지는 않았다. 하지만 어떤 식으로든 반드시 복수했다.

송경애가 새 학교에 발령받아 출근해서 하는 일이라고는 아침에 학교 전체를 산책하듯 한 바퀴 돌고, 바닥에 쓰레기가 있으면 지나가는 학생에게 버리라고 시키고, 교사들이 업무를 보고하면 근엄하게 고개를 끄덕이고, 마음에 들지 않는 부분은 손으로 까딱까딱 지시하는 일이었다.

새로 부임한 시골 학교는 전교생이 50명 남짓 되었다. 전 학교 구성원이 서로의 이름을 모두 알고 있었으며 동네가 좁았기에 속속들이 서로의 사정을 잘 알았다. 이 동네의 어린이들은 해마다 큰 폭으로 줄어서 시내의 학교로 전학을 가거나 옆 도시로 거주지를 옮기곤 했다. 머지않아 폐교가 되거나 통폐합될 학교의 명단에 오른 곳이기도 했다.

몇 년 전에는 다문화 가정 학생들이 이 마을로 유입이 되어서 학교 분위기가 간신히 살아나는가 싶었다가 어느 순간부터 더 이상 늘지 않았다. 그나마 있던 다문화 학생들은 곧잘 자취를 감추어 더 이상 보이지 않기도 했다.

이 조용한 시골 동네에 어떤 심각한 사건이 일어날 일은 없어 보였기에 조례 시간에 주기적으로 괜찮은 레퍼토리만 반복 재생해 주면 그것으로 송경애의 일과는 충분했다. 한국에서 초등학교 교장만 한 꿀 직업은 없으리라 생각하면 괜히 뿌듯해졌다. 송경애의 나이에 사회적으로 인정과 대접을 받고 정년을 채우면 꼬박꼬박 연금도 나오니 이만하면 부족할 것 없는 삶이었다.

물론 요즘 초등학생은 그녀가 젊은 시절 만났던 초등학생이 아니라서 서울에서는 놀랄 만한 대형 사고도 심심치 않게 터지고 아이를 잘못 대했다가는 학부모들이 찾아와 난동을 피운다. 그러면 하루라도 빨리 교직 생활을 털어내고 싶기도 했다.

그러나 그녀의 삶에 일이 있었던 것은 그나마 다행이었다. 그것마저 없었다면 어떻게 살아왔을지 상상조차 하기 싫었다. 그녀의 자존감을 채워 주고 다시 일어서게 하는 것은 결국 일이었기에 그녀는 교사 생활에 무심한 듯하면서 한편으로는 다소 집착하였다.

그녀가 상급자로 진급해서도 작은 일까지 일일이 신경 쓰면서 교사의 업무를 하나씩 지적하고 개입하기 시작하면 다른 교사들은 혀를 내둘렀다. 피가 말랐다. 교사들은 송경애가 SNS를 하지 않아서 그들의 사생활을 감시하지 않는 것이 어디냐면서 서로를 위로하곤 했다. 그녀가 SNS를 하는 것은 곧 재앙이었다.

송경애가 오게 된 남쪽의 시골 학교는 정말이지 어느 구석 하나 그녀와 어울리는 것이 없었다. 그러나 그렇기에 새로웠고, 그 새로움은 그녀에게 이전에 없던 에너지가 되었다.

그녀는 교사 인생의 마지막 즈음에 이런 삶을 사는 것도 나쁘지 않다고 생각하기 시작했다. 그녀가 학교를 옮긴 것이 원한 것이든 그렇지 않은 것이든.

유려한 장편소설

지방으로 떠나기 전날이었다. 남편과 연락이 닿았다.

"송 교장, 어디서 뭐하십니까?"

"저 지방으로 갑니다. 서울 집은 빼 버렸으니 알아서 하시구요."

"하⋯. 이 냉정한 양반. 그렇다고 집까지 빼 버릴 것까지야⋯. 내가 계속 중국에서 살 것도 아닌데⋯. 그러면 안 되지."

"내가 당신 집 없어서 거지 되는 것까지 걱정해야 할 만큼 당신 팔자가 그렇게 궁해 보이지는 않네요."

"나중에 통화하지. 막내나 중국으로 보내든가. 여기 국제 학교 보내면 애한테도 좋지 않겠어요."

"하, 언제부터 막내 신경을 쓰셨나요. 막내가 당신이랑 있으면 어디 제대로 먹고 지내기나 하겠어요? 아버지 얼굴은 사진 보고 아는 애인데."

송경애는 그 말을 마지막으로 전화를 툭 끊어 버렸다.

송경애의 남편은 서울 강남에서 유명하고 잘나가는 '장재필 산부인과' 의사였는데, 신통방통하게 한국 저출산 문제를 10여 년 전쯤부터 예견한 것으로 해 두고 미련 없이 산부인과를 접어 버렸다. 그리고 중국에서 새로운 사업을 한다는 소문이 산부인과 업계에 한 차례 돌았다.

처음에는 잘나가는 병원을 접는 것에 대해 무수한 말들이 더해졌다. 그러나 나중에 그의 예견이 보란 듯이 적중했기 때문에 주변에서는 그가 미래를 바라보는 통찰력과 탁월한 사업가적 안목을 지녔다는 말이 정설처럼 돌았다.

사실상 중국에서 뾰족하게 무언가 하는 것도 없고 그를 최근에 본 사람도 없어서 사업의 뚜렷한 결과를 아는 이는 아무도 없었다. 그럼에도 그에게는 성공한 사업가의 이미지가 저절로 덧씌워졌다. 어느 순간 그를 둘러싸고 그렇다더라 하는 종류의 영웅적이고 신화적인 이야기가 사실처럼 자리매김했다.

그는 비슷한 시기에 산부인과를 개업해서 간신히 명맥을 잇고 않는 소리를 내는 동료들에게 부러움의 대상이기도 했다. 실로 전국의 농어촌을 중심으로 이미 산부인과 시스템은 무너져 버린 지 오래고, 저출산에 의한 경영난으로 인해 뾰족한 대책이 없는 산부인과 몰락의 시대가 도래한 것은 누가 보아도 자명한 일이었다. 저출산 시대가 될 것이라는데 모두가 손을 놓고 있다가 심각해졌을 뿐이고 그 이후에도 별다른 방법이 없기에 애써 외면하고 있을 뿐이지.

그 필연적인 흐름 속에 송경애의 남편은 기막히게 절묘한 타이밍을 타고 날았다. 그리고 남들에게는 큰 수익을 낸 병원 사업으로 꽤 훌륭하게 마무리를 지었다.

하지만 사실 그런 심각한 이유 때문이 아니었다. 병원에서 근무하던 돌싱 간호사와 제대로 늦바람이 났기 때문이었다.

민석이 고등학생이었을 때 장재필은 병원 문을 닫고 새 애인과 중국으로 가 버렸다. 장재필이라는 이름도 바꿔 버리고 아무도 모르는 중국의 어느 곳에서 애인과 알콩달콩 '사랑하며' 살기 위해서. 사랑이 무엇인지 깨달았다며 송경애에게 달랑 문자로 통보하고는 집을 나가 버렸다.

송경애는 남편의 내연녀를 찾아가 따져 묻기도 하고 어르고 달래기도 해 보았으나 그녀에게 돌아온 말은 "우리 선생님 관리 좀 잘하시지 그랬어요."라는 소위 막장 드라마의 대사 같은 것이었다. 남편과 돌싱 간호사

유려한 장편소설

의 늦바람 열정에 지금껏 이렇게 저렇게 굴러온 마누라는 아무것도 아닌 것이 되어 버린 상황은 그녀를 무기력하게 만들었다. 그 이후 더 이상 찾아가지 않았다. 물론, 이러한 비하인드 스토리는 지금까지 송경애만 알고 있다.

사실 장재필이 지금까지 번 수입의 대부분은 신생아 출산과 관련된 것이라 말하기 어려웠다. 젊은 시절, 그러니까 산부인과 운영 초창기에는 비밀리에 불법 낙태를 잘 해 주는 병원으로 암암리에 유명했다. 그 당시 남아 선호 사상이 뚜렷하여 여아를 낙태하거나 집창촌 여성들이 낙태를 하러 오는 일이 다반사였다. 병원을 접기 전 최근까지는 VIP나 연예인 대상 프로포폴 투약, 고급 산후 조리원, 출산 여성 몸매 관리 전문 에스테틱 운영으로 전환하였으며, 그는 이것으로 남부럽지 않게 짭짤한 수입을 올렸다.

어쩌면 그는 윤리적인 모든 것을 떠나서 사업 수완만큼은 정말 남다른 의사였는지도 모른다. 돈이 될 만한 것은 기가 막히게 냄새를 맡아 선점했고, 그의 비즈니스적 감각은 통장에 찍히는 숫자들이 정직하게 증명해 주었다.

송경애의 남편은 곧잘 "돈은 거짓말을 하지 않아."라고 말하곤 했다. 남편이 어떻게 한 것인지 알 수 없으나 병원 내부에서는 비리에 대한 입단속이 철저했다. 바깥에서 존경받을 만한 의사로 포장되는 데도 성공했다.

여기에는 남편의 기막힌 이미지 메이킹이 한몫했다. 그는 입을 열기 시작하면 주변에서 모두가 철석같이 그렇게 믿게 만드는 재주가 있었다. 그의 실상을 아는 송경애와 자식들, 소수의 몇몇을 제외하고는.

남편이 이미지를 대단히 중요하게 생각하는 사람이라는 것을 처음으로 알게 된 것은 사진을 찍을 때였다. 그는 사진을 찍지 않을 때에는 만사 귀찮은 표정으로 있는 것이 습관인 사람이었는데, 사진을 찍을 때만큼은—갑자기 온 근육이 노래하는 것처럼—큰 미소를 그리며 입꼬리를 눈까지 있는 대로 끌어올렸다.

　송경애는 그 남다른 장면들을 남몰래 목도할 때마다 남편이 광대 같다고 생각했다. 남편의 사진을 모조리 모아 놓으면 정말 늘 사진대로 미소 짓고 있는 사람처럼 보일 지경이었다. 병원을 방문한 사람들이 남편의 사진을 보고 "장 선생님은 미소가 정말 멋지세요." 할 때마다 송경애는 떨떠름한 미소로 '미소는 개뿔.'이라고 말하고 싶은 것을 간신히 누르고 참았다. 남편의 미소 박힌 얼굴 사진은 사방팔방으로 널리 퍼져 나갔다.

　남편이 잘하는 일이 있다면 잔머리를 굴리는 것이었다. 특히 위기의 순간, 즉 들켜서는 안 될 순간에 그럴듯하게 둘러대는 탁월한 능력이 있었다. 아무것도 모르는 순진한 송경애가 남편이 머릿속에서 계산기 두드리는 소리를 알아내기까지는 적지 않은 시간이 걸렸지만, 이제 그녀는 남편을 보지 않고도 손바닥에 올려 훤히 들여다보는 경지에 이르렀다. 이것은 그동안 남편이 벌여 놓은 일들을 뒤에서 부지런히 수습하느라 생긴 깡 같은 것이었다.

　남편은 행동보다 말이 훨씬 앞서는 사람으로 일단 내뱉고 보았다. 그러면 송경애가 친정의 힘을 빌려 남편이 구멍 낸 것을 뒤에서 잘 막아냈다. 그 덕분에 남편은 바깥에서 사업가적 감각이 있는 대단한 의사 양반으로 둔갑했다.

가끔은 그녀 역시 잔머리를 굴리는 남편이 대단해 보이기도 했다. 사기꾼인 듯 사기꾼 아닌 사기꾼처럼 입을 터는 것은 이 세상 누구에게도 지지 않을 듯했다. 아마 낯간지러운 말을 잘하는 이탈리아 남자들 사이에서도 살아남을 것이 확실했다.

남들에게는 존경받는 의사 선생이라 불리지만 자신에게는 알맹이도 없고 아무 소용없는 장재필을 보면서 그가 가끔 불쌍하게 생각될 때도 있었다. 도가 트이면 연민의 정까지 느껴지는 것일까. 자신의 잔머리가 생각만큼 먹히지 않으면 아쉬워하고 안타까워하는 모습이 인간적으로 보일 때도 있는 것이었다.

송경애의 남편은 언젠가 『산부인과 의사가 말하는 이제는 여성 시대』라는 책을 낸 적이 있다. 책의 서문에는 '주변에서 계속 책을 낼 것을 권유하여 그동안 신문에 써서 낸 칼럼과 몇 편의 에세이를 묶어 수줍게 내놓는다.'고 적어 놓았다. 그녀는 '수줍게'라는 문구를 보고 기가 막혀 헛웃음을 터뜨렸다. 그 책은 남편이 그다지 알려지지 않을 때 낸 것이었는데, 출판사에 다니는 사촌에게 끈질기게 출간 구애를 한 끝에 간신히 얻어낸 결과물이었다.

송경애는 남편이 어느 순간 유명해지고부터 아침 주부 대상이나 저녁 프라임 시간대의 방송 프로그램에 나와 '여성의 권리와 행복', '미래는 여성 시대'와 같은 강연을 할 때마다 이가 갈렸다. 방송 관계자들과는 언제 또 친분을 쌓았는지 유명 프로그램 투입도 쉽게 되었다.

대체 어느 구석이 명사인지 모르겠으나 그녀의 남편은 명사 초청 특강 섭외 1순위로 승승장구했다. 언젠가는 인기 예능 프로그램도 접수한 산부인과 의사라고 대문짝만 하게 여성 잡지에 소개되기도 했다. 그런 것을 접하고 병원에 찾아오는 여자 고객들이 많아졌으며, 별다른 일 없이 호기심에 산부인과를 방문하는 사람들도 많았다.

처음에는 장재필이 TV에 나오는 것이 꼴도 보기 싫어서 전원을 꺼 버리거나 채널을 돌려 버렸다. 그러다가 뭐라고 하는지 알아야 다른 사람들이 물었을 때 대답할 수 있을 것 같기도 하고 자신도 약간은 궁금해지기도 해서 유심히 보기 시작했다.

"…여러분. 우리 여성분들이 얼마나 연약하고 또 그러면서도 강인하고 아름다운 존재입니까. 남자들은 모두 로맨티시스트가 되어야 할 필요가 있어요. 그 로맨티시스트는 감정적으로 공감할 수 있는 감수성과 다정함, 섬세함을 지녀야 합니다. 여러분의 남편, 애인은 어떤 사람입니까? 여러분은 현재 그런 남성들과 함께하고 있습니까? 여러분. 존경하는 여성 여러분. 여러분의 삶에서 여성의 권리를 찾으십시오. 여성이기 때문에 행복할 권리를 누리십시오. 그것이 어렵다면 여러분은 이 세상에서 아름다울 권리를 포기하는 것입니다."

요즘이라면 저런 말들은 다분히 성차별적이거나 성에 대한 편견이 있는 말로 낙인 찍혀 문제가 되겠지만, 당시만 해도 보통의 여자들은 저런 말을 멋있다고 받아들였다.

반들반들한 남편의 얼굴이 화면에 가득하다. 여자를 잘 아는 로맨티시스트 아이콘이라도 된 듯 침을 튀겨 가며 말하는, 산부인과 의사라는 남편이 낯설다. 저 사람은 과연 내가 아는 사람인가. TV에 나오는 그가 아는 사람인 것 같기도 하고 모르는 사람인 것 같기도 했다. 어떤 방청객

이 노트에 남편의 말을 열심히 받아 적는다. 깨달음이라도 얻은 듯 단체로 고개를 끄덕이는 모습이 카메라에 잡혔다.

"저… 입만 살아서 말 같지도 않은 말을…."

저절로 그런 말이 나왔다.

강연이 끝나자 MC가 흥분된 목소리로 남편에게 질문한다.

"장재필 선생님의 사모님은 행복하실 것 같아요. 그렇지요, 여러분?"

방청객 일동이 큰 소리로 입을 모은다.

"네!"

"저희에게 비결을 좀 더 알려 주시죠. 사모님과 오랜 시간 행복할 수 있는 비결이요."

"아…. 그러니까 그것은… 제가 아까 말씀드린 대로… 그게… 남성이라면 여성을… 존중하는 로맨티시스트가 되어야… 그러니까… 로맨티시스트가 되어서 여성을 사랑하고… 행복하게 만들어 주는… 그런 마음으로…."

송경애는 땀을 삐질 흘리며 더듬거리는 남편의 모습에 크게 소리 내어 웃음인지 울음인지를 터뜨렸다. 그러고는 깔깔깔 웃기 시작했다.

"엄마, 왜 그래? 뭐가 그렇게 재미있어?"

막내아들이 그녀의 기이한 웃음소리를 듣고 어느 순간 그녀 곁으로 슬며시 다가와 물었는데 그때 그녀는 무엇이 그렇게 웃긴지 아들에게 설명할 수 없었다.

"어? 엄마! 아빠다! TV에 아빠다! 아빠는 TV에서 보여. 그런데 집에서 안 보여."

송경애는 한참을 웃다가 막내아들이 "그런데 집에서 안 보여."라고 말하자 울음 섞인 웃음을 그쳤다. 그리고 단호히 말했다.

"너 태권도 학원 가야지. 학원 차 올 시간 다 되었으니까 얼른 가서 가방 챙겨."

막내아들은 엄마의 눈치를 보며 종종걸음으로 방을 나갔다.

"그래, 당신도 참 애쓴다."

클로즈업되어 화면에 가득 찬 '장 선생님'의 모습을 한참이나 멍하게 보던 송경애는 그렇게 혼잣말을 던지고는 TV 화면 속 남편의 얼굴에 침을 칵 뱉었다. 그 순간에 막내아들이 문 뒤에서 자기를 지켜보고 있는 줄은 미처 몰랐다.

엄마를 조용히 지켜보던 아이는 엄마가 도대체 무엇이 재미있어서 저렇게 웃는 걸까 생각해 보았지만 알 수 없었다. 엄마가 왜 아빠 얼굴에 침을 뱉는지도 몰랐다. 아빠는 왜 TV에서만 볼 수 있는 건지 물어보았지만 엄마는 답해 주지 않았다.

＊

장재필은 한국에서는 정직하게 살면 손해 본다는 말을 입에 달고 살았다. 그는 '요령의 중요성'과 '다가올 21세기는 이미지 시대'라는 말을 신념처럼 자식들에게 설교했다. 그리고 그 끝에는 확신에 찬 어조로 "내 말이 틀린지 아닌지 니들이 커서 어디 한번 확인해 봐."라는 말도 늘 덧붙였다.

유려한 장편소설

한번은 아들 장민석이 사춘기 중학생이었을 때였다. 아버지는 위선적이라고 말했다가 밥상이 뒤집히고 따귀를 제대로 맞은 이후로 그가 정말 위선적임을 식구들이 공식적으로 확인하게 되는 사건이 있었다.

하지만 그 이후로 장재필 역시 식구들의 눈치를 살피면서 아버지가 이렇게 하기 때문에 너희들을 다 먹여 살리는 것이라고 자신의 당위성을 설파하기 시작했다.

입을 다물어 버린 큰아들 장민석에게는 네가 잘되기 위해서 내가 이렇게 사는 것이라고, 이렇게 가열차게 돈을 버는 아버지가 불쌍하지도 않느냐는 식으로 말했고, 어떤 날에는 만취해 집에 들어와서 멀뚱멀뚱하게 눈을 비비는 막내아들에게 "남자 새끼는 한국에서 돈과 권력만 있으면 꼴리는 대로 해도 된다."고 말했다.

송경애는 옆에서 무어라 한마디 하려다가 말하는 것을 그만 거두었다. 장민석 역시 밥상 사건 이후로 아버지에게 대꾸하지 않게 되었다. 가식은 위선을 낳고, 위선은 절망을 낳았다.

송경애는 남편의 저 얄팍함이 과연 언제까지 밖에서 통할지 궁금해지는 단계에 이르렀다. 매일 줄타기하는 불안함을 지닌 채 한편으로는 밖에서 남편의 실체를 알아주길, 다른 한편으로는 남들 모르게 이대로 그냥 조용히 살 수 있기를 바라면서.

마음은 하루에도 왔다갔다 수십 번 널을 뛰었다. 그러다가 이대로 미치는 것이 아닌가 하는 생각도 들었다. 어디 가서 무엇에도 얽매이지 않고 사라져 버려 혼자 조용히 살고 싶다는 생각을 하다가도 그렇게 되면 자신이 인생 낙오자가 되는 것 같아 억울했다.

무엇보다 아이들이 걸렸다. 남편에게 보란 듯이 그의 실체를 온 세상에 다 까발려 버릴까 싶었으나 그 역시도 죄 없는 아이들이 걸렸다.

그녀는 남편이 쥐도 새도 모르게 누군가에게 납치라도 되거나 어디 가다가 콱 죽어 버렸으면 싶었다. 남편의 삶을 계속 허락해 주는 하늘을 원망하면서 교회에도 나가 보고 성당에도 나갔다가 절에도 찾아갔다.

그녀는 누구를 향해 무엇을 비는지도 몰랐다. 그저 이 지옥 같은 삶에서 벗어나게 해 달라고 간절히 되뇌었다. 하지만 그녀에게 돌아오는 답은 딱히 없었다. 그저 죽을 것 같았다.

그 이후로 용하다는 점집에 가 보았으나 무당은 "에그그그." 혀 차는 소리만 내다가 "넌 그냥 그렇게 살 팔자야."라고 했다. 무당이 그녀에게 약간의 위로를 준 것이 있다면 남편에게 신경 끄고 다른 것에 정을 붙여 재미나게 살아 보려고 애쓰라는 말이었다. 송경애는 무당 앞에서 한참을 울다가 나왔다.

그녀는 학창 시절부터 다른 사람들과 내외하면서 은근히 사람을 가렸다. 그녀를 둘러싸고는 늘 보는 눈도 많고 듣는 귀도 많았다. 그녀의 집 안의 체통을 강조했고 그녀에게도 강력히 요구된 행실이 있었다. 그랬기에 친구들과도 서먹하게 지냈고 이순이 넘은 지금까지 딱히 친구라고 말할 수 있는 사람도 거의 남아 있지 않았다. 그녀는 사람을 어떻게 사귀고 어떻게 인연을 맺는지 꽤 서툰 사람이었다.

그렇다고 친척이나 학교 동료들에게 마음을 터놓고 이야기하기는 더욱 어려웠다. 그것은 곧 자기 스스로 폭탄을 터뜨리는 일이었다. 남의 불행이 곧 나의 은근한 행복이라고 생각하는 사람들이 많다는 것을 알고 있었기에 그녀는 자기의 아픈 부분을 타인에게 드러내는 그런 일은 일절 하지 않았다.

친정 엄마가 돌아가시기 전에 어렵게 말을 꺼내 보았던 적이 있었지만, 그녀에게 돌아온 말은 그저 참고 살라는 말이 다였다. 친정 엄마는 한술 더 떠서 "여자가 이혼이라니, 네 아버지 알까 봐 무섭다."라는 말까지 했다. 송경애는 그 이후로 아주 조금 열려 있던 마음의 문을 굳게 닫아 버렸다. 그러고는 자꾸 자기 안으로만 계속해서 파고들었다.

자신이 자식들 때문에 어쩔 수 없이 참고 사는 여자라는 것을 누구보다 본인 스스로 잘 알고 있었다. 이대로 이혼하자니 30년이 훌쩍 넘는 세월이 아무것도 아니게 되어 버리는 것 같아서 이혼만은 할 수 없었다. 대신 '체념'이라는 단어를 자신의 가슴에 새겼다.

장재필도 자신을 대하는 집안의 공기를 모르는 것은 아니었다. 가정 안에서 자신의 입지를 깨닫기 시작한 결정적인 사건은 자신의 말에 한 번도 무어라 대꾸한 적 없는 장남 장민석이 아침 식사 자리에서 자신을 향해 위선적이라 말했던 일이었다.

그는 그 말도 말이지만 장민석이 분함을 이기지 못해서 주먹을 꽉 쥔 손을 간신히 억누르며 부르르 떨던 모습을 잊을 수 없었다. 그는 그때 보란 듯이 밥상을 뒤엎고 아들에게 따귀를 날리면서 생각지도 못했던 장남에게 망치로 뒤통수를 맞은 것 같아 적잖이 당황했다. 그러면서 한편으로는 지금도 덩치가 큰 아들이 앞으로 나보다 힘이 세져서 정말로 날 어떻게 할 수 있을지도 모른다고 생각하게 되었다. 그러자 간담이 서늘해졌다.

늘 강자라고 생각했던, 그리고 누군가의 위에서 군림한다고 생각했던 자신이 자기 생각대로 식구들에게 인정받는 존재가 아니었다는 것은 시간이 지나면서 더 또렷해졌다. 하지만 그것을 알았어도 무언가 되돌리기에는 시간이 너무 늦어 버렸다.

이제 와서 좋은 소리, 바른 소리 하는 착한 남편, 착한 아버지 노릇을 하자니 코미디가 따로 없었다. 가족들과 대화를 많이 하는 사이도 아니었다. 갑자기 대화를 하려고 해도 무슨 이야기부터 해야 할지 딱히 떠오르는 게 없었고, 같이 있는 그 자리가 어색하기 그지없었다. 막상 대화라고 시작한 것은 곧 잔소리로 이어졌고, 잔소리는 곧 화를 부르고 훈수를 두는 것으로 마무리되었다.

타인 앞에서나 방송 카메라 앞에서는 술술 잘 나오는 대화의 기술이 가족들 사이에서는 이상하리만큼 발휘되지 못했다. 그는 병원 일로 바쁘게 움직이다가도 문득 가족, 집이라는 것을 생각하면 멍해졌다. 그런 날은 일이 손에 제대로 잡히지 않았고 이른 시간부터 술을 마시러 갔다.

송경애는 그렇다 치고, 자식들에게 아버지는 꼬박꼬박 돈을 가져다주는 ATM기 그 이상도 이하도 아니었다. 그 자신이 생각하기에도 ATM기 이외에 어떤 역할을 하고 있는지는 떠오르는 것이 딱히 없었다. 이제 방에 콕 처박혀서 나오지 않는 사춘기 자식들의 방문을 두드려 돌아오는 것은 "바빠요."라는 쌩한 말이었고, 막내는 그와 가까이 있으면 몸을 배배 꼬면서 어색해했다.

자식들에게 자신이 어떻게 보일까 뒤늦게 생각하니 잠깐은 미안하기도 했고, 약간 억울하기도 했고, 또 배신감도 들었다. 자신의 편이 아무도 없다. 그는 그런 생각을 더 키우다가 그만두었다. 그리고 밖으로 돌았다. 활기차게. 그는 송경애와 다른 방식으로 '체념'했다.

송경애가 남편과 결혼한 것은 순전히 아버지의 중매 때문이었다. 아무것도 모르는 그녀는 아버지가 점찍어 둔 사람이고, 의사라면 사회적 지위도 있겠다, 경제적으로도 괜찮을 거라고 생각했다. 그리고 아무런 생각 없이 결혼을 진행했다.

송경애는 사랑에 대해서 백지 같은 여자였다. 결혼이 무엇인지는 더더욱 몰랐다. 결혼이라는 것은 예쁜 앞치마를 두르고 맛있는 요리를 하며 남편이 출퇴근할 때마다 뽀뽀하는 것이었다. 건강한 아이들을 낳아 화목하고 모범적인 가정을 꾸리는 상상이 그녀에게는 곧 결혼이었다. 아버지가 소개시켜 준 장재필 앞에서 늘 수줍어했고 장재필의 모든 것이 그저 다 좋아 보였다.

"사랑합니다, 경애 씨!"

그가 열렬히 사모한다기에 정말 자신을 사랑하는 줄 알았고, 그래서 자기도 그를 사랑하는 것 같았다. 그녀의 남편은 매처럼 날아서 풋풋하고 수줍은 젊은 날의 송경애를 단번에 낚아채었다.

결혼 후에나 알게 되었지만 남편은 집에 잘 들어오지 않는 사람이었다. 남편은 뱀처럼 말을 바꾸곤 했다. 여기저기 다른 사업에도 손을 대려고 해서 이 사람이 진짜 의사인지 입만 잘 터는 사기꾼인지 그 실상을 알기까지 몇 년의 시행착오를 겪어야만 했다.

결혼에 이의 없고 맹목적이었던 것은 그녀에게 죄가 되어서 돌아왔다. 순진했던 송경애는 결혼을 하고 나서야 자신이 선택한 결혼의 속살을 알게 되었고, 결혼이 지닌 다층적 진실을 서서히 깨닫게 되었다. 그리고 이보다 더 불행할 수는 없다고 생각했다.

'사람 보는 눈이 없어서 내 팔자를 내가 꼬았어…'

깨달음이라는 것은 왜 한 발짝 뒤에 오는 것인가. 미리 알았다면 이 남자와 결혼 따위는 하지 않았을 것이라는 생각은 꼬리를 물며 끝없이 태엽을 감았다. 살아 있어도 산 것이 아니라는 말은 자신에게 해당했다. 도통 잠을 이루지 못했다. 도대체 무엇이 부족했기에, 전생에 무슨 죄를 지었기에 이렇게 살고 있는지 알 수 없었다.

남편과 결혼한 것은 그녀가 온실 속의 화초처럼 자라서 나이브했기 때문이라고 합리화시키는 단계까지 나아갔다. 그리고 아버지 때문에 자기의 운명이 이렇게 되었다고 결론을 지었다. 남 탓을 할 구석이 있으면 마음이 조금은 편해진다. 그렇게라도 하지 않으면 자신이 정말 한없이 병신처럼 느껴졌으며 억울해서 당장이라도 숨이 넘어갈 것 같았다.

그러면서 그녀는 주변 젊은이들에게 적극적으로 결혼을 권했다. 왜 그 좋은 결혼을 안 하고 있느냐면서, 결혼하면 좋다고. 마치 나만 당할 수는 없다는 듯이.

아들이 소개시킨다는 여자를 기다리며 붉은 창문에 반사되는 흐릿한 자신의 얼굴을 들여다보았다. 어디서부터 잘못된 것일까. 되감기를 하던 젊은 날의 송경애는 다 지나갔다.

그녀는 삶에서 무언가를 포기하고 무언가를 취하는 법을 터득했다. 그렇게 해야만 제정신으로 살 수 있을 것 같았다. 송경애는 이혼을 감행하기에는 개인의 행복보다 사회적 위치와 관계, 타인의 시선, 이미지 타격이 먼저 염려되는 그 세대의 보통 사람이었다.

자식들을 모두 장가보내고 비로소 조용히 황혼 이혼으로 자기 고백적 인생을 살게 될 그날만 기다렸다.

11

배가 불러서 산달이 다 되었을 때다. 승주가 박씨 아주머니로부터 드디어 나의 임신 소식을 들은 모양이었다.

승주는 자고 있던 나를 한참 묘한 얼굴로 들여다보더니 내 배에 가만히 손을 얹고 귀를 대 보기도 했다. 그녀는 왜 이것을 미처 알지 못했는가 싶다는 듯 소스라친 표정을 짓고서 놀란 입을 손으로 가린 채 한참을 있었다. 나는 승주가 하는 대로 꼼짝없이 있었다.

임신을 알게 된 이후 어느 때보다 감정을 철저히 감추었기 때문에 나는 내 임신 소식을 승주가 어떻게 받아들이고 있는지 잘 알 수 없었다. 승주는 나를 몇 번이고 번쩍 들어 보기도 하고 몸 구석구석을 짚어 보기도 하면서 어떤 생각에 골똘히 잠긴 모양으로 한동안 바라보기만 했다.

유려한 장편소설

내가 마치 처치 곤란의 자식이 된 것 같았다. 내가 낳은 아가들도 아가의 아가라고 좋아해 주면 좋겠지만, 결국 내쫓게 되는 일이 생긴다면 어떻게 하면 좋을지 벌써부터 걱정이 되었다.

그맘때쯤 나는 아주머니의 비밀 강의를 통해 승주와 인간들의 사건을 듣게 되었다. 인간들이 더 이상 나처럼 임신을 하고 후손을 볼 수 없다는 것이었다.

승주에게서 갑자기 눈에 띄는 심정 변화를 느꼈던 일을 떠올렸다. 불임인 승주는 인간들에게 벌어진 희한한 사건 때문에 오히려 삶의 활력을 찾은 눈치라고 아주머니가 설명해 주었다. 나도 아주머니의 말에 응당 일리가 있어 보인다고 생각했다. 그 사건 이후로 그녀는 분명 달라졌고 나는 꾸준히 사람이 되어 예술 수업을 받았기 때문에.

나는 그동안 장민석이 만들어 놓은 개집에는 들어가지 않고 늘 창가 옆에서 잠을 자곤 했다. 승주가 그녀의 방 한구석에 개집을 놓고 여러 번 내게 그곳에서 잘 것을 권했으나 나는 여름 내내 비를 구경할 수 있는 창가 자리를 고집했다. 그 개집을 보고 있자면 어쩐지 민석의 아련한 눈빛이 떠올라 슬프게 느껴졌다. 그래서 집주인인 내가 막상 그 집에 들어가는 것은 왠지 망설여졌다.

가을바람이 한창인 어느 날, 나는 새끼를 낳을 장소를 물색하며 천천히 집 안을 돌아다녔다. 그러고는 마른번개와 바람만이 요란한 밤이 되었을 때 결국 그 개집으로 들어가서 새끼를 낳았다.

밤사이에 태어난 나의 다섯 마리 아이들. 찹쌀떡 같은 아이, 인절미 같은 아이, 검정깨 같은 아이들이 내 품에서 꼬물거렸다. 그 아이들은 눈을 감은 채 내 품에서 젖을 먹느라 정신이 없었고 나는 열심히 혀로 아이들을 핥아 주느라 밤을 새웠다.

승주는 누가 업어 간다고 해도 모를 만큼 깊은 잠에 빠졌다가 다음 날 아침나절에서야 이 스펙터클한 장면을 발견했다. 내가 웬일로 개집에 들어가 있나 싶어 왔다가 그 안에서 다섯 마리의 새끼들이 나의 배에 얼굴을 처박고 있는 모습을 본 것이다.

"어머…"

소스라치게 놀란 그녀는 하루 사이에 달라진 광경을 목격하고 얼어붙은 채 입을 다물지 못했다. 평소의 그녀 같으면 나와 같은 아이를 보고서 하이톤의 목소리가 나와야 할 텐데 어쩐 일인지 한 손을 입에 올려두고는 아무런 말도 하지 않는다.

나는 멀뚱하게 그녀를 쳐다보았다. 차라리 승주가 무슨 말이라도 해 주면 마음이 편할 텐데, 무슨 생각을 하고 있는지 도통 알 수가 없다. 보통 인간들은 개가 낳은 강아지를 보고 무척 귀여워해 주던데. 그녀에게 어떤 극적인 심정의 변화라도 생긴 것일까.

내가 이 집에 처음 왔을 때 개가 보이는 일반적인 행동에서 벗어나 승주에게 낯선 존재가 되었던 것처럼 그녀도 나에게 낯선 인간의 모습을 보였다. 당황한 것일까, 좋아하고 있는 것일까. 아니면 이 상황이 매우 불쾌하고 용납되지 않는 어떤 것일까.

긍정인지 부정인지 알 수 없는 침묵이 한동안 지속되었다. 나는 불안하여 새끼들을 품에 더 꼭 끌어안으며 안절부절못했다. 아무것도 모르는 나의 새끼들은 쩝쩝 소리를 내면서 젖을 힘차게 빤다. 그 유난한 소리가 방 안을 가득 메웠다.

그녀는 입에 대었던 손으로 머리를 짚더니 바닥에 쪼그리고 앉아서 내 아이들을 한참이나 응시했다. 그러다 개집 안으로 손을 뻗어서 가장 바깥쪽에 있는 아이에게 손을 대었다. 가장 약하게 태어난 아이였다. 나는 그때까지도 숨을 죽이고 가만히 있었다.

승주가 내 아이를 개집 바깥으로 꺼내어 제대로 목을 뉘이지도 못하는 가느다란 몸을 세게 움켜쥐는 것을 보았다. 그녀의 손톱이 새끼의 얇고 부드러운 가죽을 깊숙이 눌러서 아직 눈도 다 뜨지 못한 나의 아이가 작은 소리로 낑낑대며 가는 신음을 내뱉었다. 승주는 내 아이를 손에 쥐고 실험실에서 현미경으로 관찰하듯 360도로 돌려 보며 들여다보았다. 벌거벗겨진 듯 내 아이가 힘겹게 버둥댔다.

그녀의 흔들리는 눈빛이 예사롭지 않다. 내 등에서 빠지직 검은 날개가 돋는 것 같다. 그녀가 무언가에 홀린 듯 괴이한 힘으로 새끼를 꽉 누르는 것을 보자마자 나는 개집 밖으로 튀어나왔다. 그리고는 날카로운 이로 내 아이를 쥔 그녀의 손등을 덥석 물었다.

승주가 비명을 지르며 나의 아이를 손에서 놓고 뒤로 자빠졌다. 나도 그제서야 물었던 손을 놓아주었다. 그녀의 뜯긴 손등에서 살점이 떨어지고 피가 뿜어져 나왔다.

일은 순식간에 벌어졌다. 나는 그래도 성이 차지 않아서 몇 번이고 그녀를 향해서 한참을 으르렁거리며 집이 떠나가라 짖었다. 승주는 손등에서 멈추지 않고 흐르는 자신의 피를 가만히 바라보았다. 눈에 초점이 없다. 박씨 아주머니가 우리들의 소리를 듣고는 한걸음에 달려왔다.

"에고고, 이게 대체 뭔 일이고? 아니, 웬 피가 이렇게 납니까. 세상에…. 이게 뭔 일이고."

박씨 아주머니가 그녀의 손을 붙들고 지혈하더니 붕대를 가지고 와서 이렇게 저렇게 칭칭 감았다. 승주는 아무 말도 하지 않았다. 물린 손은 아주머니에게 맡기고 혼이 나간 사람처럼 나를 처다보았다. 박씨 아주머니가 없었다면 흐르는 피를 그저 내버려둘 심산이었을지도 모르겠다.

나는 승주가 쥐고 놓았던 나의 아이를 품으로 데리고 온 후 한참 혀로 닦아 주고서는 계속 그르렁거렸다. 박씨 아주머니가 승주에게 응급 처치를 하고서는 나에게 한마디 했다.

"아니, 아가. 승주를 물었는교? 엉?"

박씨 아주머니를 빤히 처다보았다가 눈을 아래로 깔고 얌전히 굴었다.

"주인이 너를 얼매나 이뻐하는디. 니 새끼 조금 만졌다고 그러는가? 응?"

나는 새끼들 사이로 고개를 파묻었다. 승주는 그날 이후 더 이상 나의 아이들을 만지지 않았다. 내가 처음에 그녀를 피했듯 그녀가 나를 피하기 시작했다. 개집은 여전히 그녀의 방에 있었으나 방에 들어올 때 흘끗 보고서 별다른 관심을 주지 않았다.

나의 임신과 출산도 그녀에게 충격이라면 충격이었을 것이다. 거기다 피까지 보았으니 나를 처다보고 싶지 않을 만도 했다. 붕대를 칭칭 감고 있는 그녀의 손이 시야에 들어올 때마다 약간 미안해졌다.

그사이 새끼들은 내 품에서 무럭무럭 자라났다. 아이들은 신기하게도 참 빨리 자란다. 승주 대신 박씨 아주머니가 내 밥을 챙겨 주었다.

승주가 산책을 나가고 없을 때 방에 들어온 박씨 아주머니가 나에게 말을 걸었다.

"오메, 요 꼬물이들 이쁘네. 이 커다란 집이 북적북적하겠고만."

개집 옆에 앉은 아주머니가 나를 보고서는 그녀의 생각을 조금 흘렸다.

"근데, 아가. 와 이렇게 승주랑 데면데면하노."

할 말이 없다.

"주인이 니 새끼 보고 너를 질투라도 하는감?"

인간이 나를 질투할 것이라는 생각은 해 본 적이 없지만 질투를 한다면 그것은 나의 늠름한 자태, 무엇이든 잘 듣는 귀, 말할 것도 없는 개코, 애교를 장전한 꼬리, 보드라운 털, 빠른 다리와 같은 것에 해당할 것이다.

그것들의 놀라운 감각. 내가 감각의 지도를 완성하여 장악하는 일을 두고 인간은 제한된 언어로 기껏 제한된 지식을 쌓으니 뭐, 질투할 수도.

그리고 나는 그녀가 할 수 없는 임신과 출산을 할 수 있고 새끼를 낳음으로써 내 흔적의 영속성을 기대할 수 있다. 하지만 인간은 이제 그 누구도 그럴 수 없으니까.

끝을 향해 달리는 인류가 임신과 출산이 가능한 생명체에게서 질투의 감정을 느낄 수 있을까? 승주도 그런 것일까? 인간이 하지 못하는 것을 동물에게서 마주했으니 곧이곧대로 받아들이기 힘들 수도 있겠다. 더군다나 그녀는 불임으로 힘들어했으니. 승주가 나와 살기 싫어진 것은 아닐까 생각하니 접어두었던 두려움이 밀려왔다.

병원을 다녀온 승주가 집에 돌아왔다. 그녀는 방으로 들어오더니 역시나 내게 눈길 한번 주지 않는다. 여전히 손등에 칭칭 감긴 붕대를 들여다보며 미래에게 전화를 건다.

"미래야, 나 승주야. 응, 잘 지내는데, 그동안 일이 하나 생겼어."

나는 슬그머니 귀를 기울였다.

"나는 개가 암캐라는 것도 그다지 신경 쓰고 있지 않았는데, 네가 말한 놀랄 만한 변화가 있었어. 응, 그래. 변화가 있었어. 너 혹시 이걸 말했던 거야? 무언가 이상한 점이 생기면 너한테 말하라고 했잖아. 응? 아니, 아프고 그렇지는 않은데. 그런 게 아니라…. 개가 임신을 했었네? 얼마 전에 새끼 다섯 마리를 낳았어."

승주는 나의 임신에 대해 미래에게 묻기 시작한다.

"아니, 나는 임신한 줄 전혀 몰랐고. 개 하나만 보낸다고 해서 그런 줄 알았지. 얼마 전에야 청소해 주시는 아주머니한테 개가 임신했다는 이야기를 들었어. 내가 개를 처음 키워 봐서 잘 몰랐나 봐. 응, 갑자기 새끼를 낳아서 너무 놀랐어. 어떻게 된 거야? 네가 데리고 있을 때부터 임신을 한 거야? 분명 여기 오기 이전에 임신이 된 걸 거야. 그렇지?"

미래가 한참을 이야기하는 모양인지 승주는 잠자코 듣고 있다.

"사실 당혹스럽지. 새끼를 낳은 것도, 네가 지금에서야 들려준 이야기도. 새끼들을… 어떻게 해야 할지 생각해 봐야겠어."

무어라 더 대화를 주고받던 승주가 알겠다며 전화를 끊었다. 한참을 멍하게 있던 그녀가 조용히 말했다.

"그래도 기분이 묘해. 동물은 여전히 새끼를 낳는구나. 나는 그럴 수 없는데."

나는 옆에서 딱히 할 말이 없었다. 그저 내 새끼들을 내쫓지 않기를.

"너의 운명도 참으로 기구하구나. 네게 그런 사정이 있었구나."

승주가 오랜만에 나를 보았다. 그리고 애처로운 눈빛으로 한마디를 덧붙였다.

"아가야."

그녀는 나를 여전히 아가라고 불렀다.

*

나는 강아지 공장에서 왔다. 다시는 그 끔찍한 세상을 떠올리고 싶지 않으나 이해를 구하기 위해 아픈 기억을 들춰내 설명을 해야겠다.

강아지 공장에서 오기 전에는 누군가와 함께 지내고 있었다. 나의 첫 주인은 어느 대형 마트에서 나를 구입하여 얼마간 데리고 살다가 휴가를 간다면서 한적한 길거리에 날 버리고는 찾아오지 않았다. 나는 주인이 올 때까지 그 자리에서 계속 기다렸다. 그러나 주인은 내가 그 자리를 떠나게 될 때까지 끝내 나타나지 않았다.

그때 마음의 상처를 크게 입었다. 주인이 다시 찾으러 올 것이라 생각하고 하염없이 기다렸는데…. 나는 버려졌구나.

"하, 요 녀석 쓸 만하겠군."

며칠이고 그 자리에서 기다리던 나를 유심히 보던 어느 아저씨가 내게 다가왔다. 나는 그의 손에 이끌려 강아지 공장이라는 곳으로 들어가게 되었다. 두 번째 주인을 만난 것인지 슬며시 기대했으나 나의 바람은 이내 처참함으로 바뀌었다.

그곳은 한번 들어가게 되면 절대로 나올 수가 없다. 나는 인간의 주문대로 찍어내는 임신 공장에서 임신하고 출산하는 일을 수행하며 임신 기계로 살게 되었다.

300마리 정도 되는 개들이 함께 지내는 임신 공장의 환경은 열악하다는 말로도 표현이 충분치 않았다. 대소변이 밑으로 떨어지는 '뜬장'이라는 좁은 철창 안에 나와 같은 개 몇 마리를 한꺼번에 몰아넣어 둬서 마음 편히 움직일 수 없었다. 먼지와 구더기가 켜켜이 쌓이고, 날리는 털에서는 곰팡이가 피었으며, 악취로 가득한 철창에 갇혀 번식만 하면서 고통스러운 삶을 살다 간다. 영양실조는 기본이고 병에 걸려도 기다리는 것은 죽음뿐, 제대로 된 치료 한번 받을 수가 없다.

주인은 이곳에서 개들을 강제로 교배시킨다. 몸 상태도 엉망이고 자연스러운 교배가 불가능한 이유도 있지만 더 빨리, 많은 생산 효과를 보기 위해서 인간들은 모든 조취를 취했다. 최소 비용의 최대 효과.

강제 교배가 안 되면 주인이 수컷의 정액을 뽑아내 주사기로 암컷에게 주입한다. 불결한 환경에서 아무 자격도 없는 못난 인간은 인공 수정을 아무렇지 않게 한다. 인공 주사기는 자연 교배보다 더 많은 새끼를 낳기 때문에 효과가 좋다고 이죽이죽 웃으면서. 같은 주사기가 여러 개에 계속 쓰여서 우리는 어떤 병에 걸릴지 알 수 없는 상태로 살아간다.

주사 주입이 싫어서 버둥대는 내 친구들을 주인이 몇 대 패대기치자 다들 정신을 잃어서 축 늘어진 채로 시술을 받는다. 그래서 애꾸눈이거나 눈이 부어오른 친구들이 꽤 있다. 어떤 친구들은 고통에 시달리다 못해 정신이 나가서 철장 안을 계속 빙글빙글 도는 이상 행동을 보이기도 한다. 시술할 때 마취제 비슷한 것을 맞은 친구는 마취가 풀리고 한참을 끙끙 앓다가 내 옆에서 그대로 죽기도 했다. 주인이 며칠이고 내버려 두어서 나는 죽은 친구와 한 공간에 있었다.

출산의 경우는 더 심각하다. 보통 동물 병원에서 출산 수술비 30만 원 정도를 받는데 강아지 공장 주인은 병원비가 아까워서 자신이 직접 한다. 지저분한 도구를 가지고 와서 갑자기 외과 선생님이라도 된 듯 아무렇게나 우리들의 배를 갈라 새끼를 꺼내고는 대충 꿰매는 식이다.

이렇게 수술을 받은 강아지는 멀쩡하지 못하다. 이불 꿰매듯이 듬성듬성 마무리하는 바람에 봉합이 제대로 되지 않아 배에 혹이 생기거나 복부가 터져 결국 죽은 친구들이 셀 수가 없다. 새끼를 꺼내 갈 때 장기들이 흐트러진 채로 마구 쑤셔 넣어진 탓에 배 속에서 꼬여 있기 때문에 대부분은 곧 죽게 된다.

그렇게 나온 새끼들은 수요자들이 있는 곳, 주로 애견숍으로 팔려 나간다. 암컷은 이렇게 평생 50여 마리의 강아지를 낳는다. 새끼를 낳지 못하는 상태가 되면 인간이 강제 매장을 한다. 나이 먹으면 밥값을 못한다면서. 발정이 와도 새끼를 못 낳는 개는 나무 밑 구덩이에 산 채로 매장되는 것이다.

한국에 미신고된 번식장은 강아지 공장이라는 이름으로 3천 개 정도 있다. 인간은 우리들에게 이런 짓을 했다. 그런데 이렇게 계속해도 현행법상 처벌을 받지 않는다. 제지할 법이 없기 때문이다.

나는 그렇게 임신 공장에서 새끼를 갖게 된 채로 승주네 집에 오게 되었다.

좁은 철장 안에서 죽어 나가는 친구들을 지켜보며 아무런 희망도 없이 처참하게 배가 갈릴 내 차례를 기다리며 살고 있을 때, 기적처럼 미래가 나타났다. 동물 단체에서 자원봉사를 하던 그녀는 동물 구조 단체와 함께 내가 있는 공장을 급습하여 울부짖는 개들을 구해냈다.

미래의 손으로 처음으로 구출한 개가 나였다. 그래서 우리는 서로에게 무척 각별하다. 나에게 기적처럼 구원의 손길이 닿은 날, 나를 마주한 미래의 눈을 잊을 수 없다.

"미안해… 늦게 와서 미안해…"

미래는 내가 갇힌 철장을 붙들고 그 자리에서 한참을 울었다. 실상 그녀는 나에게 잘못한 것이 아무것도 없는데 잘못한 사람처럼 울었다. 나는 그녀가 나쁜 사람이 아니라는 것을 감지했다. 나를 위해 울어 주는 것을 보는 것만으로도 상처가 조금은 덜어졌다.

마침내 그 끔찍한 수용소에서 벗어나 미래의 품에 안겨졌을 때, 다리는 오들오들 떨렸고 이것이 꿈인지 생시인지 구분이 되지 않아 힘없는 눈만 끔뻑거렸다. 아직 세상이 살 만하다고 느끼게 해 주는 사람들의 도움으로 나와 내 친구들은 공포의 나날을 끝내고 무사히 치료를 받아 생명을 가진 존재답게 살게 되었다.

애견숍에서 구매한 대부분의 강아지들이 나와 같은 출신일 것이다. 강아지 공장, 개 경매장, 동물 학대, 보신을 위한 개 도살장. 반려동물로 신新산업으로 삼으려는 인간들은 동물과 조화롭게 공존한다는 것이 무엇인지 과연 알까 싶다.

210

미래와 함께 처음으로 병원이라는 곳을 갔을 때는 밥도 다 흘렸고, 기도도 막혀 있었고, 치아마저 썩어 있었다. 의사 선생님이 나를 치료하느라 꽤 고생을 했다. 그렇게 조금씩 좋아지고 정상적으로 생활이 가능하게 되었을 무렵에야 승주네 집에 오게 된 것이다.

미래가 나를 먼 곳으로 보내는 일에 무척 고심한 것을 잘 알고 있다. 하지만 그녀도 나를 키울 사정이 되지 않았기에 나는 그녀를 충분히 이해하고 고맙게 생각했다. 대신 미래가 알고 있는 승주에게로 입양이 되어 잘 지내고 있으니까. 미래는 승주가 혹시 선입견을 가질까 봐 내가 강아지 공장에서 왔다는 말을 처음에 전하지 않았다고 했다.

나는 아직도 지난날의 무서운 기억을 다 떨쳐내지 못했다. 그래서 어딘가로 가는 일이 불안하고 무섭고 걱정되었다. 승주가 나를 해치지는 않을까, 그녀도 나를 다시 버리지 않을까, 내가 마음을 다 내어 주었다가 또 상처받지 않을까, 계속 경계하고 의심하고 거리를 두며 개답지 않게 굴었다.

한동안 구석에서 웅크리고만 있다가 마음을 겨우 열고 이제야 조금 친해졌다고 생각했는데, 이번에는 내가 그녀에게 상처를 주었다. 승주가 내 아이들을 어떻게 하는 것은 아닐까 생각하기 이전에 내가 먼저 승주에게 손을 내밀어 여전히 그녀 곁에 있음을, 여전히 그녀의 아가임을 알려 주어야 하지 않을까? 그녀의 바람대로 내가 예술 하는 개가 될는지는 모르겠지만 나는 그녀의 동반자이므로 그녀를 보듬고 품어 주어야 한다. 미국의 유머작가 조시 빌링스의 말—"자신보다 당신을 더 사랑하는 지구상의 유일한 생명체는 개일 것이다."—이 머쓱해지지 않도록 말이다.

그날 밤 나는 아이들이 잠든 것을 확인하고 개집에서 조용히 나와 승주가 있는 침대로 올라갔다. 그녀가 깨지 않도록 조심하면서 그녀 옆에 웅크리고 잠을 청했다. 승주가 칭칭 붕대를 감은 손으로 잠결에 나를 쓰다듬었다.

12

나의 아이들이 잘 걷게 되면서 적적했던 성城이 활기를 띄었다. 호기심과 용맹함으로 무장한 용감한 아이들은 개집 밖으로 나와서 마음껏 활보하기 시작했다. 아직 작은 아이들이라 승주와 박씨 아주머니가 걸어다니다 깜짝 놀라게 되는 일이 많았는데 그럼에도 그들은 기분 좋은 일로 여겨 주었다. 더 이상 비명을 지르지 않아서 다행인 일이다.

외딴곳에서 고독하게 또는 섬뜩하게 자리를 지키고 있는 이 집은 오랜 시간 자기만의 성城을 견고히 쌓아 오면서 외부인에게 닫힌 폐쇄적인 공간이었으나 강아지들로 인해 분위기가 조금 바뀌어 가는 듯했다.

나는 이제 창가도 아니고 개집도 아닌 승주의 옆에서 잠을 잔다. 승주가 잠들 때까지 기다리거나 승주가 먼저 내가 그녀의 침대 위로 올라올 때까지 기다리며 함께 잠들곤 했다. 이제 그녀가 정말 나의 주인 또는 엄마처럼 생각되었다.

승주를 보고 꼬리를 살랑거리는 것은 기본이고 보통의 개처럼 애교를 부리기도 했다. 승주가 나의 아이들을 만져도 전혀 짖지도 않았고 그녀가 편하게 아이들을 대할 수 있도록 일부러 멀찌감치 떨어져 있어 주었다.

승주는 박씨 아주머니와 상의 후 아이들의 이름을 도, 레, 미, 파, 솔이라고 붙였다. 그래서 부를 때마다 도야, 레야, 미야, 파야, 솔아, 이렇게 불렀고 아이들이 섞여 있을 때는 도미야, 레파야, 도미솔! 이렇게 부르기도 했다. 승주가 나를 부르는 '아가'라는 이름보다 '라' 또는 '시'로 불리는 것은 어떨까 생각해 보았으나 승주에게 전할 방법은 없었다.

어쨌거나 민석 없이 평화로운 시간이 흘러가고 있을 때쯤 승주가 인터넷 신문에서 무언가 발견했다면서 나에게 보여 주었다. 그러면서 약간 떨리는 목소리로 "아가, 네가 꼭 가야 할 자리다."라고 말하고서는 두 손을 불끈 쥐었다. 내가 결정하고 말고 할 것 없이 이미 그녀는 마음을 먹은 것 같았다.

도대체 무슨 일이길래 그녀가 이렇게 야심찬 기운으로 설레는 표정을 짓는 것인지 알 길이 없었다. 분명한 것은 그녀의 눈빛이 바뀌었다는 것이다.

승주는 며칠간 노트북 앞을 떠나지 않았다. 이미 잘하고 있는 마우스 클릭을 따로 연습도 하고 빠른 속도로 타이핑하는 것을 여러 번 연습했다. 그러던 그녀가 선착순 모집이라는 1차 단계를 통과했다고 전했다. 그러고는 곧 전화 인터뷰를 준비해야 한다면서 인터뷰 질문지를 미리 작성

214

해서 소리 내어 연습했다. 승주가 늦은 밤까지 연습하느라 나는 잠을 설치기도 했고 인터뷰 답변 일부조차 외울 지경이 되었다.

승주는 시내까지 나가서 어떤 서류 뭉치를 팩스로 보내는 등의 두세 과정을 더 거치고서는 마침내 최종 통과했다. 그녀는 최종 통과 소식을 듣고서 나를 처음 보았을 때보다 훨씬 더 기뻐했다. 그녀가 뛸 듯이 좋아하면서 믿을 수 없다고 계속해서 말하는 통에 박씨 아주머니가 그녀에게 건네는 말도 듣지 못했고, 도레미파솔이 그녀 옆으로 기어가는 것도 발견하지 못했다.

그녀는 함성을 지르고서는 어린아이처럼 침대 위에 올라가서 방방 뛰다가 고꾸라지면서 혼자 까르르 웃었다. 박씨 아주머니도, 나도, 나의 새끼들도 그녀가 도대체 왜 저러는지 알 수 없어 고개만 갸우뚱했다.

최종 통과 소식을 전한 이후, 그녀는 먼 길을 가는 사람처럼 한 달에 걸쳐 앞으로의 여정을 준비했다. 일찌감치 나를 시내의 동물 병원으로 데려가서 예방 접종을 하고 건강 진단서를 받았다. 내 신분증이라며 몸속에 마이크로칩도 하나 심어 주었다. 차가운 칩이 살을 뚫고 까슬까슬하게 심겨지는 것은 그다지 기분 좋은 일은 아니었으나 그녀가 말하는 '그곳'에 가기 위해서는 어쩔 수 없다고 했다.

승주는 내 휴대용 개집도 마련하고, 일정 기간의 사료도 챙겼으며, 중요해 보이는 몇 가지 자료들을 가방에 잔뜩 넣었다. 그녀는 어디론가 떠나려는 것임에 틀림없었다.

내 아이들도 가는 것일까? 하지만 내 아이들에게 그녀는 아무것도 하지 않는다. 나의 아이들을 쳐다보며 곤란한 표정으로 눈썹을 아래로 내려뜨리고 시무룩한 표정을 짓자 그녀가 내게 말했다.

"아가, 도레미파솔은 박씨 아주머니네 잠깐 맡기게 될 거야. 걱정하지 마. 우리는 장거리 여행을 떠나야 해. 우리가 꼭 가야 할 곳이 있거든."

내가 여전히 불안한 표정으로 주저하니 승주가 한 번 더 말했다.

"아가, 박씨 아주머니는 새끼들을 잘 돌보아 주실 거야. 혹시나 아주머니가 개장수에게 도레미파솔을 팔려고 할 수도 있을지 몰라서 각서도 받아 놓았어. 이거 봐."

내 앞에 들이미는 각서의 글씨를 보니 삐뚤빼뚤 아주머니의 글씨와 서명이 맞기는 한 모양이다. 승주가 전날 아주머니에게 새끼를 잘 돌보겠다는 각서를 받을 때 몇 번이고 신신당부를 했다. 박씨 아주머니는 각서 종이를 받아들고는 혀를 내둘렀다.

"어메, 유난시럽네. 각서까지 받고, 어메. 내가 뭐 어떻게 할까 봐섬."

아주머니가 뾰족한 얼굴로 눈을 슬머시 흘겼다. 그래도 박씨 아주머니라면 나의 새끼들을 맡길 수 있지 않을까 싶다. 아무도 없는 곳에서 도레미파솔이 외롭게 지내면서 밥도 먹지 못할 것을 생각하면 나는 떠날 수 없으므로.

박씨 아주머니의 작은 상자 안에 담겨서 멀어지는 새끼들에게 잠시 이별을 고했다. 아, 이게 잘하는 일일까. 모르겠다. 나는 아주머니의 바짓가랑이를 입에 물고 늘어졌다.

"아가, 걱정 말그라. 잘 다녀와라."

승주가 그만 가자며 나를 들어 올렸다. 낑낑대며 상자 밖으로 고개를 내밀고 우는 아이들을 차마 볼 수 없어 승주 품에 얼굴을 확 묻어 버렸다. 내가 있던 끔찍한 곳에 새끼를 보내 버리는 일을 하고 있는 것이 제발 아니기를 바라면서.

아주머니와 아이들을 보내고 승주는 나와 서울역으로 향하는 기차를 탔다. 기차에서도 계속 도레미파솔이 생각나기는 했지만 성城에 온 이후로 멀리 외출하는 것이 처음이라 약간 들뜨기도 했다. 이렇게 바뀌는 얍삽한 감정.

하지만 그녀와 나에게 너무 거대하고 차갑고 기괴했던 집 같지 않은 집을 벗어나는 일이니 그럴 만하다고 생각해 주었으면. 계절의 감각도 잃고 몸과 마음의 균형을 잃은 채 애꾸눈으로 세상을 감내하는 일에서 그녀와 나는 벗어날 때도 되었다. 우리는 무지개를 뚫고 지나갈 것이다.

나는 한동안 서울에서 머무는가 싶었는데 우리가 도착한 곳은 공항이었다. 뉴욕으로 간다고 했다. 바다 건너 저 멀리에 있는 그 뉴욕? 그럼 비행기를 탄단 말인가? 말로만 들어 보았던 미국 뉴욕으로 가기 위해서 승주는 그동안 많은 준비를 했다고 했다.

왜 뉴욕으로 가는지 알려 주지 않아 모든 것이 어리둥절했지만 마음 한 편에서는 몽글몽글 설렘도 피어났다. 바다를 건넌다! 두근두근 심장이 터질 것 같다. 그런 나에 비해서 승주는 놀랍도록 차분해 보였다. 그녀는 어느 부분에서인지 분명히 달라져 있었다.

승주는 사부작거리는 발걸음으로 게이트로 향하면서 그 어떤 여행지보다 공항이 제일 좋다고 내게 재잘거렸다. 어디론가 향한다는 것만으로 내면이 풍부해지는 소중한 경험을 할 수 있는데, 마음이 풍부해지면 하늘을 보면서 하늘을 닮을 수 있고 바다를 보면서 바다를 닮을 수 있다고도 했다. 공항에서 마음을 0으로 돌려놓기 때문에 세상 어느 여행지를 가더라도 실망하지 않게 된다고 했다. 여행에서 돌아오면 똑같은 현실이라는 것도 알지만 그 작은 순간순간의 기억으로 살아갈 힘을 얻는 것이라고 했다. 가만히 듣고 보니 과연 그녀는 여행에 도가 텄다.

승주는 다행히 나를 캄캄한 비행기 화물칸으로 보내지 않았다. 대신 기내에서 함께 지내면서 내가 불안해하지 않도록 신경 써 주었다. 아, 따뜻한 보살핌. 그녀는 이제 정말 나의 엄마 같다. 엄마 말을 잘 들어야지.

나는 기내에서 말썽도 부리지 않고 짖지도 않아서 승무원들에게 칭찬을 받는 쾌거를 이루었다. 이는 개에게 쉽지 않은 일이다. 아, 역시 나는 한다면 하는 괜찮은 반려자다.

반려자라고 생각하니 슬쩍 민석이 생각났다. 세 달이 다 되어 가도록 집에 들어오지 않는 민석은 얼마 전 승주에게 메시지 하나를 보냈다. 잘 지내고 있으며 머지않아 다시 집으로 돌아온다는 내용이었다. 그러고는 더 이상 연락이 없었다.

민석은 과연 어떤 결론을 가지고 집으로 돌아올 것인가. 그런데 정말 집에 돌아올까? 그렇다면 승주는 민석과 함께 그 집을 떠나게 되는 걸까?

그러나 승주는 더 이상 민석의 일에 대해 신경 쓰지 않는 눈치였다. 더 이상 기다리지도 초조해하지도 않는 것을 나는 느꼈다. 그녀는 그 어느 때보다 냉철하고 이성적이었다. 같은 성性의 직감이건대 승주는 한번 닫힌 마음을 다시는 열지 않을 것이다. 더 이상 기대하지 않는다는 것은 다 내려놓았다는 말이기도 하니까.

그녀는 비행기 안에서 잠도 자지 않고 준비해 온 자료들을 여러 번 검토하며 초대장을 꺼냈다가 다시 넣었다가 꺼내기를 반복했다. 흐뭇한 샘물이 승주의 보조개에 잔잔히 고였다.

우리는 드디어 긴 비행 끝에 뉴욕에 도착했다. 뉴욕 시내에 짐을 풀 때쯤에는 저녁나절이 되었다. 해가 떨어질 무렵 뉴욕 스카이라인 사이로 번지는 석양은 지금껏 본 적 없는 황홀한 광경이었다.

내가 숙소의 창문 너머로 아찔한 그 장관을 보면서 꼬리를 살랑대고 있을 때 승주는 내일 있을 행사에 대해 고민이 된다며 혼잣말을 했다.

"아니야, 아니다. 나는 네가 이미 예술가라고 생각해, 아가야. 내일 네가 하고 싶은 대로, 끌리는 대로 하면 된단다. 엄마는 널 믿는다."

아, 엄마는 널 믿는다는 말이 세상에서 제일 무섭다. 무얼 하라는 말일까. 그녀가 무슨 말을 하는 건지 이해할 수 없지만 평소에도 승주는 내가 이해할 수 없는 말을 곧잘 했다. 그리고 나는 승주의 말들을 신통방통하게 곧잘 이해했고. 사람들은 이를 두고 개떡같이 말해도 찰떡같이 알아듣는다고 표현했다.

어쨌든 승주가 예술성을 언급하는 것을 보니 이 머나먼 뉴욕에서 내가 예술성을 발휘할 기회라도 있는 모양이었다. 벌써 그렇게 할 수 있는 시간이 되었단 말인가. 내게 마음의 준비라도 할 시간을 주지, 야속한 엄마.

내가 예술을 하게 된다면 과연 개가 하는 예술을 사람들이 믿어 줄 것인가. 나는 긴장이 되어서 그날 밤 쉽게 잠을 이루지 못했다.

밤이라는 것은 참 오묘하다. 걱정 한 무더기가 밀려와 세상의 모든 짐을 짊어진 것처럼 무겁다가, 외롭고 쓸쓸한 감정에 허우적거리다가, 공허하고 허망한 감정의 출구를 찾지 못하다가, 다음 날 아침에 일어나면 내가 왜 그랬었나 지나가 버리기도 하니까. 그래, 내일은 내일의 태양이 뜨겠지. 시공간을 손으로 잡을 수 있을 것 같은 날에는 곧잘 속도가 붙을 테니.

다음 날 아침, 승주는 날 데리고 서둘러 뉴욕의 구겐하임 미술관으로 향했다. 구겐하임은 그녀가 내게 강의했던 백남준의 흔적이 묻어 있는 곳이기도 하다. 2000년도에 '백남준의 세계The World of Nam June Paik' 전시가 성황리에 열렸고 2006년 1월 백남준이 타계한 후 추모 퍼포먼스가 열린 곳이다.

그런데 내가 미술관에 입장할 수 있을까? 미술관은 보통 나와 같은 동물은 입장 불가라고 하면서 내 이미지 위에 금지 표시를 띄워 놓는다. 그런데 승주는 내게 개줄을 단단히 잘 채웠다. 그리고는 초대권을 내밀고 당당하게 미술관에 입장했다. 마치 위풍당당 행진곡이 배경음악으로 나올 것 같은 기세로. 나는 다리가 벌벌 떨렸다. 신기하게 아무도 나를 제지하지 않았다. 심지어 반갑게 맞이해 주는 사람들. 거참, 신기하네. 그녀는 나와 함께 구겐하임 미술관에 입장하는 일은 역사적 사건이라며 감격했다.

"아가, 미술계의 역사적인 현장에서 우리가 역사가 되는 순간이야!"

알고 보니 이번 특별 전시는 매우 독특한 콘셉트로 열리게 되었는데, 나와 같은 개뿐만 아니라 선별된 동물들이 미술관 전시 오프닝 행사에 초대되었다고 한다. 이들은 모두 '인간의 반려동물일 것'이라는 전제를 달고 오게 되었다. 초대받은 동물의 수는 한정적이어서 홈페이지에서도 초대권 경쟁이 무척 치열했는데, 제한된 VIP 초대권 중 하나를 한국에 있는 승주가 거머쥐어서 뉴욕 땅까지 오게 된 것이었다.

수능 시험 합격을 비는 수험생 부모도 이렇게까지 공을 들이지는 못했을 것이다. 나는 특별한 개가 된 것처럼 느껴졌다. 그녀가 그렇게 심혈을 기울여 만든 기회인데 그렇다면 이곳에서 무언가 잘 해내야 하지 않을까. 그게 무엇인지 모르겠지만.

긴장이 된다. 여기저기 냄새나 맡아 보자. 킁킁. 심상치 않은 냄새들이 난다. 이것은 인간의 냄새가 아니라 동물의 냄새다.

나와 같은 개 이외에 고양이, 토끼는 물론이고 앵무새, 어항에 든 금붕어, 도마뱀, 친칠라, 슈가 글라이더, 사막 여우, 판다, 원숭이, 황금 박쥐, 집에서 기르는 돼지, 말, 소, 양 등 수많은 종류의 동물들이 전시장 안으로 들어오기 시작했다.

심지어 아프리카에서 왔다는 기린도 있었는데, 키가 너무 커서 구겐하임 미술관의 로툰다 반경에서만 이동이 가능해 보였다. 그 모습이 장관이어서 사진 기자들의 플래시 세례를 가장 많이 받기도 했다.

다행히 나를 잡아먹을 수 있는 맹수류는 보이지 않았다. 사자나 호랑이, 독수리가 왔다면 여기 있는 동물들은 꼼짝없이 긴장하면서 도망 다녀야 했을 것이다.

승주는 미술관에 들어온 이후 우리 눈앞으로 지나가는 동물들을 정신없이 구경하느라 말이 없었다. 나는 오랜만에 여러 동물들과 한자리에 있으니 반갑기도 하고 낯설기도 한 여러 감정이 교차했다. 동물원에 가지 않고 미술관에서 여러 동물을 만나는 일은 낯설고 독특한 경험이었다. 그것은 나뿐만 아니라 인간들도 마찬가지였을 것이다. 아, 드디어 미술관에 동물을 입장을 시켜 주는 시대가 온 것인가. 그래, 그러고 보니 인간만 미술관에 들어오라는 법이 있나.

통제되지 않는 동물들이기 때문에 미술관은 벌써 몇 동물들의 똥과 오줌으로 조금씩 더러워지기 시작했다. 미술관 측은 이것 역시 전시의 일부라고 설명했다. 어쨌거나 나도 새로운 공간에서 영역 표시를 하기 위해 이미 오줌을 싸 버렸고 내 옆에 있던 고양이는 자기가 눈 똥을 감추어야 했으나 덮을 흙이 없어 야옹야옹 울면서 불안해했다.

고맙게도 미술관의 자원봉사자들이 우리들의 뒤처리를 해 주었다. 이 행사를 기획한 미술관의 측면에서 보자면, 인간의 입장에서 보자면 영리한 전략이었다. 우리 자체로 또 하나의 전시가 되었으니까. 초대받은 동물들은 어떻게 생각할지 모르겠지만.

전시장은 발 디딜 틈 없이 붐볐다. 승주는 내가 다른 사람이나 동물들에게 밟힐 것 같다면서 다소 작은 나를 번쩍 들어 안고 다녔다.

우리는 구겐하임 미술관에서 열리는 전시 중에서 화장실 변기에 관한 전시를 먼저 감상하게 되었다. 변기 전시에 흥미로운 점이 있다면 사람들이 모인 곳이 일반 전시장이 아니라 미술관 내에 있는 화장실이 전시장이라는 점이었다. 전시 제목은 '세상을 바꾸는 화장실 혁명Toilet Revolution, Changing the World'으로 오늘날 센세이션을 일으키는 두 개의 변기가 경쟁하듯 전시되어 세계적으로 이슈를 불러일으키고 있다고 했다.

이 전시는 미술 역사상 가장 발칙한 도발이자 미술계를 뒤흔든 가장 위대한 20세기 예술품으로 꼽히는 작품에는 마르셀 뒤샹Marcel Duchamp의 변기 '샘Fontaine'(1917)의 출현 이후, 그 명맥을 잇는 클래스 올덴버그

Claes Oldenburg의 '부드러운 변기Soft Toilet'(1966), 셰리 레빈Sherrie Levine의 '샘: 마르셀 뒤샹 이후Fountain: After Marchel Duchamp'(1991)를 거쳐서 새로운 콘셉트의 21세기 예술 변기를 소개하는 자리라고 했다. 이를 보기 위해 사람들은 화장실 앞에 차례로 줄을 서서 기다려야 했다.

승주와 내가 본 첫 번째 변기는 이탈리아 출신 마우리치오 카텔란 Maurizio Cattelan 작가의 '아메리카America'(2016)[7]라는 제목이 붙여진 수세식 변기였는데, 18K 황금으로 만들어진 것이었다. 입장료를 내고 구겐하임 미술관을 찾은 관람객이라면 누구나 화장실에서 황금 변기를 보고 직접 사용할 수 있었다. 작가는 경제적 불평등에 영감을 받아서 이 변기를 만들었다고 했다.

미술관 큐레이터는 매우 대담하고 발칙한 작품이라 말하면서 상위 1%만을 겨냥한 듯한 사치스러운 제품을 99%의 대중이 이용할 수 있도록 의도한 전시라고 설명했다. 나는 반짝이는 황금으로 만들어진 변기는 처음 보았기에 넋을 놓고 바라보았다.

사람들의 반응은 제각각이었다. 승주는 못된 사람들은 황금 변기를 긁어서라도 금을 떼어 갈 것이라며 작품의 훼손을 걱정했다. 어떤 관람객은 사용하고 싶지만 너무 예뻐서 사용하지 않겠다며 발을 돌렸고, 다른 어떤 관람객은 황금 변기를 이용하면서 변기 안에 소변을 보거나 대변을 보는 일이 작품을 훼손하지 않는다는 작가와 미술관의 의도에 박수를 보냈다.

내게 황금이 주어진다면 나는 무엇을 만들어 볼까? 개껌을 잔뜩 만들

---

7 2016년 9월 16일부터 뉴욕 구겐하임 미술관에 설치되어 공개 중이다.

어 놓을까? 아니면 민석이 만들어 준 개집보다 더 좋은 황금 개집을 만들어 볼까?

그러나 황금 개껌은 어찌되었든 먹을 수 없으며 황금 개집보다는 민석이 만든 개집이 더 따뜻하게 느껴질 것 같다. 황금은 황금일 뿐 내게는 아무 소용도 없고 부담스러운 것이었다.

우리가 두 번째로 구경하게 된 변기는 놀랍게도 한국에서 온 변기였다. 승주는 뉴욕에서 한국 화장실을 만나고서는 더욱 감격한 듯했다. '비비 화장실BeeVi Toilet-Toilet, like Bee with a Vision'이라 이름 지어진 변기는 한국의 환경 공학자이자 예술가인 조재원의 작품으로 사월당(사이언스 월든, Science Walden) 프로젝트의 일부라고 안내판에 적혀 있었다.

화장실이 변하면 세상이 바뀔 수 있다는 새로운 비전을 제시하는 미래 변기는 인체 공학적으로 설계된 것으로, 수세식 변기의 종말과 더불어 인간 삶에 근본적인 혁명을 가져올 수 있다는 포부를 보여 주었다. 물을 사용하지 않는 변기여서 환경 오염을 막고 대변을 보게 되면 그것이 곧 돈이 되도록 한다는 재미있는 발상이었다.

똥이 곧 돈이 되는 경험을 할 수 있다는 입소문은 순식간에 퍼져서 전시 관람객들에게 폭발적인 반응을 불러일으켰다. 역시 사람들은 돈이라면 눈을 번쩍 뜨면서 좋아한다. 이것이 사실인지 아닌지 확인하기 위해 일부러 미술관에 온 사람들도 꽤 많았다.

이 변기는 순간적으로 대변에 열을 가해서 짧은 시간 안에 가루로 만드는데, 화장실 옆 전시 공간에 변기를 체험한 관람객의 똥이 가루가 되면 수거하여 와인 잔에 넣고 각자의 이름을 붙여 전시를 해 둔다고 했다.

전시장 한 편이 수집한 똥으로 가득 차게 되면 온라인 투표를 받아서 이 똥의 에너지를 어느 장소의 공공재에 쓰면 좋을지 결정한다. 그리고 실제로 에너지 전환 실행이 되면 전시 프로젝트가 끝나게 되는 것이다. 똥의 주인이 에너지를 기부한 셈이어서 이들은 뉴욕의 명예로운 에너지 기부자 명단에 올라가게 된다고 했다.

실제로 비비 화장실에서 대변을 보고 나오는 사람에게는 작가가 직접 '꿀'이라는 화폐 단위의 돈을 나누어 주었다. 대변은 사람들에게 유익한 에너지를 주는 것이니 꿀벌처럼 꿀로 만들자는 의미를 담고 있다고 했다.

이 '꿀돈'으로는 구겐하임 미술관 카페에서 바로 음료를 사거나 숍에서 물건을 살 수 있었다. 벌꿀 모양이 그려진 꿀돈을 받고 인증 샷을 찍은 뒤 이용한 후기를 SNS에 올리는 사람들이 눈에 띄었다.

그는 금본위화폐 제도 이후 똥본위화폐(FSM, Feces Standard Money)를 꿈꾸었다. 이를 두고 뉴욕에 거주하는 어느 미술 비평가는 피에로 만조니Piero Manzoni의 '예술가의 똥Artists's shit'(1961)[8]의 리바이벌이면서 동시에

---

8 작가의 대변을 캔에 넣고 밀봉하여 통조림으로 만든 것으로 모두 90개가 생산되었는데 가격은 같은 무게의 금값으로 책정되었다. 만조니는 캔 각각에 4개 국어(이탈리아어, 영어, 프랑스어, 독일어)로 '예술가의 똥. 정량 30g. 원상태로 보존됨. 1961년 5월에 생산 포장됨.'이라고 써 놓고 사인을 했다. 예술가의 가식과 허영, 마케팅으로 놀아나는 예술 시장에 메시지를 주는 이 작품은 날이 갈수록 비싸져 2007년 밀라노 소더비 경매에서 12만 4천 유로(약 1억 7천만 원)에 팔렸다. 이 작품은 같은 사이즈의 금덩어리보다도 최소 10배 이상의 가치를 가지게 되었다. 이 캔에 똥이 아닌 플라스터가 담겨 있다는 소문이 있으나 캔을 따서 진위를 확인하는 순간 작품이 훼손되기 때문에 여전히 본 상태로 보관 중이다. 마르셀 뒤샹의 변기 '샘'은 1917년에 출품된 것이나 당시 전시를 거절당하고 구석에 처박혀 있었다. 다시 인정을 받게 된 것은 피에로 만조니가 자기의 똥으로 통조림을 만들었을 때였다. 거의 50년이 흐른 뒤 세계 미술계에서 인정을 받은 뒤샹은 골목상을 뒤져 똑같은 소변기 8개를 찾아내 사인을 하고 각 미술관에 팔았다.

만조니의 것과는 또 다른 맥락에서 사람들의 관심을 주목시킨다고 보았다. 인류가 수명을 다하기 전까지 실생활에서 순환이 가능한 화폐로 적용될 가능성이 있다는 점에서 그 자체로 새로운 똥 예술 작품이라고 평가되었다.

그러나 신체를 지니고 대사 활동을 하는 인류의 세상이 끝나게 되면 이 프로젝트는 더 이상 의미를 가지지 못할 것이라는 말도 덧붙였다. 즉, 인류가 지속된다는 전제하에 생명력을 가지는 작품으로 평가되었다.

승주는 구겐하임 미술관에 전례 없는 일이 생겼다며 자기도 꼭 체험을 하겠다고 끝까지 줄을 서서 기다렸다. 이런 독특한 작품을 보게 될 줄 꿈에도 몰랐다면서. 그것은 나도 마찬가지였다.

기다림 끝에 마침내 화장실에 들어간 승주는 한쪽에 나를 놓아두고 무언가 응시했다. 이 변기와 관련된 영상 자료를 보여 주는 작은 모니터가 화장실 문에 달려 있었는데, 똥 가루가 어떻게 쓰이는지에 대한 예시를 직접 영상으로 확인할 수 있게 해 놓은 것이었다.

승주가 모니터에 나오는 영상을 유심히 보다가 갑자기 멈칫했다. 나는 그녀의 눈동자가 미세하게 떨리는 것을 보았다.

맙소사, 나도 그 영상을 보고 놀라지 않을 수 없었다.

민석? 승주 남편 민석?

내 눈이 어떻게 된 것이 아니라면 영상에 등장하는 인물은 민석이었다. 민석이 직접 화장실 변기 사용 시범을 보이면서 이 변기가 사용되고 있는 장소와 시스템에 대해 소개하고 있었다. 목소리는 나오고 있지 않지만 영어 자막으로 처리되어 그가 무엇이라 말하는지 승주는 알 수 있었다.

'사월당'이라는 푯말과 함께 주변에 강도 보이고 억새밭도 보였다. 민석만 있는 곳은 아닌 것 같았고 여러 명이 함께 등장해서 무언가를 했다. 승주는 아무 말도 하지 않고 영상 속 민석의 모습을 응시했다. 민석이 저런 신나는 얼굴을 하고 있던 사람이었나.

나는 활짝 웃는 민석의 얼굴과 여러 감정이 한꺼번에 뒤섞여 아무 말도 하지 못하는 승주의 얼굴을 번갈아 쳐다보았다. 반갑지만 반가운 일만은 아니었다. 그녀의 침묵이 말보다 더 많은 말을 해 주었다.

"당신을 여기에서 보네…"

어지러운 표정의 승주가 간신히 말을 내뱉었다.

아, 나는 그녀가 안타깝다. 모든 것을 뒤로하고 집 같지 않았던 집을 빠져나와 새로운 곳으로 향한 자리에서 다시 민석을 마주치는 것은 무엇을 의미하는 것일까.

승주도 나도 어쩔 줄 모른 채 화장실에서 오래 지체하자 바깥에서 기다리던 사람들이 헛기침 소리를 내기 시작했다. 나는 여전히 모니터를 응시하며 넋이 나간 승주를 대신하여 변기 위로 올라가 대변을 보았다.

"역시. 우리 아가는 예술을 하는 개야. 이 작품에서 무얼 해야 하는지 다 알아들었네."

승주가 기특하다고 내 머리를 쓰다듬었다. 사실 화장실에서 볼일을 봐야 할 때가 되어서 그랬던 것인데. 어쨌거나 여기까지 나를 데리고 와 준 엄마를 위해서 무언가 해 줄 수 있는 것 같아 뿌듯했다. 개똥도 약에 쓴다고 하는데, 이제 개똥도 돈이 될 수 있다.

화장실에서 나오자 조재원 작가가 우리를 기다리고 있었다. 화장실 밖에 연계되어 설치된 미디어 아트가 그림으로 내 활동의 결과 값을 표시해 주었고 작가는 똥의 무게를 확인한 후 우리에게 꿀돈을 주었다.

나를 보고 윙크하는 작가. 혹시 눈치채고 있었을까? 대변의 주인공이 인간이 아닌 나라는 것을.

어쨌든 무사히 꿀돈을 받고서 음료를 사 먹으려 카페로 가려고 할 때 불쑥 나타난 미국 방송사의 기자가 우리를 붙잡았다. 큼지막한 촬영 카메라 두 대가 우리를 가로막았다. 그들은 우리가 당일 저녁 미국 전역의 뉴스에 나올 것이라고 일러 주며 승주에게 마이크를 건넸다.

"변기를 체험한 소감이 어떤가요?"

나는 내가 할 수 있는 최대한 예쁜 모습으로 카메라를 응시했다. 아! 스포트라이트를 받는 기분. 승주는 마치 자기가 대변을 본 것처럼 침착하면서도 똑부러지게 대답했다. 어차피 내가 인간의 말을 할 수는 없으므로.

"생각보다 냄새가 나지 않았어요. 수세식 변기가 아니라서 환경오염도 막고 똥이 곧 돈이 된다니 이 얼마나 아름다운 일인가요? 누구나 할 수 있는 일이잖아요? 미술관 밖으로 나와서 삶 속으로 들어가게 된다면 내 삶의 방식을, 나아가 세상을 바꿀 수 있지 않을까요? 이것이야말로 예술이죠."

*

민석은 3개월간의 사월당 생활을 마무리 짓는 시점에서 뉴욕 구겐하임 미술관에 전시된 화장실 오프닝에 대한 소식이 들리기를 기다리고 있었다.

동료들과 함께 하는 마지막 파티를 준비하면서 이제 사월당을 어디에서 다시 시작할 것인지 논의를 하던 중이었다. 누군가 벌집 컨테이너에서 외친다.

"기사가 올라왔네요!"

참가자들이 벌집 컨테이너로 모였다. 성황리에 끝난 전시에 대한 기사가 속속들이 올라오면서 여러 언론사의 관련 뉴스를 확인할 수 있었다. 미국 현지 뉴스에 한국인 화장실 체험자가 인터뷰를 했다는 소식도 각종 SNS에 퍼지면서 해당 뉴스 동영상의 조회수는 폭발적으로 증가했다.

F가 그 뉴스 동영상의 재생 버튼을 눌렀다. 미술관의 전시장 풍경이 소개되고 이번에 전시되는 변기들의 모습이 보였다.

"오! 저기 나오네요. 신기하네요."

"우리는 매일 쓰고 있는데 저기는 줄을 서서 기다리고 있네요. 하하."

"어, 저기 작가님도 보여요."

변기에 대한 작가의 인터뷰, 큐레이터의 짧은 설명, 미술관 관장의 취지 설명이 이어지고 곧 화장실 체험자의 인터뷰가 이어졌다.

"와! 뉴욕에서 체험한 한국 사람이 있네요!"

"다들 쉿. 뭐라고 하는지 들어 봅시다."

모두가 그 인터뷰에 귀를 기울였다.

"히야, 한국에서 만든 변기라서 한국 사람 인터뷰를 했나? 다행이네요. 좋게 말해 주네요. 우리의 뜻을 저분이 잘 알아주었네."

"아니, 그런데 전시장에 동물이 왜 이렇게 많을까요? 저 한국분도 개를 데리고 있네요."

"이번에 구겐하임 미술관 오프닝 초대장은 하늘의 별 따기보다 어려웠다고 하던데. 대단하시네요, 저 한국 여자분."

모두가 즐거워서 야단법석일 때 민석은 말없이 영상을 보았다. 그의 눈이 잘못된 것이 아니라면 분명 승주였다. 그리고 자신이 부탁한 개도 함께 보인다.

머릿속이 하얗게 되었다. 승주가 저기에 있다니 말도 안 된다. 왜, 그리고 어떻게 저기에 있는 걸까? 승주에게는 단 한 번도 사월당에서 머무는 것에 대해 말한 적이 없다. 그저 잘 있으니 곧 돌아가겠다는 메시지만 남겼을 뿐.

승주가 화장실에서 체험을 했다면 자신이 등장하는 영상을 보지 않았을 리가 없다. 그녀는 영상 속의 나를 보고 무슨 생각을 했을까? 민석은 망치로 머리를 얻어맞은 것 같았다. 아무 생각도 할 수 없었다.

뉴스에 등장하는 승주의 얼굴과 눈빛이 아주 오래전 그녀를 처음 봤을 때 그 모습과 닮아 있다. 그가 처음 보고 반했던 반짝이는 눈동자를 가진 그때의 승주다. 그녀가 달라졌다. 예전의 승주로 돌아왔다면 그것은 분명 좋은 일이다.

하지만 민석은 왠지 불길했다. 그러고 보니 여기서 승주 생각은 늘 뒷전이었다. 사월당에서 머물며 새로운 미래를 그리는 동안 그녀가 언제까지고 자신을 기다릴 것이라고 생각했다. 아내가 자신을 언제고 떠날 수

유려한 장편소설

있을 것이라 생각한 적이 한 번도 없었다. 다시 돌아갔을 때 승주는 그 자리에 늘 있을 것이라 생각했다.

아뿔싸. 이 무슨 오만함이었나. 그제야 정신이 번쩍 들었다.

"저, 나중에 다시 뵙도록 하겠습니다. 지금 떠나야 할 것 같아요."

"아니, 장 선생님. 벌써 가시게요? 저희 아직 파티 시작도 안 했는데요."

"죄송합니다. 제가 지금 가야 할 것 같아요."

"아, 섭섭합니다. 이렇게 좋은 뉴스도 지금 막 봤는데. 저희 사월당의 다음 단계에 대해서 같이 생각하셔야지요."

"장 선생님, 번갯불에 콩 볶아 먹듯 이렇게 빨리 가셔야 하나요."

"죄송합니다. 사월당에는 제 아내와 같이 다시 올게요. 연락드릴게요."

민석은 아무렇게나 짐을 가방에 쑤셔 넣고 허겁지겁 사월당을 빠져나왔다. 그리고 뛰고 또 뛰었다. 뛰고 있는 자신이 어처구니없게 느껴졌고 승주를 오랫동안 혼자 내버려둔 것도 새삼 어처구니없는 일처럼 느껴졌다. 신발 안에 들어간 작은 돌멩이와 가시가 이리저리 굴러다니며 그의 뜀박질을 더디게 만든다.

그가 아는 승주는 어딘가 떠날 때 떠나기 한참 전부터 많은 이야기를 하던 사람이었다. 그곳은 어떤 곳이고 그곳에서 무엇을 경험할 것인지 민석 앞에서 쫑알쫑알 이야기하던 여자였다. 그리고 "오빠도 같이 가자!"라고 눈이 반달이 되어 웃던 여자였다. 그랬던 그녀가 한마디 말도 없이 뉴욕에 갔다. 이는 그에게 분명 좋지 않은 징조였다.

마을 입구에서 급하게 택시를 잡았다. 세 달 만에 마주한 성城은 예전보다 더 낯설고 기괴하게 보였다. 내가 이곳에서 정말 지냈던 것인가 의심될 정도로 사람 살 만한 집이 아니었다.

사월당에서 평화로운 시간을 보내고 생각을 정리할 수 있었던 그에게 이제야 모든 것이 선명하게 들어왔다. 이 집 같지 않은 곳에서 개와 있었을 그녀를 떠올렸다.

입구에서 문을 두드리기도 전에 이미 열려 있는 것을 보았다. 문을 열고 들어가니 활짝 열린 창문으로 들어온 낙엽이 실내에서 이리저리 뒹굴고 있다.

그는 어둠 속에서 손을 더듬어 불을 켰다. 기괴하게 열린 창문을 급히 닫고 서늘한 집안의 공기를 느끼며 2층 침실로 올라갔다. 2층에 올라오니 몸을 휘감는 한기가 느껴져 멈칫했다. 사람이 없으니 냉기로 가득한 일제 시대 생체 실험 수용소가 아닌가 싶을 정도다.

삐걱거리는 바닥의 소리가 벽을 타고 쟁쟁하게 울렸다. 눈으로 방을 더듬어 보았다. 승주가 쓰던 물건들이 보이지 않는다. 옷장은 비어 있고 그녀가 쓰던 화장품이며 그녀가 보던 책들도 보이지 않는다. 개집만 덩그러니 남아서 민석을 맞이했다.

침대 위에 종이 하나가 놓여 있다. 편지다. 그녀는 지금까지 편지를 쓴 적이 한 번도 없었다.

민석은 떨리는 손으로 종이를 집었다.

민석 오빠에게

오빠가 이 편지를 보게 되었을 때는 해방되고 홀가분해진 인간이기를 바라. 나와 떨

유려한 장편소설

어져 있는 것을 택한 시간 동안 오빠가 인생에서 찾고 싶은 것을 찾게 되었기를 진심으로 빌어. 그냥 하는 말이 아니야. 오빠가 행복하면 좋겠어.

나는⋯ 서울에서 도망친 우리가 여기서 머리를 함께 맞대고 어떻게든 새로운 길을 찾아나갈 수 있을 것이라 믿었어. 오빠와 인생의 새로운 경험을 공유하면서 남은 시간을 꾸려갈 이유를 찾을 수 있을 거라 생각했어.

그런데 사랑이란 건 늘 자기 마음 같을 수는 없잖아? 오빠가 집을 나간 이후로 우리가 서로의 남은 인생에 베스트 프렌드가 될 수 있을까 생각해 보았는데, 확신이 들지 않아. 어지러운 세상에서 우리가 서로에게 작은 휴식처가 되어 줄 수 있을까 생각해 보았는데, 역시 답이 나오지 않더라.

누구나 아름다운 삶과 사랑, 마무리를 꿈꾸겠지. 나도 언젠가의 이혼을 염두에 두고 결혼을 한 것이 아니듯 말이야. 우리는 결혼 생활에서 서로 행복하게 해 주려고 하기보다 서로에게 행복을 바라기만 했던 것 같아. 그래서 스스로 사랑해야 할 마땅한 이유와 행복한 인생을 각자 찾아가는 것이 좋을 듯해. 그렇게 해서 성숙한 인간이 되는 길을 선택하는 것이 지금 우리에게 주어진 과제일 거야.

나는 헤어짐을 선택해. 우리에게 아이가 없었던 것은 다행이었어. 오빠가 집을 나갔을 때 내가 잡지 않고 기다리면서 그 시간을 버텼던 것처럼 오빠도 내 선택을 존중해 주길 바라. 나의 새로운 미래를 빌어 줘. 우리의 이혼은 부모님께 각자 잘 말씀드리자.

승주

＊

승주와 나는 꿀돈으로 미술관 카페에서 음료와 쿠키를 사 먹고 잠시 쉬었다. 카페에는 유아 및 어린이와 관련된 작은 전시 코너가 마련되어 있었는데 뉴욕에서 태어난 마지막 유아들의 모습과 세상모르고 웃고 있는 어린이들의 사진이었다.

더 이상 임신과 출산을 할 수 없는 사람들은 어느 때보다 경건한 마음으로 사진을 감상했다. 어떤 노부부는 갓 태어난 아기의 기록 사진 앞에서 손수건으로 눈물을 훔치며 착잡한 심정을 표했다.

인류에게 닥친 그 사건 이후, 온 세상의 아이와 어린이는 귀해졌고 이들은 그 어느 때보다 갑자기 존경을 받는 시대가 되었다. "우리의 희망은 오직 한 가지, 어린이를 잘 키우는 일. 어린이는 어른보다 한 시대 더 새로운 사람입니다. 어린이의 뜻을 가볍게 보지 마십시오. 희망을 위하여, 내일을 위하여, 다 같이 어린이를 잘 키웁시다."라고 말하던 소파 방정환 선생이 살아 있다면 무슨 말을 했을까.

그나저나 인터뷰 후부터 승주는 줄곧 생각에 잠겨 있는 듯하다. 아마도 민석 때문일 것이다.

민석은 어떻게 그곳에 있게 된 것일까? 우리가 뉴욕의 미술관에서 체험한 변기를 알기 훨씬 전에 그는 이미 알고 있었단 말인가? 승주에게 말이라도 해 주지. 그랬다면 우리가 그곳을 방문할 수도 있었을 텐데.

민석이 여러 날 동안 승주와 떨어져 있는 것은 아무래도 예고된 불길한 일이었다. 그 둘 사이의 미래는 무엇일까.

그때 미술관에 안내 방송이 울려 퍼졌다. 승주가 동물들의 집합 소식을 알리는 것이라고 알려 주었다. 그녀는 다시 활짝 웃는 얼굴로 다음 전시 공간으로 향했다.

"아가, 우리가 여기에 온 진짜 이유를 곧 알게 될 거야."

'Human Garden-인간원人間園'展이 열리고 있다. 나와 같은 동물들만 전시장에 입장이 허락되고 인간은 입장이 허락되지 않는 전시라고 했다. 그럼 인간들이 전시되고 동물은 관람객이 되는 건가?

"엄마가 조금 있다가 찾으러 올게. 즐겁게 보렴."

승주는 나를 이 전시장에 밀고는 손을 흔들며 시야에서 사라졌다. 일단 전시장에 들어왔으니 있기는 있어야겠는데, 엄마가 보이지 않으니 불안해졌다. 설마 나를 여기다 놓고 가 버리는 것은 아니겠지?

불안함에 초조해할 때 동물들이 계속해서 전시장으로 꾸역꾸역 들어왔다. 인간은 그 어디에도 보이지 않고 전시장은 초대받은 동물들로 가득 차기 시작했다. 온갖 동물의 냄새가 폐쇄된 공간 안에 뒤섞여 코가 혼란스러웠다. 마지막 동물의 입장이 끝나자 갑자기 모든 조명이 꺼졌다.

고양이와 양이 우는 소리, 말의 콧김과 앵무새의 말, 황금 박쥐가 어둠 속에서 날아다니는 소리를 한꺼번에 들어 본 적이 있는가? 전시장에 모인 각기 동물들에게서 터져 나오는 소리로 전시장은 아수라장이 되는 듯했다. 폐쇄공포증이 있는 동물이라면 끔찍했을 것이다.

이 낯선 환경에 초대받은 동물들은 어둠 속에서 갈피를 잡지 못하고 이리저리 부딪히며 공포를 느꼈다. 오직 황금 박쥐만이 전시장 위를 유유히 활보했다. 나는 정신없는 가운데 합세하여 짖고 싶지 않아졌다. 아무것도 보이지 않아 불안하기 짝이 없어 진정하려고 자못 애쓰며. 날 버리지 않을 거라고 승주를 믿으며.

이때 탁 하는 소리와 함께 전시장 가운데를 비추는 한 줄기의 조명이 들어왔다. 모든 동물이 소리 내기를 멈추고 일제히 그쪽을 주목했다. 조명이 비추고 있는 것은 백인 성인 남자 한 명과 여자 한 명이었다. 언제

들어왔는지 알 수 없는 인간들은 가운데의 작은 원형 무대 위에서 우리를 향해 인사를 하고는 인간이 평소에 하는 소소한 행동들을 하기 시작했다.

동물들이 넘어올 수 없게 펜스가 쳐진 작은 무대 위에서 인간들이 일상을 영위했다. 신문을 보거나, 대화를 나누거나, 음식을 먹거나, TV를 보거나, 졸거나, 키스하거나, 옷을 입거나, 벗거나, 때로는 싸우거나 등등.

백인 한 쌍이 정해진 동안 머물고 떠난 자리에 흑인, 황인, 북남미 혼혈인, 말레이 종족, 폴리네시아인 등 다양한 인간들이 차례로 등장하였다. 장애인, 게이와 레즈비언들도 등장했다. 인간들의 등장은 1시간 내내 이어졌다. 맨 나중에는 유아를 안은 어린이가 등장하여 바닥에 앉아서 잠깐 장난감을 가지고 놀다가 종료를 알리는 알림음과 함께 퇴장했다.

전시장 안에 있는 동물들은 비교적 관람 태도가 좋았다. 그 어떤 동물도 인간들의 등장과 행위를 방해하지 않았다. 내용이 지루해서 전시장을 왔다갔다 돌아다니거나 구석에서 자는 동물은 있었어도 휴대폰이 울리거나 펜스를 넘어 인간을 만져 보는 일은 일어나지 않았다.

내가 전시장에서 본 인간의 모습은 별다를 것이 없었다. 평소에 승주가 하는 것들을 본 셈이니까.

이 전시는 후손을 보지 못하는 인간들의 수가 점차 줄어들고 반대로 인간의 개입 없이 자유롭게 종족 번식을 하는 동물들의 개체 수가 많아져서 인간보다 동물들이 훨씬 많아지는 세상에 내몰린 인간의 입지를 비유하는 것이었다. 이제 인간들이 동물원을 만들어 놓고서 우리를 들여다보는 것이 아니라 머지않은 세상에는 우리가 인간들을 들여다보게 될 수도 있음을 말하는 것이기도 했다.

그렇다고 조지오웰의 『동물농장』처럼 동물들이 인간 세상을 뒤엎을 일은 없을 것이다. 어차피 인간은 사라질 테고 우리는 울타리와 동물원의 높은 벽을 뚫고 나와 점점 야생의 모습을 되찾아가겠지.

인간들이 살던 자리에 우리가 있게 될 것이다. 인간이 남긴 인공 지능이 우리들을 전멸시키지 않는다면 말이다.

문제는 다음이었다. 이 전시는 사실상 초대받은 동물만 볼 수 있게 한 특별한 전시였기에 인간 관람객들은 전시 내용을 알 수 없었다. 오직 전시장에 등장한 인간들만이 그들이 무엇을 하다 갔는지 알 뿐.

다시 전시장 밖으로 나온 동물들이 모인 장소에서 미술관 관장은 중요한 내용을 발표한다고 했다. 관장이 단상 위에 나섰다.

"플럭서스Fluxus[9]가 모두가 예술가라고 선언한지 꽤 오랜 시간이 흘렀습니다. 이제는 '모두'라는 단어에 인간만이 해당되지 않게 되었습니다. 우리 미술관에서는 궁극적으로 미래를 사유할 동물을 찾습니다. 인간이 아니라, 인공 지능이 아니라, 바로 동물입니다. 인간이 사라져도 남겨질 미래의 동물을 찾는 일에 우리는 전력을 다할 것입니다. 이것은 다시 말해서 동물을 통해 앞으로 사라질 인간의 감각과 예술의 흔적을 이어 나가는 것을 의미합니다. 우리는 오랜 세월 인류와 함께 해 온 그들이야말로 사라져 버린 인간을 불러와 줄 것이라 믿습니다. 오늘 초대받은 동물

9 플럭서스Fluxus는 1960년대와 70년대에 걸쳐 일어난 국제적인 전위 예술 운동으로 '유동', '흐름', '끊임없는 변화', '움직임'의 뜻을 가지고 있다. 기존 예술의 관념에 도전하는 예술가들로 조지 마키우나스, 요셉 보이스, 딕 히긴스, 요코 오노, 백남준 등이 있다.

중 발탁된 동물은 예술 하는 존재로 거듭나는 동시에 인간의 감각과 예술의 능력을 후손에게 대대로 남겨 줄 수 있는 자격을 누리는 영광을 가지게 됩니다. 인간이 다시 나타날 때까지 그 역할을 다하게 될 것입니다. 우리는 그 과학 기술을 이미 확보했습니다."

순간 미술관이 술렁였다. 미술관 관장도 승주도 참으로 꿈같은 엉뚱한 말들을 하는 것 같다.

인간은 막바지에 다다르면 이런 상상을 하게 되는 것일까? 미술관 관장이라고 하는 사람은 사실 가짜이고 지금 이 모든 것이 예술적 해프닝 같은 것일까? 정말 그런 과학 기술이 있더라도 그것이 과연 좋다고 말할 수 있는 것일까? 어디까지 진실이고 어디까지가 바람일까? 나는 혼란스럽다.

승주에게 고개를 돌려 의아한 표정을 지었을 때 그녀가 내 속도 모르고 말했다.

"아가, 우리 잘 왔지?"

글쎄, 잘 왔는지는 모르겠지만 승주가 왜 나를 이 먼 타국 땅에 데려왔는지는 알겠다. 미술관 관장이라는 사람의 말은 그저 농담은 아닌 듯했다. 미술관에서 전시 관람 후 그들의 뜻에 부합하는 영감을 받은 동물이 있는지 알아보기 위한 초대이기도 했다고 속내를 밝혔다.

그들은 이를 위해 오래전부터 비밀리에 해당 과학 기술을 개발하여 적용하려는 팀을 꾸렸다. 그리고 우리들 중 예술을 하는 동물에게는 지상 최대의 특권을 주겠다고 선언했다.

승주도 와인에 취해서 내게 그랬었지. 예술 하는 개가 되라고. 미래를 사유하는 개가 되라고. 아, 나는 정말 모르겠다. 내가 미래를 사유하는 능력이 있는지 나는 알 수 없다. 내게 예술의 의지가 있는지도 아직 알 수 없다.

승주의 말을 비교적 잘 이해하고 그녀가 하자는 대로 잘 따라온 것은 맞지만, 예술을 하면서 미래를 사유하는 일이 내게 허락될 수 있는 것일까? 그들이 원하는 것은 월드컵 경기 결과를 알아맞히는 점쟁이 문어 파울 같은 능력도 아니다. 차라리 파울이 되어 점을 치다가 장렬히 전사하는 편이 더 쉬울지도 모르겠다.

"여기 모인 동물들 중에 오늘의 전시에서 영감을 받아 예술을 할 수 있는 동물이 있습니까?"

미술관 관장이 물었다. 사람들이 웅성대기 시작한다. 그들의 반려동물들 역시 어리둥절한 모양이다. 나는 어떻게 할지 몰라 바짝 긴장이 되었다. 승주가 내게 무얼 해 보라고 하면 어쩌지? 뒤로 숨고 싶다.

미술관 관장이 다시 입을 떼었다.

"우리의 미션에 응할 수 있는 자원자가 있습니까?"

몇몇 사람은 심각한 표정으로 골똘히 생각하기 시작했고 몇몇은 구석에서 이와 관련한 열띤 토론을 벌이기 시작했다. 말도 안 된다며 발길을 돌려 미술관을 빠져나가는 사람도 있었다. 아무도 선뜻 나서지 않는다.

그때 어떤 사람이 데리고 있던 앵무새를 들이민다.

"똥, 똥, 똥."

앵무새가 모두 앞에서 그 말을 반복했다. 미술관 관장이 웃으며 고개를 저었다.

"단순히 사람의 말을 따라서 반복하는 것에 그치는 것은 어렵습니다. 언어는 그다지 중요하지 않습니다."

승주가 나에게 속삭인다.

"넌 이미 내게 많은 예술을 보여 주었어. 그렇지? 여기서도 네 마음대로 해 볼 수 있겠지?"

아, 난 절대로 아니라고 고개를 저었다. 당장은 어렵다. 내가 무엇을 마음대로 할 수 있지? 엄마, 제발.

그런데 승주는 나의 고개 저음을 승낙의 몸짓이라고 잘못 읽은 모양이다. 승주가 손을 번쩍 들었다.

"여기 있습니다! 예술 하는 개가 있습니다."

맙소사. 그렇게 확신에 찬 목소리라니. 승주가 나를 들어 단상에 올려 두었다.

미술관 관장이 묻는다.

"이 개가 예술을 합니까?"

"네, 그렇습니다. 보통의 개가 아닙니다. 사실 사람일지도 모릅니다. 예술로 자신을 표현하고, 미래를 내다볼 수 있는 가능성이 있는 존재가 바로 여기에 있습니다. 이 개가 인간의 마지막 예술 흔적을 담아 자손 대대로 물려주게 될 것입니다."

순식간에 주변이 조용해졌다. 승주는 왜 이럴 때에 이토록 용감한 것일까. 모두가 호기심 어린 눈빛으로 나를 뜯어보고 있다. 강아지 공장 이후 내 일생일대의 위기다. 나는 어떻게 해야 하지?

아, 엄마가 너무하다. 재능은 없으나 엄마의 기대를 저버릴 수 없는 아이가 재롱 잔치 무대에 던져진 것 같다. 한국의 엄마는 자식에게 거는 기대가 너무 크다. 자식을 통해 자기 인생을 대리만족하는 시대는 끝나야 할 텐데.

발바닥과 콧등에 식은땀이 송골송골 맺히기 시작했다. 침이 바싹 마르고 꼬리는 아까 굳었다. 털이 쭈뼛쭈뼛하다. 쿵쾅쿵쾅 뛰는 심장 소리가 미술관 밖으로 뻗어 나갈 것만 같다. 승주는 두 손을 꼭 쥐고 나를 바라보며 할 수 있다는 얼굴로 고개를 끄덕인다.

어쩌나. 나는 이제 돌처럼 굳어서 단상 아래로 내려갈 수도 없다.

"우리가 당신에게 미래를 걸어 보아도 괜찮겠습니까?"

미술관 관장이 내게 무언가 해 보라는 제스처를 취한다. 큼큼 헛기침을 했다. 여기 있는 모든 인간과 동물들이 다시 기대 가득한 눈으로 나를 쳐다본다. 모두가 내게 무엇이든 해 보라고 말하기 시작했다. 나를 재촉하는 소리가 점점 커진다. 아무래도 그들은 내가 사람이라고 생각하는 모양이다.

"어서 해 보세요."

"보여 주세요, 당신의 능력을!"

"정녕 우리의 미래입니까?"

"아가야, 파이팅!"

왕왕 울리는 소리들에 어지럽다. 아, 쥐구멍, 아니, 증발하고 싶다. 제발. 지금 이 순간 모든 것을 리셋할 수 있다면. 내 인생이 리셋되고 인간들의 세상이 전부 리셋되어 여기를 벗어날 수만 있다면.

나의 새끼들이 보고 싶다. 물이 그립다. 뜨거운 태양 아래 나를 부르던 힘없는 노인의 목소리가 들린다. 나를 처음 데리고 살던 주인의 따스한 눈빛이 지나간다. 먹먹한 마음을 눌러본다. 이제 그만 생각이 멈추었으면 좋겠다. 세상을 모르던 때로 돌아가고 싶다. 아, 다시 엄마의 자궁 안으로 들어가련다. 한없이 포근하고 아늑한 그곳으로. 지구의 자전과 공전이 멈추었으면 좋겠다.

눈을 감았다. 무지개를 뚫고 은하수를 건너 소용돌이치는 태초의 우주, 그것이 저 멀리서 내게 다가오는 소리가 희미하게 들렸다.

*

지독히 오염되어 외계인도 찾아오지 않을 것이라는 지구였다. 오염 유발자 인간이 사라진 뒤 마침내 자연이 제 모습을 하고 돌아왔다. 그렇게 되기까지 은하계가 한 번 뒤집히고 그로부터도 억겁의 시간이 걸렸으나 그 기다림이 결코 헛되지 않았다. 인간이 없는 지구는 그 자체로 순수한 결정체가 되어 역사상 가장 평화롭고 아름다운 시절을 누렸다.

대륙이 여러 번 이동하여 아주 오래전에 인간이 살던 때의 지구의 모습과는 많이 달라졌다. 자연의 모든 요소가 제 기운을 뻗으면서 생명력으로 가득한 살아 숨 쉬는 지상 낙원으로 변신한 모습은 무척 감동적인 것이었다.

빙하는 더 이상 녹지 않으며, 숲은 예전의 아마존보다 몇 배는 울창한 모습이었고 거대한 밀림 지대도 여러 곳에 생겨났다. 과즙이 넘쳐흐르는 달콤한 땅 위에 열매가 없는 곳이 없었다. 바다에는 온갖 바다 생물들이 넘쳐났고 어디서나 물 위로 튀어 오르는 고래들의 무리를 볼 수 있었다. 하늘에는 하루에도 수십 번 무지개가 뜨고 지며 수십 종의 새들이 지저귀며 노래를 불렀다. 부드러운 언덕은 어딜 가도 다채로운 꽃밭이었고, 그 사이로 꿀벌은 부지런히 꿀을 날랐으며, 폭포에서 떨어지는 물은 너무나 투명하여 모든 것을 뚫고 지나갈 지경이었다.

인간이 살아 있던 시기에 환경 파괴나 인간의 무자비한 포획에 의해 멸종된 동식물이 서서히 돌아왔다. 이 모든 존재들이 뿜어내는 아름답고 힘찬 기운은 지구의 조화로운 리듬이 되었다. 그들만의 질서와 체계를 빠른 속도로 갖추어 나가면서 눈부신 세상을 이룩하였다.

그래서였을까. 다른 은하계에서 지구를 눈독 들이고 있다는 소문이 온 우주에 퍼졌다. 우주에서는 혹여나 인간이 다시 지구에 등장할까 봐 걱정하였다. 어느 시점에 어떤 존재가 다시 직립 보행을 시작하여 두 손에 도구를 쥐게 될까 봐.

개 한 마리가 새끼들과 함께 꽃밭에서 뛰어놀다가 발에 걸리는 무언가를 발견했다. 뾰족하게 머리만 튀어나온 돌이었다. 호기심이 생긴 개는 그 주변을 열심히 파내어 마침내 꽃밭에 가려진 돌 하나를 세상에 내놓았다.

오랫동안 자연의 풍화를 기적적으로 피할 수 있었는지 보존 상태가 매우 좋았다. 그 돌에는 그 먼 옛날에 지구에 잠시 살았던 인간들의 모습이 빼곡하게 새겨져 있었다.

여기에는 신문을 보는 인간, 대화를 나누는 인간, 음식을 먹는 인간, TV를 보는 인간, 졸고 있는 인간, 키스하는 인간, 옷을 입거나 벗는 인간,

싸우는 인간 등의 모습이 유려한 곡선으로 선명하게 새겨져 있었다. 그 인간들 옆 한쪽 구석에 자신과 무척이나 닮은 개 조상이 그려져 있다.

　이 그림을 그렸을 것으로 짐작되는 자신의 조상은 그곳에 자신의 발자국을 찍어 놓았다.